KB113810

너의 옷이 보여

너의 옷이 보여 3

킹묵 현대 판타지 소설

초판 1쇄 찍은 날 § 2019년 9월 6일
초판 1쇄 펴낸 날 § 2019년 9월 13일

지은이 § 킹묵
펴낸이 § 서경석

총괄팀장 § 노종아
편집책임 § 김경민

펴낸곳 § 도서출판 청어람
등록번호 § 제387-1999-000006호
등록일자 § 1999. 5. 31
어람번호 § 제1-3045호

주소 § 경기도 부천시 부일로 483번길 40 서경B/D 3F (우) 14640
전화 § 032-656-4452 팩스 § 032-656-4453
http://www.chungeoram.com
E-mail § chungeorambook@daum.net

ⓒ 킹묵, 2019

ISBN 979-11-04-92048-6 04810
ISBN 979-11-04-91989-3 (세트)

킹묵 현대 판타지 소설

너의 옷이 보여

3

처럼

FUSION FANTASTIC STORY

너의 옷이
보여

Contents

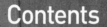

제1장
데이비드의 정장

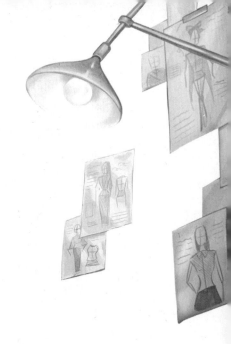

　장 노인의 말은 그게 끝이 아니었다. 살아온 세월이 있어서인지 우진이 걱정하는 것들을 정확히 지적했다.

　"그렇게 하지 않으면 저기 직원들 어떻게 먹여 살릴 게냐? 지금 네가 하는 꼬락서니를 보니 옷 하나 만드는 데 몇 날 며칠 붙잡고 있는 거 같은데, 한 달에 몇 벌이나 만들 수 있다고 생각하느냐. 그렇다고 수제 공장에 맡기는 것도 아닐 테고."

　아무리 빨리 만든다고 해도 한계가 있었기에 우진도 내심 걱정하고 있던 부분이었다.

　"네가 실력까지 없었으면 이런 말을 하지 않았지. 그런데 실력은 일류 디자이너들도 알아주지 않느냐."

　옆에서 듣던 세운은 장 노인의 말이 구구절절 옳다는 듯 연신 고개를 끄덕였다.

"내 생각도 영감님하고 같아. 일단 콜라보가 안 되더라도, 안 정적인 수입이 있어야 옷도 더 잘 나올 테고."

"저도 그렇게 생각해요. 그런데 협력해서 만들게 되면 제가 직 접 만들 수 없잖아요."

"네가 가르쳐 주면 되지 않느냐. 주댕이는 뒀다 어디에 쓰려 고!"

장 노인은 한심하다는 듯 혀를 차더니 매튜와 세운, 우진을 한 번씩 보고 고개를 절레절레 저었다.

"저 외국인이 살림 맡는다면서? 뭔 살림이 이따위야!"

"저분은 MD라서요. 그래도 많이 도와주셨어요."

"후, 인식이 놈이 이럴 줄 알고 도와주라고 한 건가… 이놈아, 앞으로 내가 여기 좀 있으면서 살림 좀 봐야겠다."

"네, 알겠어요."

"흐음? 그건 또 왜 그렇게 대답이 빨라. 이놈은 이거 가게 내 달라고 해도 내줄 놈이네."

같은 옷이 보이는 분이라 기쁜 마음으로 대답한 우진이었다.

"그런데 아까 들으니까 회장님이라고 하시던데. 회사 안 바쁘 세요?"

"상가번영회장이시란다. 그 회장님 아니야."

세운의 속삭임에 우진은 오해한 스스로가 우스워 피식 웃었 다.

일단 옷은 입고 있으니 같이 일할 거란 확신은 드는데, 아직 어떤 일을 맡게 될지 알 수 없었다. 알바를 하던 미자만 하더라 도 미용 자격증을 가지고 있을지 꿈에도 몰랐다.

우진은 좀 더 제대로 파악하기 위해 장 노인에게 질문을 했다.

"그런데 숍은 해본 적 있으세요?"

"안 해봤지. 그런데 돈 버는 게 다 거기서 거기야. 그런데 차 부장은 밖에 있나?"

"네, 아까 나가셨어요."

"그래, 그럼 준비해서 다시 올 테니 그리 알아."

장 노인은 손가락으로 날짜를 세보더니 곧바로 자리에서 일어섰다.

"나오지 마. 일주일 뒤 아침 9시까지 올 테니 그리 알고."

"10시에 가게 문 여는데……."

"젊은 놈이 뭐 한다고 그리 늦게 열어."

"아니에요. 어차피 가게에 나와 있으니까 아무 때나 오세요."

장 노인은 인사하는 우진을 힐끔 보더니 혀를 차며 차에 올라탔다.

*   *   *

다음 날.

우진은 완성시킨 장갑을 물끄러미 봤다. 벨크로 부분에는 니켈로 만든 I.J의 로고가 박혀 있었고, 그 밑으로는 'Bella'사에서 나온 화학 처리된 신소재가 이어졌다.

전에 세운에게 보여준 것처럼 고무장갑보다 약간 짧은 길이였지만, 직접 착용해 본 결과 이 정도 길이가 가장 안정적이고 적당했다.

어느 정도 길이가 있어야지 잡아당겨 고정을 시킬 수 있었다.

살짝 긴 느낌도 있었지만, 왼쪽 눈으로 데이비드를 봤을 당시 팔 안쪽까지 보이지 않았기에 고민하고 고민해서 만든 장갑이었다.

두께는 스판덱스보다 살짝 두껍고, 탄력은 비교가 불가능할 정도였다. 물론 약간 뻑뻑하다는 느낌은 있지만, 움직이는 데 불편할 정도는 아니었다. 인체 공학적으로 만든 건 아니지만, 스스로 만족할 수 있는 결과물이었다.

우진은 데이비드의 장갑을 만들기 전 미리 만들어본 장갑을 손에 낀 채 씨익 웃었다. 이제는 보내기만 하면 될 것 같았다.

우진은 데이비드의 주소를 물어보기 위해 전화를 꺼냈다.

─네, 데이비드 씨 전화입니다. 지금 바빠서 전화를 받지 못하니 용건과 연락처를 말씀해 주시면 곧 연락드리겠습니다.

"안녕하세요. 전 한국에 I.J 디자이너 임우진인데요."

─아하, 반갑습니다. 저번에 뵀죠? 전 샘입니다. 그런데 지금 선생님이 바쁘신데 무슨 일로 전화하셨죠?

"옷을 완성시켜서 주소를 여쭤보려고요."

─지금 파리라서 나중에 보내주시죠. 아니면 호텔로 보내셔도 되긴 합니다.

"호텔로 보낼게요! 주소 좀 알려주세요."

하루빨리 데이비드에게 보여주고 싶었기에 우진은 호텔 주소를 받아 적었다.

"제가 바로 보내 드릴게요."

―그러시죠. 그럼 그렇게 전해 드리겠습니다.

이미 옷은 완성되어 잘 보관하고 있었기에 보내는 데 어려움은 없었다. 다만 장갑을 만든 적이 처음이다 보니 포장할 박스가 없었다. 그래서 우진은 구두 박스를 주문하는 곳에 물어볼 생각에, 기분 좋은 발걸음으로 사무실에 향했다.

사무실 문을 열자, 세운은 어제와 마찬가지로 모니터를 보며 한숨을 쉬고 있었고, 매튜는 어디론가 전화를 하며 바쁘게 일하는 중이었다.

"다 만들었어?"

"네, 장갑 넣을 박스 주문하려고요."

"장갑 장사 할 것도 아닌데 천으로 주머니 만들어서 넣으면 되겠네."

"그것도 좋겠네요. 일단 주문부터 하고요."

매튜가 상당히 바빠 보였기에 우진은 직접 주문까지 했다. 당연히 한 개만 주문할 수 없었기에 또 언젠가 쓸 거라는 생각으로 대량 주문할 수밖에 없었다.

다행히 오후에 바로 보내준다고 했다. 그래서 오랜만에 여유시간이 생긴 우진은 매튜의 옆으로 갔다.

"뭐 하세요?"

"I.J에 대해 요약… 음, 있는 그대로 적고 있습니다."

"아, 어르신이 말씀하신 거 때문에요?"

"네, 제안서를 준비하긴 하는데, 아무래도 어려울 것 같습니다. 준비가 되는 대로 미국에 다녀오겠습니다."

"그렇게까지요?"

"현재 우리 위치가 그렇습니다."

"가서 안 돌아오실 건 아니죠?"

매튜는 움직이던 손을 멈추고 우진을 한 번 봤다. 그러고는 씨익 웃더니 대답도 하지 않고 다시 손을 움직였다. 우진은 매튜의 대답을 듣진 못했지만, 제일 처음 웃이 보였던 만큼 함께하리라 굳게 믿었다.

*   *   *

며칠 뒤.

패션쇼 준비로 파리에 와 있던 데이비드는 리허설이 한창인 런웨이에 서 있었다. 일반인들이 불편하게 볼 수 있는 오트쿠튀르 패션쇼였지만, 다음 시대의 트렌드를 주도할 수 있느냐 아니냐가 판가름 나는 장소이다 보니 헤슬에겐 가장 큰 행사였다.

더군다나 며칠 뒤, 헤슬보다 이른 시간에 제프 우드의 컬렉션이 열리는 바람에 신경 쓰이는 것이 한두 가지가 아니었다.

평소라면 무대에 올릴 의상을 입고 리허설하지 않았다. 하지만 실수가 없길 바라는 마음에, 데이비드는 자신도 피날레 때 입을 의상까지 착용한 상태였다.

항상 인자한 미소를 짓고 있던 데이비드의 얼굴에선 미소가 사라져 있었다.

이번 오트쿠튀르의 콘셉트는 자연이었고, 최대한 관객들이 자연을 느낄 수 있게끔 만들어야 했다. 관객들이 쉽게 느낄 수 있도록 런웨이에 직접 장식을 하는 방법도 있었지만, 데이비드의 런웨이는 생각보다 밋밋했다.

몽롱한 음악이 크게 들리는 현장에서, 마이크를 착용한 데이비드가 뒤를 보며 손가락을 튕겼다.

그러자 런웨이 양쪽과 뒤쪽, 그리고 천장에서 동시다발적으로 조명이 켜졌다. 이번에 준비한 패션쇼의 주제인 자연에 맞춰 무대 뒤쪽에선 하얀 조명이 모델을 따라 움직였고, 양쪽에서는 초록색 빛이 런웨이의 바닥을 비춰 풀밭처럼 만들었다.

마치 숲속에 있는 것처럼 느껴지는 조명이었다. 그리고 모델들이 입고 있는 옷은 숲과 상당히 어울리는 작품이었다. 나무를 형상화한 것 같은 갈색 원피스에, 어깨에는 나뭇잎이 달린 것처럼 연두색으로 염색한 깃털이 주렁주렁 달려 있었다.

일반인들이 본다면 저러고 어떻게 걸어 다닐 수 있을지 궁금해할 정도로 거추장스러워 보였지만, 데이비드는 작품과 무대연출, 그리고 모델까지 모두 만족스러운지 진행 담당자에게 다음으로 넘어가라는 손짓을 했다. 그러자 조명이 바뀌었다.

보통 자연이라는 주제를 하면 계절에 관한 쇼가 많은데, 데이비드는 계절이 아니라 숲, 바다, 하늘이라는 자연을 주제로 쇼를 준비했다.

한참이나 이어진 리허설은 무대에서 인사까지 하는 것으로 끝났다.

"수고했습니다. 패션쇼 당일 오전에 다시 한번 리허설하기로 하죠."

다시 편안한 얼굴로 변한 데이비드는 진행 팀과 모델들, 그리고 관계자에게 수고 인사를 건넸다. 그러고는 그동안의 강행군

이 힘들었는지 정리를 부탁하고는 곧바로 샘을 찾았다.

샘과 함께 호텔로 돌아온 데이비드는 벌써부터 진을 치고 있는 기자들을 발견했다. 하지만 그동안의 강행군 때문에 너무 피곤한 나머지 숙소로 곧장 올라가려 했다.

그때, 호텔 지배인으로 보이는 사람이 데이비드를 불러 세웠다.

"데이비드 씨 앞으로 소포 하나가 도착했습니다. 객실로 옮겨 드릴까요?"

"음?"

데이비드는 영문을 몰라 샘을 봤다. 그러자 샘이 무슨 일인지 알아챘다는 듯 앞으로 나서며 객실로 옮겨달라는 말을 하고선 데이비드에게 말했다.

"며칠 전에 말씀드린, 한국에서 보낸 소포 같습니다."

"아, LJ 말인가? 알겠네."

데이비드는 크게 관심을 두지 않고 고개만 끄덕였다. 일단은 쉬고 싶은 마음이 컸기에 빨리 숙소로 올라가려 엘리베이터를 기다렸다.

그리고 엘리베이터가 도착해 문이 열리는 순간, 별로 반갑지 않은 얼굴을 마주했다.

"미스터 모리슨? 와우! 머리색이 변해서 몰라볼 뻔했네. 하하, 이렇게 마주할 줄은 몰랐네요. 같은 호텔이었나 보군요, 하하."

호탕한 웃음소리가 귀를 울렸다.

"준비는 잘되가십니까?"

"그럭저럭. 매년 하는 일인데 준비라고 할 것까진 없습니다.

그냥 하던 대로 할 뿐입니다."

"하하, 우리는 준비가 너무 잘되고 있는데. 어찌나 생각한 대로 런웨이가 나오는지. 하하, 기대하셔도 좋습니다."

생각하지 않고 뇌에서 곧바로 나오는 제프 우드의 말에도 데이비드는 표정 관리를 하며 미소를 지었다. 하지만 지금 상태로는 표정 관리도 버거웠고 별로 말을 오래 섞고 싶은 사람은 아니어서, 인사하고 지나치려 했다.

그때, 제프의 호탕한 웃음소리가 들렸다.

"하하, 완전 우리 팀 같은데?"

그러고 보니 제프가 지금 입고 있는 옷과 샘이 입고 있는 옷이 똑같았다. 데이비드가 한국에 갔다는 걸 알고 있던 제프는 씨익 웃으며 샘을 가리켰다.

"하마터면 우리 팀인 줄 알 뻔했네. 하하, 한국에 가서도 아무런 소득도 없어서 이걸 어쩝니까? 우리 매튜가 우진을 잘 보살피고 있는지 저도 한번 가보려고 했습니다, 하하."

그리고 그때 옆 엘리베이터가 도착했고, 한눈에 보아도 제프의 팀원으로 보이는 사람들이 우르르 내렸다. 다른 옷을 입고 있는 사람도 있었지만, 대부분 I.J에서 나온 옷을 입고 있었다.

제프는 마치 어린아이처럼 자신이 우진과 더 가까워 보이는 게 기분 좋은 얼굴이었다. 데이비드는 그런 제프를 보고 괜히 기분이 나빠져 엘리베이터에 오르려 했다.

그때 마침 소포 상자를 밀고 오는 벨보이가 보였다. 그 상자를 보자 데이비드는 웃고 있는 제프를 골려주고 싶었다.

"그 소포, 제 것 맞습니까? 내가 데이비드입니다."

벨보이가 확인을 하고선 맞다고 하자, 데이비드는 제프를 힐끔 보더니 벨보이에게 손을 내밀었다.

"이리 주십쇼. 한국에서 보낸 소중한 옷이니 내가 들고 가죠."

곧바로 샘이 팁을 주고 나서 짐을 나눠 들었다. 그리고 엘리베이터에 올라탄 데이비드는 뒤에서 궁금해할 제프를 떠올리며 피식 웃었다.

엘리베이터 문이 닫힐 때쯤, 문이 다시 열렸다.

"한국? 혹시 I.J에서 온 겁니까?"

"맞습니다."

"음? 이거 한정판이라고 했는데?"

"허허, 그 옷이 아니라 정장입니다. 됐다고 했는데도 이렇게 정장을 만들어서 보냈군요. 허허, 그 친구도 참."

"뭐?"

갑자기 소리를 치는 제프였고, 데이비드는 그 반응을 보자 피곤이 싹 가시는 듯했다.

패션쇼 일정을 숨기다가 갑자기 자신들과 같은 날로 발표한 제프 우드 때문에 상당히 고생을 했는데, 그 고생이 싹 가실 정도로 통쾌했다. 그만큼 제프의 표정이 일그러져 있었다.

"그 자식! 내가 만들어달라니까 어버버거리기만 했는데!"

"허허, 그랬습니까? 전 괜찮다고 했는데도 만들어 보냈군요. 패션쇼 때문에 파리에 있다고 하니 이곳으로 배송해 주네요. 허허, 그 친구도 참."

서로 상반된 표정을 짓는 두 사람 사이로 엘리베이터 문이 닫혔다.

밖에 있던 제프는 상자에 든 정장이 무엇인지 궁금해 미치겠는지 엘리베이터 앞에서 서성거렸다.

*　　　　*　　　　*

며칠 뒤.

인터넷 커뮤니티엔 I.J와 호정을 비교하는 글들이 뜨문뜨문 올라왔다. 희한하게도 직접적으로 이름을 언급하는 기사는 없었다. 그저 SNS와 커뮤니티를 이용해 이미지를 깎아내리려는 것만 같았다.

그래도 다행이라고 해야 할지, 그 글을 본 대부분 사람들은 별일 아니라는 듯 욕을 하고 말 뿐이었다.

개중에는 드물게 I.J SNS까지 방문하는 사람도 있었다. 제프나 데이비드의 사진을 보라고 열어뒀는데, 그런 건 관심이 없는지 곧 망하겠다느니 불매운동을 해야 한다느니 마음을 아프게 하는 글을 남기기도 했다. 불매운동을 한다고 해도 파는 게 있어야 할 텐데.

유독 열심히 방문하는 사람이 몇 보였다.

이 와중에도 매튜는 제안서를 만들어놓더니 바로 미국으로 출발했다. 우진도 보고 허락하긴 했지만 잘될지 의문스러웠다. 매튜는 가는 김에 우진이 옷을 만드는 방법을 특허로 등록한다며 대리인 임명장까지 만들어 갔다.

우진은 사이즈에 맞게 옷을 만드는 건 특허받기엔 무리라고 생각했다. 귀찮아서 그렇지, 누구라도 만들 수 있는 방법이었다.

아무튼 매튜가 준비하란 대로 옷 만드는 법까지 작성했고, 그 방법대로 기본적인 티를 한 벌 제작했다. 매튜는 그 모습을 영상으로 담아 갔다.

며칠 사이 데이비드의 옷도 보내고, 매튜까지 없어 따로 할 일이 없던 우진은 사무실에서 인터넷만 보고 있었다. 그때, 일주일 전에 온다던 장 노인이 사무실로 들어왔다.

그런데 볼 때마다 입고 있던 어두운 체크무늬 잠바가 아니라 깔끔한 슈트 차림이었다. 마치 TV에서 보던 회장님 같은 느낌이었다.

"어디 다녀오셨어요?"

"가긴 어딜 가. 그런데 왜 혼자인 게냐? 그사이 망한 게냐?"

"아니에요. 다들 자기 작업실에 계셔요. 그런데 혼자 오셨어요?"

"그럼 누구랑 같이 오랴? 일단 앉자."

사무실에 소파도 없었기에 매튜 자리에 있던 의자를 내어줬다. 장 노인은 의자에 앉더니 곧바로 안주머니에서 봉투 한 장을 꺼냈다.

"이게 뭔데요?"

"뭐긴 내 이력서지."

"이력서요? 그걸 왜 저한테……."

우진은 말을 하다 말고 장 노인을 봤다. 함께 일할 생각으로 이력서까지 준비한 듯했다.

우진은 피식 웃고선 봉투를 들어 올렸다.

그러고 보니 이력서를 받아본 게 처음이었다. 이력서를 꺼내

보니 얼마나 정성 들여 썼는지 빈칸 하나 없이 빼곡했다. 이력서를 보던 우진은 장 노인을 보며 어색한 미소를 지었다.

"뭘 봐야 하는지 잘 몰라서요. 같이 봐주세요."

우진은 의자를 끌고 장 노인의 옆으로 이동했다.

장 노인은 우진을 어이없는 얼굴로 보더니 이내 웃어버렸다.

"이놈아, 이걸 같이 보자고 하는 놈은 처음 봤다."

"제가 써보긴 했는데 다른 사람 거는 처음 보는 거라서요. 그리고 죄다 한문이라서 못 읽는 게 많아요."

"크흠, 나도 이런 걸 써본 적이 오래돼서. 다시 써오마."

"아니에요. 그냥 알려주세요."

장 노인은 헛기침을 하더니 우진이 물어보는 한자를 일일이 말해줬다. 이력서에 유식하다는 느낌을 주려고 적은 한자가 스스로 보기에도 너무 많았다. 정작 옆에 있는 우진은 신경도 쓰지 않는 것 같아 장 노인은 헛기침을 수시로 뱉었다.

한참을 읽어내려 갔고, 경력 부분을 적어둔 곳에서 우진의 질문이 이어졌다.

"여긴 전부 한자네요. 이건 뭐예요?"

"서문 시장 전 원단상가번영회장."

제일 위에 당당하게 적어놓은 경력에 우진은 미소를 지었다. 장 노인은 그 경력을 상당히 마음에 들어 하는 것 같았다.

"이건요?"

"한국섬유개발연구원장."

"아하, 그러셨구나. 그럼 이건… 네?"

"왜 놀라느냐? 이리 주거라, 내가 읽어줄 테니. 1999년까지 거기서 원장질 했고, 그 전에는 동연대 섬유공학과 교수였고, 그리고 그 전엔 네 할애비 공장 연구원이었지. 거길 가는 게 아니었어."

"섬유개발연구원이면… 신소재 개발하고 그런 거 아니에요?"

"그런 일도 하지. 거기서 오래 있었더니 자연스럽게 원단 시장하고 가까이하게 됐지. 그때 터놓은 인맥 덕에 상가번영회장도 맡은 게고. 크흠."

아무리 봐도 섬유개발연구원장이 더 좋은 것 같은데, 장 노인은 상가번영회장이 더 좋다는 듯 말했다.

"상가번영회에서는 뭐 하셨는데요……?"

"많지. 네 할아비 공장 잘나갈 때만 하더라도 동대문보다 대구 서문 시장이 월등히 컸어. 그런데 호남 지방에 극심한 흉년이 들면서 호남 지역 포목상들로부터 물건값을 제대로 못 받아서 업계가 연쇄 부도나기 시작했지. 네 할아비 공장도 그때부터 휘청거렸다. 게다가 경부고속도로가 개통되면서 모든 것들이 서울로 집중되니 당연히 서문 시장은 줄어들 수밖에. 그 많던 공장들은 지들 먹고살겠다고 수출 위주로 하다 보니 당연히 시장은 더욱 힘들어졌어. 내가 섬유개발연구원장으로 있을 때 서문 시장에 활기를 불러일으키려고 세계적인 규모의 축제를 제안했고, 회장이 되고서 제대로 자리 잡게 만들었지."

"그래서 거기서 하셨던 일이 뭔데요? 매일 축제 준비하고 그러시진 않으셨을 거잖아요."

"그렇지… 대부분 관리비 받아서 민원 처리나 상가에 필요한 것들 준비하는 일을 했지."

우진이 듣고 싶었던 것은 그것이 아니었다. 도대체 뭘 했길래 유니폼이 보이는지 궁금했다.

이 작은 가게에서 섬유를 개발할 일도 없고, 그렇다고 이 작은 가게에 민원이라는 게 있을 리가 없었다.

우진은 계속해서 상가에서 무슨 일을 했는지 자랑스럽게 알려주는 장 노인을 보며 이마를 긁적였다.

*　　　　*　　　　*

파리 오트쿠튀르 패션쇼 당일. 한국에서 온 패션 잡지 'Moon'에서 온 기자는 호텔 앞에서 진을 친 상태였다. 몇몇 브랜드는 이미 며칠 전에 패션쇼를 마쳤지만, 오늘은 최대 빅쇼라고 불리는 데이비드 모리슨의 패션쇼가 있는 날이었다.

게다가 그보다 이른 시간에는 제프 우드의 패션쇼도 있었다. 공교롭게도 두 사람이 같은 호텔이었다.

물론 패션쇼를 앞두고 있기에 인터뷰를 하진 못하지만, 잡지에 현장의 모습을 담기 위해서 여기까지 찾아왔다. 옆에는 자신들과 마찬가지인 여러 나라 기자들과 패션에 관심 있는 사람들이 장사진을 펼친 상태였다.

"와… 엄청나네."

"감탄만 하지 말고, 지금부터 시작이에요. 데이비드 정면 숏 하나만 건지면 돼요. 제프 우드는 인터넷에도 사진 많으니까."

"알았어요."

"휴, 내가 짬밥만 됐어도 패션쇼 맡았을 텐데. 미안해요, 톰.

나 때문에 여기 와 있어서."

카메라를 든 톰은 피식 웃었다. 어차피 프리랜서로 계약한 상태이니 크게 상관은 없었다.

다만 모델이라도 된 듯 한껏 멋을 부린 홍주는, 일이라고 여기기보다 정말 패션쇼를 보고 싶었는지 무척이나 아쉬워했다. 그래서인지 수시로 투덜거리고 있었다.

그때, 호텔에서 익숙한 얼굴이 나왔다.

"제프 우드다!"

누군가의 외침과 동시에 플래시가 터졌다. 위아래 빨간색 슈트를 입고 나타난 제프 우드는 카메라가 익숙한지 선글라스까지 벗더니 기자들에게 손을 흔드는 여유를 보였다.

"잘 찍어요."

"열심히 찍고 있어요."

"뒤에 스태프들도 찍고요."

홍주는 곧바로 전화를 꺼내 패션쇼장에 있는 동료에게 제프 우드가 호텔에서 출발한다고 알려줬다. 패션쇼를 본 것도 아니고 제프 우드만 봤을 뿐인데도 상당히 흥분됐다.

"정말 멋있지 않아요? 내가 저 사람 때문에 시집을 못 간다니까!"

제프가 차를 타고 사라지자, 취재진이 모여 있던 곳이 동시에 술렁였다. 어떻게 보면 경쟁 관계임에도 불구하고 서로 찍은 사진까지 비교했다.

"톰, 데이비드 나오려면 몇 시간 걸릴 거 같으니까 내가 커피 좀 사 올게요. 자리 잘 지키고 있어요."

호텔이 루브르박물관 근처였기에 관광객 위주로 장사하는 커피숍이 많았다.

홍주는 그 커피숍들 중 하나로 향했다.

파리에 머무는 동안 몇 번 다녀봤던 거리였다. 차로 다닐 땐 얼마 안 되는 거리 같았건만, 막상 걸어가니 생각보다 오래 걸렸다.

힘들게 도착하니, 거리엔 패션쇼를 보러 온 사람이 상당히 많았다. 마치 자신들이 모델이라도 되는 듯 휘황찬란한 옷차림의 사람들도 상당했다.

홍주는 그런 사람들을 구경하며 커피숍에 도착했다. 어제보다 사람이 붐벼 줄까지 서서 기다려야 했다. 금방 줄어들 거란 생각에 줄을 선 채, 휴대폰을 꺼내 들었다.

주변을 둘러보고 사진 애플로 사진을 찍고선 바로 SNS에 올렸다.

#파리#출장#루브르박물관#근처커피숍#파리지앵#Moon

해시태그를 왕창 걸어놓고 계속해서 사진을 찍었다. 그러는 사이 줄이 줄어들어 입구 가까이에 왔을 때, 야외 테이블에 앉아 있는 사람이 눈에 들어왔다.

위아래 하얀색 슈트에 하얀색 와이셔츠까지 입고 있는 남자였는데, 백인임에도 불구하고 약간 검은빛이 도는 머리색을 하고 있었다. 거리에서 봤던 사람들과 다르게 상당히 멋있어 보였다.

홍주는 테이블에 있는 남자를 향해 미소를 지으며 영어로 말을 뱉었다.

"실례해요. 아! 수상한 사람은 아니고 패션기자인데, 혹시 사진 한 번만 찍을 수 있을까요? 너무 멋있으셔서 찍고 싶어서요!"

"음? 허허, 그러시죠."

테이블에 있던 사람이 씨익 웃더니 고개를 끄덕였다.

홍주는 하얀 슈트를 입은 남자의 일행에게 휴대폰을 건네며 부탁했다.

"너무 멋지신데요? 모델?"

"허허, 아닙니다."

"머리색도 너무 잘 어울리시고. 염색하신 거예요?"

"그렇긴 합니다만. 허허."

홍주는 휴대폰을 건네받고선 그 자리에서 곧바로 사진을 확인했다. 그러고는 사진이 마음에 들지 않는지 입술을 삐죽거렸다.

"제가 다시 찍어도 될까요? 제가 너무 뚱뚱하게 나와서요."

"허허, 그럽시다."

허락이 떨어지자 기자는 곧바로 하얀 슈트 남성 옆으로 이동했다. 그리고 카메라를 든 손을 하늘로 향하고 나머지 팔을 테이블에 올리는 순간 테이블이 기울기 시작했다.

"꺄아악!"

기울어진 테이블과 함께 바닥에 내동댕이쳐진 기자는 아픈 것보다 부끄럽다는 생각이 먼저 들어 벌떡 일어섰다.

제일 먼저 보인 것은 하얀 슈트의 남자였다. 슈트에 커피가 엎어져 군데군데 얼룩져 있었다.

"죄송합니다! 죄송해요!"

"허허……."

남자는 당황스러운 얼굴로 고개를 숙여 옷을 보더니 이내 슈트를 벗었다. 와이셔츠의 앞부분까지 커피가 얼룩져 있는 것을 확인하더니 더욱 곤란한 얼굴로 변했고, 일행의 얼굴은 거의 사색이 되었다.

"당신! 무슨 짓을……."

"샘, 됐네. 실수로 그런 걸. 그나저나 옷을 갈아입고 나올 걸 그랬네. 이걸 어쩐다… 여별이 있나?"

"없습니다. 곧장 다른 옷을 알아보겠습니다."

그때, 빨개진 얼굴로 어쩔 줄 몰라 하며 서 있던 홍주가 급하게 지갑에서 명함을 꺼냈다.

"제가 변상해 드릴게요. 정말 죄송해요."

"허허, Moon? 사우스 코리아?"

명함을 잠시 보던 남자는 곧장 샘이라는 남자를 향해 말했다.

"그거 입지. 우진이 보낸 옷."

"선생님 옷이 아닌데……."

"괜찮네. 쇼까지 시간 좀 남았으니 바로 호텔로 가지."

두 사람의 말에 홍주는 멍한 얼굴로 서 있었고, 그러자 백인 남성이 인자한 미소를 보이며 말했다.

"다치신 데는 없으십니까?"

"네? 아! 네. 정말 죄송해요."

"허허, 괜찮습니다. 그럼 전 이만."

"그런데… 정말 죄송한데 무슨 쇼를 하신다고……."

"허허, 오후에 저기서 쇼가 있습니다."

남자의 손을 따라 고개를 돌리니 삼각형 모양의 루브르박물관이 보였다. 잘못 봤나 싶어 두리번거렸지만, 루브르박물관 말고는 없었다.

"저긴 오늘 헤슬에서 열리는 쇼 있는데, 혹시 헤슬 관계자세요?"

"허허, 관계자라고 할 수 있죠."

"조금 전에 선생님이라고 한 거 같은데……."

"제가 데이비드 모리슨입니다, 허허."

홍주는 말문이 막힐 정도로 놀랐다. 침을 꿀꺽 삼키더니 데이비드를 물끄러미 쳐다봤다. 의심이 가득한 눈빛이었다.

"제가 알기로 데이비드 씨는 백발인데. 게다가 아직 호텔에 있을 건데……."

"허허, 얼마 전 한국에 갔을 때, 젊은 디자이너가 권해서 염색을 했지요."

"에이… 한국에 오신 적 한 번도 없는데. 거짓말하지 마세요."

데이비드가 한국에 왔으면 한국 패션 매거진 1위인 'Moon'에서 모를 리 없었다. 그렇기에 자신이 무안할까 봐 장난을 친다고 생각한 기자는 데이비드를 보며 활짝 웃었다.

"알았어요. 그리고 정말 미안해요. 제가 내일 한국으로 돌아가야 해서 시간이 없거든요. 저녁에 식사라도 하실래요? 사과하고 싶은데."

"허허, 괜찮습니다. 이보게, 샘. 서둘러 가지."

데이비드는 서둘러 자리를 떴고, 남아 있던 홍주는 데이비드의 뒷모습을 보며 코를 찡긋거렸다.

"웃음소리가 이상해서 그렇지, 매너는 끝장나네. 아, 역시 난 외국인이랑 결혼해야 하나 봐. 와! 부자 아니야? 차도 엄청 좋아 보이는데? 아! 연락처를 받아둘걸!"

외모는 그저 그랬지만, 옷 입는 스타일이나 성격이 너무 마음에 들었는데 거기에 올라탄 차마저 굉장히 비싸 보였다.

괜히 아쉬움이 몰려와 입맛만 다실 때, 휴대폰이 울렸다.

―홍주 씨, 어디세요!

"커피숍인데 일이 있어서요."

―알았어요. 어차피 거기로 가야 하니까 기다리세요.

"자리 지켜야지 여기 오면 어떡해요."

―알아보니까 데이비드 그 사람 아침에 벌써 나갔대요!

"뭐요? 아, 뭐야. 뭘 그렇게 얼굴 구경하기가 힘들어."

―게다가 아까 일본 팀이 호텔 직원한테 들었는데, 머리도 흑갈색으로 염색해서 더 알아보기 어렵대요.

"뭐요……?"

홍주는 순간 고개를 급하게 돌렸다. 하지만, 이미 차는 사라지고 없었다.

*　　　　*　　　　*

오트쿠튀르에 좀처럼 모습을 나타내지 않던 제프 우드였기에 사람들의 관심은 대단했다. 과연 어떤 작품을 선보일지, 무슨 주제로 런웨이를 꾸몄을지 궁금해했다. 궁금해하는 사람 중에선 잔뜩 기대하는 사람도 있었고, 그동안 상업성에 젖어 감을 잃어버리진 않았을까 우려하는 사람도 있었다.

대기업의 힘을 등에 업어 화려하게 꾸며진 쇼가 시작됐다. 굉장히 큰 무대였음에도 런웨이가 다른 쇼와 다르게 상당히 좁았다. 그 때문에 무대와 관객의 거리가 두 배는 멀었다. 다들 의아하게 생각했지만, 제프 우드란 이름값 때문에 생각이 있을 것이라며 수긍했다.

이내 조명이 꺼지더니 패션쇼보다 클럽에 어울리는 EDM이 들리며 쇼가 시작되었다.

"와······."

"엄청 화려하네. 위에서 핀 조명이 따라다니고 밑에 조명은 옷에 쏘고. 완전 멋있네."

세계적으로 유명한 셀럽들도 있었지만, 런웨이의 규모에 압도된 듯 처음에 나타난 모델을 보자 다들 감탄사를 뱉었다. 런웨이 양쪽에 있는 조명이 모두 모델 한 명에게 쏘아지고 있었다. 모델이 눈이 부실 것 같아 걱정될 정도였다. 하지만 그것도 잠시, 관객의 얼굴엔 의아함이 묻어 있었다.

첫 작품은 예전에 선공개했던 작품이었다. 은색으로 염색한 천은 마치 금속처럼 보였고, 그런 천으로 만들어진 드레스는 상당히 차가워 보이면서도 세련되게 느껴졌다. 하지만 옷에 붙어 있거나 새겨진 장식과, 액세서리 등을 보고 무엇을 말하려는지 느낄 수가 없었다.

옷에는 지구본 모양의 인터넷 마크도 있었고, 세계인이 사용하는 SNS 로고와 비슷한 무늬도 있었다. 마치 콜라보레이션을 해 로고를 새긴 것이라고 느껴질 정도였다.

그래서 관객들은 다음에 나올 옷을 보고 판단하려 했다. 하지만 여타 패션쇼들과는 다르게, 모델이 런웨이 끝에 도착할 때까지 다음 모델이 나오지 않았다.

관객들은 의아해하며 혼자뿐인 모델을 지켜봤다.

그때, 시끄럽게 울리던 EDM 음악이 뚝 끊겼다. 그와 동시에 갑자기 런웨이 양쪽에 달린 조명이 반짝거리기 시작했다. 그리고 그 순간, 관객들이 저마다 함께 온 일행과 수군거리기 시작했다.

"저 패턴들이 인쇄가 아니라 조명이었어? 봐봐. 지금도 사라졌다 나타났다 그러지?"

"옷감에 특수 처리를 한 건가?

"대박이네. 얼마나 연습했을까?"

"어? 조명이 다 꺼진다."

반짝이던 조명이 완전히 꺼졌고. 그와 동시에 옷에서 보이던 장식들이 사라졌다.

그러자 은색 드레스의 온전한 모습이 눈에 들어왔다. 그 순간, 금속이라고 생각했던 것이 얼음처럼 보였다. 그제야 모델의 화장도 눈에 들어왔다.

다른 색조 화장 없이 전체적으로 하얗게 칠하고, 흐트러진 머리 사이사이에 반짝이는 장식은 얼음이 언 것 같은 느낌마저 들었다.

한참을 런웨이 끝에 서 있던 모델이 뒤를 돌자, 음악이 바뀌더니 런웨이가 양쪽으로 펼쳐지기 시작했다. 그러자 런웨이 가운데가 빈 U자 모양으로 변했다. 관객들은 그것만으로도 신기한지 박수를 쏟아냈다. 곧이어 다른 모델들이 나오기 시작했고, 관객들은 디자이너가 하고자 하는 말이 무엇인지 각자 생각했다.

한편, 관계자들과 백스테이지에서 모니터하던 제프는 자신의 작품임에도 만족스러운지 연신 박수를 보냈다. 호텔에서 나올 때 입었던 빨간 슈트 대신 새하얀 슈트를 입고 검은 넥타이와 검은 구두로 포인트를 주었다.

"반응도 전부 괜찮습니다."

"당연하지. 전부 내 작품이야."

"참, 그리고 인터뷰는 내일로 잡았습니다. 그런데… 정말 갈 생각이십니까?"

제프 우드는 대수롭지 않게 입을 열었다.

"그 사람도 자연, 나도 자연. 주제가 같은데 어떻게 나왔는지 비교해 보고 싶잖아."

"그래도 선생님이 가시면 오히려 그쪽에 힘을 실어주게 될지도 모릅니다."

"옷이 좋으면 그 정도야, 뭐. 대신 내 옷보다 안 좋으면 비웃어 주면 되지. 너무 걱정하지 마."

제프 우드를 지키던 직원은 고개를 돌리고 조그맣게 한숨을 뱉었다. 이 일을 오래 했음에도, 인터뷰마저 내팽개치고 같은 날 있는 다른 패션쇼를 관람 간다는 건 처음이었다.

게다가 진짜 비웃어주기라도 하면 큰일이었다.

"걱정하지 말래도. 하하."

*　　　　*　　　　*

서울에서 온 Moon 매거진 팀 중 루브르박물관을 맡은 기자와 촬영 팀은 모두 고개를 한데 모으고 있었다.

"정말 데이비드 모리슨이네!"

"미쳤어! 미쳤어! 정말 데이비드 모리슨이네! 이 사람 피날레 의상에다 정말 커피 쏟았다고?"

"네……."

"완전 큰일 났네. 이거 우리 전부 쫓겨나는 거 아니야?"

"쫓겨나기만 하면 다행이게, 우리 회사 망한다."

다들 걱정 어린 말을 하면서도 얼굴 한편엔 부러워하는 기색이 보였다.

"일단 편집장님한테 말해야지. 지금 제프 우드 패션쇼에 있어서 전화도 안 받을 텐데."

"괜찮다고는 했는데… 다시 사과해야겠죠?"

"그걸 말이라고! 아, 어떡하지? 쇼 시간도 다 됐는데. 일단 사과해야 하니까 너도 같이 와."

보고 싶었던 쇼지만, 이렇게 보게 될 줄은 몰랐다. 마음이 무거워 쇼가 눈에 들어올 리도 없지만.

쇼장으로 들어온 홍주는 자리가 없어 런웨이에서 떨어진 카메라석에 있었다. 카메라를 맡은 톰에게 덕분에 쇼를 보게 돼서 고맙다는 말까지 들었다.

그리고 쇼가 시작되었다. 런웨이는 예상하던 대로였다. 별것 없어 보이는 드레스도 '헤슬' 특유의 고급스러운 느낌을 주었다. 밑에서 연기가 깔리며 모델이 나왔을 땐 다들 아낌없이 박수를 보냈다.

호박 모양의 버블스커트였고, 어깨와 팔에도 개더나 턱을 넣어 부풀려 놨다. 단번에 구름이라는 게 느껴졌다.

홍주는 걱정하던 것과 달리 어느덧 쇼에 빠져 휴대폰으로 촬영까지 했다. 그리고 시간이 지나 쇼가 끝났고 모델들이 런웨이로 쏟아져 나왔다.

"아, 이제 나오나 보다. 미치겠다!"

"괜찮아요. 그 사람도 괜찮다고 했다면서요."

"명함이라도 주지 말걸."

홍주는 떨리는 마음으로 무대를 봤다. 모든 모델이 나옴과 동시에 런웨이에 데이비드 모리슨이 등장했다. 그러자 무대 근처에 있던 셀럽들과 관객들이 엄청난 박수를 쏟아냈다.

"와… 사진하고 엄청 다른데요? 저 사람이 데이비드 맞죠? 사진으로는 노인 같았는데 엄청 젊은?"

"……."

"홍주 씨?"

"어? 네!"

"정신 차려요. 아까 봤다면서요."

"어… 아까보다 더 멋있어서요……."

톰은 촬영을 하면서 끊임없이 말을 시켰다.

"그런데 정말 데이비드인지 몰라봤어요?"

"어떻게 알아봐요. 톰이 봐도 사진이랑 완전 다르잖아요. 자기 입으로 데이비드라고 했는데도 안 믿기던데."

"하긴. 엄청 젊어 보이네요. 특히 저 목에 두른 넥타이하고 왼손에 저 장갑하고 엄청 예쁘네요."

"어? 저 무늬가 뭐지? 신제품일지도 모르니까 자세히 찍어주세……."

홍주는 말을 하다 말고 고개를 갸웃거렸다. 생각이 날 듯 말 듯한지 계속 얼굴을 찡그리다가, 이내 생각이 났는지 손뼉을 쳤다.

"아! 맞다!"

"작게 말해요. 쫓겨나겠어요."

"어, 아까 데이비드가 한국에 온 적 있다고 그랬거든요. 그리고 한국에서 누가 옷도 만들어줬다고 했는데! 그 옷인가? 누구라고 그랬더라? 아… 누구였더라?"

그때, 뒤에서 누군가가 말을 했다.

"우진?"

"그래! 우진! 우진이라고 했어! 우진이면 이름부터가 한국 사람인데! 누구지?"

"I.J."

홍주는 어디서 들어본 듯한 이름에 고개를 갸웃거리다가 누군가 자신의 질문에 대답한다는 사실을 깨달았다. 그에 고개를 돌려보니 새하얀 슈트를 입고 있는 남자가 보였다.

"제, 제프 우……."

"쉿!"

얼굴이 일그러질 정도로 입을 막은 홍주는 이게 무슨 일인가 어안이 벙벙했다. 톰과 영어로 대화를 해서 알아듣는 건 둘째 치더라도 제프 우드가 왜 자신의 옆에 있는지, 왜 자신의 말에 대답을 해준 건지, 지금 일어나는 일이 너무 비현실적으로 느껴졌다.

"조용해요. 쇼에 방해되니까."

"네, 네. 네!"

"그런데 저 옷을 우진이 만들었다고요?"

홍주는 말까지 더듬으며 데이비드가 저 옷을 입게 된 계기를 설명했다. 그러자 설명을 들은 제프는 몹시 화가 난 얼굴을 했다.

"웃긴 놈이네! 내 옷은 안 만들더니! 생각할수록 열받네."

*　　　*　　　*

제프 우드와 달리 헤슬에서는 쇼가 끝난 직후 기자들과 단체 인터뷰가 있었다.

수많은 기자들이 모여들었다. 기자들의 질문은 전부 패션쇼에 관한 얘기였다. 아니면 대부분 피날레 때 본 데이비드에 관해서 얘기를 나눴다.

"무슨 수술이라도 한 건가? 어떻게 사람이 젊어지지?"

"맞아. 멋있더라. 정말 고급스러워 보였어. 정말 신사 같다는 느낌이랄까?"

한국 매거진인 'Moon'도 마찬가지로 자리를 잡고 데이비드가 나오길 기다렸다. 하지만 다른 팀들과 달리 홍주를 중심으로 대화가 오갔다.

"너 오늘 무슨 날 아니야? 데이비드에 이어서 제프 우드까지 만나고?"

"저도 이게 무슨 일인지……."

"그나저나 이번엔 실수 안 했고?"

"네. 실수 안 했어요. 정말이에요."

"으휴, 만났으면 인터뷰를 해야지. 얘기를 했으면 뭘 건지는 게 있어야지. 그래야 네 실수도 덮고 할 텐데, 넌 더 배워야겠다."

"아! 맞다! IJ!"

"IJ?"

"네! IJ 우진? 톰! 톰! 우진 맞죠?"

톰이 모르겠다는 듯 어깨를 으쓱거렸다. 하지만, IJ를 들어본 적 있는 선배 기자는 고개를 갸웃거리며 물었다.

"우리나라에 있는 IJ 말하는 거야?"

"어! 아세요?"

"왜 몰라. 제프 우드 영상 보고 전화로 취재 요청했는데 안 받아줘서 찾아갔다가 쫓겨났잖아. 거기가 IJ인데?"

"맞다. 그래서 들어본 것 같았구나."

"그런데 왜? 거기 요즘 엄청 힘들던데."

"어! 선배, 그 기사 IJ 까는 기사였죠?"

"까는 것까진 아니고, 고급화 전략에 실패한 브랜드로 소개하려고 했는데. 지금 인터넷에서 욕먹고 있어서 접으려고 했지. 왜 그래?"

"안 돼요. 절대 쓰면 안 돼요!"

갑자기 대화가 이상한 쪽으로 흘러가 선배들이 의아해할 때, 데이비드가 피날레 때 그대로의 모습으로 등장했다.

"야, 왔다. 이따 얘기해."

"아니! 저 옷! 저 옷 말이에요. 저거 I.J 디자이너가 만든 옷이래요! 그 우진이라는 사람이!"

"야야, 시끄러워. 어떤 미친놈이 자기 패션쇼에 다른 제품을 입고 나와. 미친놈도 아니고."

"정말이라니까요! 아까 제프도 I.J에서 자기 옷은 안 만들어줬다고 화까지 냈다니까요?"

"쫓겨나기 싫으면 헛소리하지 말고 조용히 해. 로고도 완전 다른데, 무슨 헛소리야. 너 편집장님이 이따가 보자고 하더라."

홍주는 자신의 말을 안 믿는 선배들의 모습에 답답했지만, 편집장이란 말에 울상이 된 채 입을 다물었다. 아무래도 인터뷰가 끝난 후 직접 취재해 오늘의 실수를 만회해야겠다고 생각했다. 물론 쫓겨나지 않는다면.

인터뷰가 시작되자, 헤슬은 기자들의 질문에 앞서 오늘 패션쇼 주제를 먼저 안내했다. 안내가 끝나자 곧바로 질문을 받았다. 각 팀마다 질문을 두 개씩 허용했기에 'Moon'에서도 미리 질문을 준비해 왔다. 하지만 준비한 질문들이 앞선 안내에서 전부 답이 나오는 바람에, 서둘러 다른 질문을 준비해야 했다.

"어! 저 쪽바리 새끼! 내 질문 가로챘네! 빨리, 생각해 봐!"

순서가 거의 끝자락이었기에 앞에서 질문이 먼저 속속 던져졌다. 뒤로 갈수록 아예 차례를 건너뛰는 팀마저 있었다. 어차피 누가 물어보든 인터뷰 자체는 쓸 수 있었으니 손해는 아니었지만, 직접 말을 섞을 수 있는 기회를 놓치는 것 같아 다들 아쉬워했다. 이는 Moon 매거진도 마찬가지였다.

"아… 직접 물어보고 싶었는데."

그때, 낮에 커피숍에서 봤던 샘이라는 사람이 손으로 Moon 매거진을 가리켰다. Moon의 선배 기자가 어색한 얼굴로 다음으로 넘어가라는 듯 고개를 저을 때, 홍주가 번쩍 손을 들었다. 그러자 선배가 고개를 숙인 채 홍주를 잡아끌었다.

"야야, 너 사고 치지 말고 가만있어!"

그러자 홍주가 잠시 주춤거리더니 이내 선배를 보고 주먹을 불끈 쥐었다. 그러더니 자리에서 일어나기까지 했다.

"허허, 낮에 봤던 그분이셨군요?"

"기억하시네요. 낮엔 정말 죄송했어요. Moon 매거진의 고홍주라고 합니다."

"허허, 괜찮습니다. 그런데 저한테 궁금하신 게 있으십니까? 누군지 몰라보는 것 같았는데. 허허."

장난스러운 데이비드의 말에 각 나라마다 모여 있던 기자들의 시선이 홍주에게로 향했다. 그 어떤 기자와도 친분이 없는 사람이 데이비드란 사람이었다.

그래서인지 다들 웅성거리며 홍주의 대답을 기다렸다. 홍주는 얼굴이 시뻘게진 채로 침을 삼켰다. 그러고는 주변을 힐끔거리더니 이내 질문을 던졌다.

"혹시 지금 입고 계신 옷… 한국의 디자이너가 만든 것인가요?"

＊　　　＊　　　＊

홍주의 생각지도 못한 질문에 그 자리에 있던 모든 기자들이 큰 소리로 웃었다.

순간 부끄러워진 Moon 매거진 팀은 홍주의 팔을 잡아끌었다.

"쪽팔리니까 앉아!"

비웃음이 귀에 들릴 정도로 컸다. 직원들이 소란스러운 회견장을 정리했고, 진정이 될 때쯤 데이비드가 입을 열었다.

"허허, 이 옷은 한국 기자분이 말한 대로 한국 디자이너가 만든 옷입니다. 덕분에 이런 좋은 옷을 입게 됐습니다."

순간, 여전히 비웃고 있던 다른 기자들의 표정이 진지하게 바뀌었다. 자신의 쇼에서 다른 디자이너의 옷을 입었다는 게 상식적으로 이해되지 않았던 것이다.

홍주는 그것 보라며 옆에 있던 선배를 보며 웃었고, 선배는 입을 쩍 벌린 채 얼어붙었다.

홍주의 파격적인 질문 덕분에, 뒤에서 질문을 준비하던 다른 기자들은 눈을 반짝이며 질문을 던졌다.

"그 옷을 입고 나오신 이유라도 있습니까?"

"허허, 이유는 있지만 제가 말하긴 곤란하네요."

"그럼 강압적으로 입으신 건가요, 아니면 자진해서 입으신 건가요?"

"어쩌다 보니 입게 됐네요. 상당히 마음에 드는 옷입니다. 디자인은 약간 심플한 것 같지만, 임팩트를 제대로 줘서 가볍게 보이지 않습니다. 그리고 무엇보다 이 옷은 여기보단 오히려 밀라노에 어울릴 만한 옷이네요, 허허."

기자들이 웅성거렸다. 전부 패션에 관련된 일을 하다 보니 데이비드가 한 말이 무슨 뜻인지 알았다.

밀라노라면 다른 패션쇼들보다 봉제 기술이나 원단 자체가 돋보이는 컬렉션이 주로 나왔다. 헤슬 역시도 봉제 기술 하면 빠지지 않는데, 그런 헤슬 수장의 입에서 칭찬이 나왔다.

"그 디자이너가 누굽니까?"

"한국. 사우스 코리아 우진입니다."

"우진?"

"두 번째 질문입니까? 허허."

기자들은 대상에 대한 정보가 너무 없다 보니 어떤 질문이 적당할지 머릿속이 복잡했다. 질문을 신중하게 하려다 보니 시간이 걸렸다. 데이비드는 진행 팀에게 말해 충분히 시간을 주었다. 그사이 홍주는 고개를 숙인 채 선배와 대화를 나눴다.

"야, 이게 무슨 일이야? 지금 말한 사람이 I.J 맞아?"

"맞을걸요? 디자이너 이름은 모르는데 I.J라고 확실히 들었어요."

"그럼 정말 저 옷을 만든 사람하고 제프 우드가 말한 사람이 동일 인물이고?"

"네! 맞다니까요."

"그러니까 나 쫓아냈던 우리나라에 있는 그 구멍가게 같은 I.J 말하는 거지?"

"몇 번 말해요! 맞다니까!"

"대박!"

선배는 곧바로 휴대폰으로 메시지를 작성했고, 그사이 기자회

견장엔 질문이 오갔다.

잠시 뒤, 마지막 팀까지 질문이 끝났다.

"더 이상 질문이 없으시면 이만 종료하겠습니다."

그때 제일 앞에 있던 백인 기자가 번쩍 손을 들었다. 진행자는 고개를 저었지만, 데이비드는 질문을 해보라는 듯 손을 들어 올렸다.

"그럼 그 디자이너가 헤슬 소속입니까?"

"허허, 이거 어떻게 내 쇼보다 그 친구에게 관심이 많네요. 허허."

그때, 멀찍이서 누군가가 외치는 소리가 들렸다.

"아니지! 우진은 우리 제프 우드하고 협력관계야. 데이비드는 그냥 옷을 산 정도지."

기자들은 목소리를 따라 고개를 돌렸고, 누군지 확인한 순간 전부 카메라부터 들이밀었다.

"제프 우드다! 왜 남의 패션쇼에 온 거지? 제프 우드도 오늘 쇼 있었잖아."

"일단 찍어, 찍어."

새하얀 슈트를 입은 제프는 터벅터벅 걸어와 데이비드의 옆에 섰다. 두 사람이 함께 서 있는 장면만으로도 특종인데, 장소가 데이비드의 쇼가 있던 곳이니 기자들은 취재할 생각도 없이 사진부터 박아댔다.

제프는 카메라 세례에도 개의치 않고 데이비드를 빙빙 돌아가며 살폈다.

"허허, 왜 그러십니까?"

"이 옷이 우진이 만든 옷?"

"그렇습니다만, 티셔츠하고는 또 다르지요?"

그 말에 제프는 걸음을 멈추고 우뚝 섰다.

"아, 기분 좋았는데 열받네."

그러고는 기자를 힐끔 보더니 말을 이었다.

"아무튼 이상한 소리 하지 말라고요. 우진이 헤슬이니 뭐니 그런 소리 하면 가만 안 있습니다? 아시죠? 매튜 거기 있는 거."

"알죠. 허허, 그런데 매튜 씨만 거기 있으면 제프 우드 소속입니까? 거기엔 내 오랜 친구도 함께 있는데."

제프는 아드리아노의 아들이 우진과 함께 일한다는 걸 알고 있었기에 뭐라고 대답하진 못하고 얼굴만 찡그렸다. 그리고 그때, 기자들이 질문을 던지기 시작했다.

"헤슬의 쇼를 보러 오신 겁니까?"

"조금 전에 하신 말씀이 무엇입니까?"

"친분 없는 사이로 알고 있는데, 헤슬과 제프 우드의 합작품이 나오는 겁니까?"

"예전 인터뷰에서 I.J가 제프 우드의 협력업체라고 하셨는데, 그럼 제프 우드와 헤슬의 관계를 기대해 봐도 되는 겁니까?"

다들 함께 서 있는 두 사람의 모습을 기대하며 바라봤다. 하지만 Moon 매거진만은 달랐다.

한국에도 걸출한 디자이너들이 있긴 하지만, 저 둘처럼 세계 톱이라고 불리는 디자이너는 없었다. 그래서 다들 향후 계획을 묻는 와중에 부끄러움을 무릅쓰고 질문을 던졌다.

"I.J를 어떻게 생각하십니까?"

그 질문에 데이비드와 제프 두 사람이 동시에 눈을 맞췄다.

"제프 우드의 유능한 MD……."

제프가 말을 뱉자, 곧바로 데이비드가 조용하게 속삭였다.

"그렇게 말하면 나도 아드리아노 얘기를 꺼냅니다, 허허."

그러자 순간 제프가 말을 멈췄다. 매튜가 유능하긴 하지만, 아드리아노라고 밝히는 순간 게임이 끝나 버린다. 아드리아노 하면 자연스레 헤슬이 연상되기에.

"영감탱이가 치사하게."

"허허, 이제 나이에 맞게 살려고 합니다만."

갑자기 말을 끊더니 속삭이는 두 사람에게 시선이 집중되었다. 다들 다음 말을 기다릴 때, 얼굴만 찡그리던 제프가 데이비드를 한 번 쳐다보더니 더 이상 말을 하지 않고 단상에서 내려왔다.

"허허, 살펴 가십쇼."

*　　　　*　　　　*

새벽까지 바쁜 파리와 다르게 서울 IJ 사무실에는 아침부터 적막이 가득했다. 장 노인은 짐을 챙겨 온다며 대구로 내려간 상태였고, 미자는 금요일은 강의가 없다며 아침부터 출근했다.

그런 미자를 비롯해 출근한 사람들은 아무것도 안 하고 있기가 민망한지 우진의 눈치만 보고 있었다. 그리고 우진은 주문이 들어온 것이 없는지 확인 중이었다.

하지만 인터넷에 나도는 얘기 때문에 주문 대신 비난이 가득한 글만 자리하고 있었다. 시간이 지나면서 줄어들긴 했지만, 한 번 물면 놓지 않겠다는 듯 하루에 한 번씩 글을 남기는 사람도 있었다. 극성맞게 장난 전화까지 하는 사람도 있었지만, 주문 전화가 올 수도 있기에 코드를 뽑아둘 수도 없었다.

주문도 없고 비난만 가득하다 보니 사무실에 있던 사람들의 표정도 좋지 않았다. 게다가 매튜까지 없어 다들 더 걱정하는 눈치였다. 그때, 전화가 울렸다.

"선생님! 제가 받을게요."

우진은 장난 전화에 욕을 하던 미자의 모습을 떠올리고는 고개를 저었다. 그러고는 괜찮다는 듯 손을 올리고선 전화를 받았다.

"네, I.J입니다."

―맞죠? I.J. 여기는 Moon 매거진이라고 하는데요.

"아… 죄송해요. 인터뷰할 생각 없습니다."

―네? 잠깐만요! 저희가 찾아가겠습니다.

"아니에요. 괜찮습니다."

다들 기대하고 있던 얼굴이 취재라는 통화 내용에 실망하는 얼굴로 변했다. 전에 매튜에게 들었던 말이 있어 취재라는 말에 살짝 겁부터 났다.

"우진 씨, 그러지 말고 우리가 나가서 팔아볼까?"

"맞춤옷인데 나가서 팔긴 그래요."

그때, 휴대폰에 익숙한 번호로 전화가 왔다.

"안녕하세요, 교수님."

―네, 선생님도 잘 계셨죠?

서인대 김태곤 교수의 전화였는데, 우진에게는 그 어느 때보다 반갑게 느껴졌다. 김 교수도 인터넷에서 대략적인 상황을 봤는지 우진을 위로했다.

—요즘 힘드시죠? 이리저리 잘 모르는 사람들한테 말이 나오긴 하는데, 너무 마음에 담아두지 마세요. 선생님이 만드신 옷, 정말 좋은 옷이란 건 제가 장담합니다.

"감사해요."

—그래서 제가 옷을 한 벌 더 맞췄으면 합니다, 하하. 저번에 바쁘시다고 하셔서 기다렸는데, 연락이 없으셔서 이렇게 연락드렸습니다. 하하.

"아! 죄송해요."

우진은 미안한 나머지 보이지도 않는데 고개를 숙여 사과까지 했다. 그러다가 통화에 귀를 기울이고 있는 미자와 세운, 성훈이 보였다.

우진은 가볍게 미소를 지으며 손가락으로 동그라미를 그렸고, 그러자 세 사람이 소리 내지 않고 손을 번쩍 들어 올렸다. 셋은 얼싸안고 빙빙 돌았고, 우진도 내심 다행이라고 생각하고 안도의 한숨을 내쉬었다. 그리고 그 순간 문제점이 떠올랐다.

김 교수의 신발. 일단 신발부터 만들어야지 다음을 이어나갈 수 있었다.

우진은 잠시 생각을 했다. 매튜가 없어 상의를 할 수 없지만, 지금 이대로 있을 순 없었다. 게다가 전이라면 문제가 있었지만, 지금은 그 문제조차 해결할 수 있었다.

"교수님, 일단 교수님 구두부터 맞추시는 게 어떨까요? 저번에 주문하셨던 옷에 비해 지금 구두가 낡아 보였는데."

─하하, 괜찮습니다. 저번에도 말씀드렸는데 소중한 구두입니다. 새것도 하나 있고요.

"아드리아노 씨 구두라고 하셨죠?"

─네, 맞습니다. 지금도 아껴 신고 있죠.

"그럼 수선이라도 하시는 게 어떨까요?"

디자인이 변하는 걸 원하지 않는 김 교수였기에 수선만으로도 충분하단 생각이었다. 많이 낡은 부분과 변형된 부분만 수선하면 될 것 같았다.

─괜찮습니다. 저번에 한번 수선 맡겼다가 큰일 날 뻔했거든요. 완전 뜯어내려던 걸 다행히 지키고 있어서 말렸습니다. 하하, 그리고 다들 어려워해서요.

"제가 책임지고 해드릴게요."

─선생님께서요?

"아니요. I.J에 구두 만드시는 실장님이 계시거든요. 그분이 아드리아노 씨 아드님이세요. 전 아드리아노 씨에 비해 전혀 뒤처지지 않는다고 생각하고 있어요."

─아드리아노 씨 아들……? 지금 제가 잘못 들었나요?

"제대로 들으셨어요. 지금 I.J 실장님으로 계시거든요."

세운은 갑자기 아버지에 대해 말을 하는 통화 내용이 의문스러웠지만, 내심 기분도 좋았다.

그러고는 우진을 보며 자신이 맡겠다고 가슴을 두드렸다.

"새로 만드시는 걸 추천드리지만, 수선도 괜찮을 거 같아요."

─아들이라… 그럼 혹시, 수선할 때 제가 옆에서 지켜봐도 될

까요?

우진은 주먹을 불끈 쥐며 기쁜 마음으로 대답했다.

"그럼요. 제가 숍 주소를 알려 드릴게요."

─하하, 조금 변하셨네요. 조금 당당해진 거 같으십니다.

"아! 그런가요? 감사합니다. 그럼 주소 문자로 남겨 드릴게요. 오실 때 연락 한 번만 주세요."

─오후 수업이라 시간이 있으니까 지금 바로 가겠습니다.

우진이 전화를 끊자, 기다렸다는 듯이 몰려들었다.

"우진 씨! 주문이야? 그런데 무슨 수선을 말하는 거야?"

"전에 옷 맞추셨던 교수님이세요. 미자 씨네 학교 교수님. 그런데 그분 신발이 너무 낡았거든요."

"그게 우리 아버지 제품이고? 그러면 최소 20년도 더 된 제품일 텐데 그걸 아직도 신고 다닌다고? 대단한 사람이네. 얼마나 짠돌이여야 20년을 신고 다니지?"

"그런 분 아니세요. 너무 좋아하시더라고요. 가능하세요?"

"봐야 알겠지만, 아버지가 만든 거면 가능하지."

"다행이다. 옷보다 신발부터 먼저 수선해 주시는 게 좋을 거 같아요."

주문이 아니라는 말에 직원들은 못내 아쉬워하면서도 그것만이라도 다행이라고 여겼다. 그리고 우진도 다행이라는 듯 안도의 한숨을 뱉었다.

기쁜 마음으로 자리에 앉아, 보고 있던 홈페이지를 버릇처럼 새로고침했다.

그리고 그 순간, 영어로 쓰인 글들이 페이지를 가득 채우고 있었다.

"뭐지……?"

우진은 의아한 얼굴로 제일 위부터 차례대로 읽어 내려갔다. 하나같이 전부 주문을 의뢰한다는 글이었고, 끝에는 주문과 함께 취재를 요청한다는 글이었다.

우진이 고개를 갸웃거리자, 우진을 살피던 미자가 말했다.

"선생님, 왜 그러세요?"

"아, 갑자기 주문이 많이 들어와서요. 그런데 전부 해외네요. 프랑스 파리도 있고, 네덜란드도 있고, 가까이는 일본까지도 있네요."

"우리 해외 주문 안 받는 거 아니에요?"

"네. 그렇긴 한데. 뭘 취재한다는 거지……? 매튜 씨가 없으니까 좀 답답하네요."

"취재요? 혹시 해외에서도 욕먹으시는 건…….'

정말 해외까지 퍼져 나간 건가 싶은 생각에 우진은 순간 움찔했다. 말도 안 되는 욕을 먹고 있는 지금도 억울한데, 한국을 넘어 세계에서 욕먹을 생각하니 벌써부터 숨이 막히고 막막하기만 했다.

아무래도 매튜에게 물어보는 게 좋을 것 같았기에 휴대폰을 꺼내 들었다.

제2장
유명세

　뉴욕의 늦은 밤. 제이슨은 분명 낮에 패션쇼를 무사히 끝냈다는 보고를 받았다. 그런데 갑자기 제프 우드가 인터뷰를 미뤘다는 이야기를 들었다.

　그리고 파리 시간으로 자정, 뉴욕 시간으로 오후 6시 정도에 패션쇼를 담당하던 직원들로부터 이상한 보고를 받았다. 헤슬의 패션쇼장에 제프 우드가 나타났다는 얘기였고, 이미 사진까지 찍혀 있었다.

　제프가 데이비드를 라이벌로 여기는 것까지는 좋았다. 하지만 자신의 인터뷰도 내팽개치고 다른 사람 패션쇼에 나타나다니, 미친놈이 따로 없었다.

　결국 직원들을 풀어 술이 진탕인 제프를 찾았고, 논란거리가 생겨 회사가 타격을 받기 전에 호텔에 옮겨놓으라고 전달했다.

그러다 보니 제이슨은 헤슬의 이번 컬렉션이 제프에게 충격을 줄 만큼 대단했다고 착각했고, 헤슬 패션쇼에 나타난 제프의 일을 덮을 만한 무언가가 필요했다. 그에 회의를 소집했다.

회의에서 패션쇼 뒤에 출시하려던 제품들을 더 빨리 내보내 이목을 돌리자는 의견이 나왔다. 때문에 밤늦은 시간까지 회사에 남아 있었다.

띠리리리—

그때 전화가 울렸다. 번호를 확인하니 골머리를 앓게 만드는 두 사람 중 한 명이었다.

"매튜 씨, 보고는 MD 팀으로 부탁드립니다."

—보고가 아닙니다. 내일 낮에 대표님을 뵀으면 해서 연락드립니다.

"한국 아닙니까?"

—지금 뉴욕입니다. 늦은 시간인데도 회사에 불이 많이 켜져 있길래 들렀는데 바쁘더군요.

"후… 그럼 온 김에 올라오십쇼."

*   *   *

제이슨은 매튜에게 받은 서류를 덮었다. 아무리 봐도 회사에 이익이 되는 제안이 아니었다. 게다가 제프 때문에도 머리가 아플 지경인데 이런 제안을 한 매튜의 행동에 어이가 없었다.

그건 제안을 한 매튜 본인도 잘 알고 있을 터인데, 이렇게까지 하자 약간 화가 났다.

"특허까지 낸 새로운 패턴이라고요?"

"네, 아주 작은 변화일 뿐임에도 착용감 자체가 다릅니다."

"휴, 매튜 씨가 더 잘 알고 계실 텐데. 이렇게는 제작 자체가 불가능합니다. 기계에 매번 다른 치수를 입력하고, 그것도 모자라 대량도 아니고 한 장만 재단을 해서 다시 치수를 수정하고. 게다가 구두 조립은 전부 I.J에서 하겠다? 이게 지금 우리하고 어울린다고 생각하십니까?"

"수작업으로 생각하고 있습니다. 제프 우드 소속의 재봉사, 재단사들이면 됩니다."

"매튜 씨, 도대체 왜 그러십니까? 그 사람들이 얼마나 바쁜지 아실 만한 분이. 그리고 200벌 한정? 그냥 제프 우드 이름으로도 200벌 정도는 눈 깜빡하면 다 팔립니다. 그런데 제안서라면서 분배까지 적어 오고. 여기 보면 4 : 6? 그것도 우리가 4? 제프 우드가 그 정도라고 생각하십니까?"

"제프 우드여서 4를 잡은 겁니다. 다른 곳이었으면 2 정도였습니다."

제프 우드 소속이면서도 마치 다른 회사 사람처럼 말하는 매튜였다.

"제안서에 소개한 I.J를 한번 제대로 보시면 앞으로 얼마나 커나갈지 보이실 겁니다. 대표님 혼자서 결정할 순 없으실 테니 충분히 회의해 보시고 연락 주시죠. 필요하시면 브리핑도 가능합니다."

"이봐요, 매튜 씨. 파견 가서 열심히 한다는 거 알고 있습니다. 한번 맡은 일에 최선을 다하는 게 매튜 씨니까. 그런데 어디까지

나 소속이 제프 우드란 거 잊지 말아주셨으면 좋겠습니다. 말이 나왔으니 이참에 정리하죠. 파견 종료할 테니 한국은 이제 그만 가세요."

매튜는 제이슨의 말에 멈칫거렸다.

휴식으로 생각하고 간 한국에서 오히려 뉴욕보다 바쁘게 움직였고, 일하는 환경 차이도 많이 났다.

그럼에도 한국에 그만 가라는 말에 우진의 얼굴부터 떠올랐다. 조금씩 나아지고 있지만, 아직까지는 의기소침한 우진이었다.

하지만, 그런 우진이 옷을 만들 때만은 달랐다. 옆에서 불러도 모를 만큼 최선을 다했고, 결과물은 매번 놀라움을 불러일으켰다.

I.J가 처해 있는 작금의 상황만 넘긴다면 반드시 성공할 수 있다는 믿음도 있었다. 그 일을 해결하러 온 게 자신이었다.

그럼에도 제프 우드라는 소속 때문에 갈등이 되었다. 그때, 제이슨의 말이 들렸다.

"충분히 쉬셨으리라고 생각합니다. 휴식은 그 정도면 충분하지 않습니까? 이만 돌아오시죠."

매튜는 제이슨의 말이 결정하는 데 도움이 됐는지, 가만히 생각하다가 천천히 고개를 끄덕였다. 그러고는 제이슨의 눈을 마주 봤다.

"전에 제가 사직서를 냈었죠. 지금 생각났습니다."

"흠……."

"제가 몇 달 없는 동안 MD 팀도 무리 없이 돌아가고 있더……."

"잠깐만요. 지금 우리 회사를 그만두고, I.J로 간다는 말씀입니까? 그게 도움 될 거라고 생각합니까? 제프 우드 핵심이었던 사람이 다른 회사로 가면 우리가 어떻게 할 거라는 거 모르고 얘기하진 않으셨을 거고."

순간 매튜의 얼굴이 굳었다. 뉴욕에서는 동종 업계 이직이 자유라고 하지만, 표면상일 뿐이었다. 자신이 I.J로 가는 순간 제프 우드는 눈에 불을 켜고 감시할 것이다. 무엇을 하더라도 조금만 비슷한 구석이 있으면 바로 문제 삼을 것이 분명했다.

그때 매튜의 휴대폰이 울렸고, 번호를 보니 우진이었다.

"전 괜찮으니 받으시죠."

"실례하겠습니다."

아예 신경도 쓰지 않는 제이슨이었다. 매튜는 일어나더니 소파와 거리를 두고선 통화 버튼을 눌렀다.

―바쁘세요?

"네, 조금 바쁩니다."

―그래요? 그럼 이따가 걸까요……?

"아닙니다. 말씀하시죠. 무슨 일 있습니까?"

―그게… 해외에서 주문이 엄청 들어왔거든요. 그런데 전부 취재를 요청하더라고요.

"흠, 제가 직접 확인해 보고 연락드리겠습니다."

매튜는 전화를 끊고선 I.J 홈페이지에 접속했다. 한국에 있을 땐 엄청 빠르던 인터넷이 무척 더디기만 했고, 한참이 지나서야 주문을 볼 수 있었다.

그리고 주문을 본 매튜는 고개를 갸웃거렸다. 하나같이 세계의 유명한 패션 매거진이었다. 그중엔 제프 우드에서 일하면서 알던 사람도 있었다.

갑자기 무슨 일이 생기고 있는 건지 이해할 수 없었다. 아무리 생각해도 I.J에 동시다발적으로 취재 요청을 해올 리가 없었다. 이유가 있다면 한 가지뿐이었다.

제프 우드.

파리 컬렉션에 있는 그 사람이 만약 우진을 언급했다면 가능했다.

매튜는 제이슨에게 걸어가더니 질문을 던졌다.

"제프 우드 선생님이 오늘 인터뷰하신 내용, 알 수 있습니까?"

"인터뷰?"

제이슨은 얼굴을 찡그리더니 소파에서 일어났다. 그러고는 책상에 있던 모니터를 돌리고선 매튜에게 보여주었다.

"이 미친놈이 인터뷰도 안 하고 헤슬 쇼에 갔습니다. 휴, 그러니까 매튜 씨가 남아서 도와주셔야 하지 않겠습니까?"

매튜는 대답도 하지 않고 모니터 속 사진을 살폈다. 익숙한 옷, 스틱 타이며 장갑, 우진의 작품이 확실했다. 게다가 스틱 타이에 새겨진 I.J의 로고까지.

"이게 헤슬 쇼였습니까?"

"자기 인터뷰도 안 했으면서 데이비드 인터뷰에 나타난 사진이랍니다."

"그럼 피날레 때도 이 옷을 입고 계셨습니까?"

그러자 제이슨이 자리를 옮겨 다시 사진을 확인했다.

"맞습니다. 하얀 슈트……."

"아니, 제프 우드 선생님 말고! 데이비드 이분 말입니다."

그러자 제이슨이 다시 책상으로 돌아가 사진을 넘겼다. 그러자 헤슬의 피날레 때 사진이 나왔고, 같은 옷을 확인한 매튜는 주먹을 불끈 쥐고 소파를 내려치더니 잔뜩 상기된 얼굴로 피식 피식 웃었다.

"매튜 씨, 왜 그러십니까?"

"이 옷 때문에 그럽니다."

"데이비드 옷 말씀하시는 겁니까?"

"네. I.J 옷입니다. 데이비드 선생님이 한국에 오셨을 때 맞추신 옷입니다."

매튜는 이다음에 바로 헤슬로 갈 생각이었다. 단지 제프 우드 소속이란 생각에 먼저 방문했을 뿐이지, 사실 수작업이라면 헤슬이 먼저였다. 쇼의 피날레에서 우진의 옷까지 입었다면 분명 긍정적으로 생각할 것 같았다.

제이슨은 사진을 보다가 얼굴을 찡그렸다. 매튜의 말을 듣는 순간 조금씩 퍼즐이 맞춰졌다. 자신의 옷을 직접 만들어 입던 제프가 허구한 날 유니폼 같은 옷을 입던 모습, 패션쇼에 선보일 제품을 선공개까지 하며 우진에게 애정을 쏟던 모습.

분명 데이비드가 입은 옷이 샘나서 찾아간 것이 분명했다.

그리고 그때, 보고 있던 모니터 메신저 창에 마케팅 팀이 보낸 메시지가 올라왔다.

─세계적인 디자이너 데이비드 모리슨과 제프 우드의 선택을 받은 'I.J'

—2018 파리 오트쿠튀르의 최대 수혜자 'I.J'

—제프 우드의 협력업체 'I.J'에서 옷을 구매한 데이비드 모리슨

—제프 우드와 헤슬의 콜라보레이션. 그 중심의 'I.J'

하나같이 기사에 I.J가 포함되어 있었다. 제이슨은 골똘히 모니터를 쳐다보다, 마케팅 팀에서 보낸 영상을 재생시켰다. 데이비드의 인터뷰를 편집한 영상이었다.

I.J에 대한 언급은 물론이고, 제프가 중간에 나타나는 장면까지 나왔다. 제프의 표정만 봐도 딱 느낌이 왔다.

"이 미친놈이! 저도 하나 맞추든가! 왜 거길 찾아가!"

열불이 터질 것 같았지만, 이유를 알자 해결책이 보였다.

제이슨은 그 해결책을 직접 들고 온 매튜를 바라봤다.

"하죠, 그 제안. 합시다. 대신! 제프 우드와 헤슬도 함께하는 걸로 합시다. 그렇게 보지 마시고! 다른 이유 없습니다! 또 오해할까 봐 얘기하는데, 제프 우드하고 헤슬의 관계가 좋다는 걸 보여주려는 겁니다! 그래서 제프가 인터뷰장에도 나타났고! 그 뒤엔 합작품이 있고!"

"생각해 보겠습니다."

"아니, 이 사람이!"

매튜는 의심 가득한 눈으로 제이슨을 보더니 툭 하고 말을 던졌다.

"그럼 제 사직서는 어떻게 되는 겁니까."

"하아… 꼭 가서야 합니까? 휴… 생각해 보겠습니다."

"그럼 저도 생각해 보겠습니다."

"하⋯⋯."

제이슨은 짜증이 가득한 한숨을 뱉었다. 매튜도 분명 필요하지만, 회사 이름이 제프 우드이다 보니 제프가 훨씬 중요했다. 이미 결정은 났지만, 조금이라도 우위에 서고 싶었다.

"디자인은 제프 우드, 제작은 헤슬, 패턴은 I.J. 이렇게 회의해 보죠. 헤슬은 우리가 연락해 보겠습니다. 배분은 당연히 디자인인 우리가 5, 나머지가 3, 2."

"아직 배분에 대해 얘기하려면 이른 것 같습니다. 그건 I.J와 헤슬, 제프 우드가 모두 모이게 됐을 때 조율할 얘기입니다."

"아니! 매튜 씨는 제안서에 배분까지 적어 왔잖습니까!"

"그건 제프 우드와 I.J만 껴 있을 때입니다. 당연히 바뀌어야죠."

제이슨은 갑자기 뭐 하나 제대로 풀리는 게 없는 것 같았다. 그리고 무엇보다 스스로에게 한숨이 나왔다.

제프 말대로 진즉에 우진을 영입했거나, 서브 브랜드로 론칭했더라면 지금 I.J가 받는 관심이 전부 제프 우드로 왔을 것이다.

＊　　　　＊　　　　＊

세운을 본 김 교수는 처음에는 의심했지만, 작업하는 모습을 보며 감탄했다. 거의 해체하다시피 하더니 아예 새 신발을 만드는 중이었다.

"이거 제가 만든 것일 수도 있겠는데요? 하하."

"그렇습니까?"

"'아드리아노 Descansar 2' 이 모델이 제가 유독 많이 만든 구두거든요. 보통 1년 만들면 안 만드는데, 이건 3년인가? 내내 만들었어요."

"하하, 저도 두 켤레나 있습니다. 이거 아드리아노 선생님의 아드님을 뵙게 돼서 영광입니다."

"하하, 영광이라뇨. 저도 아버지가 만드신 신발을 아직까지 신고 계신 분을 만나 너무 감사합니다. 자, 한번 신어보시죠."

김 교수는 구두에 발을 넣고선 이리저리 살폈다. 작업하는 내내 지켜봤지만, 수선이 아니라 아예 새 신발이었다. 다만 우진의 부탁으로 인해 디자인이 약간 변경되었다.

신발 앞부분에 기존에 없던 I.J 로고의 장식이 달려 있었다. 장식이 불편하진 않았지만, 거의 새거나 다름없게 된 신발을 보자 원형을 유지하고 싶은 마음이 컸다. 그래서 기쁜 와중에도 선뜻 좋다고 말을 하지 못했다.

"이 장식 꼭 달아야 할까요?"

"마크요? 흠… 우진 씨가 달라고 했으면 이유가 있을 텐데. 마음에 안 드세요?"

"마음에 안 든다기보다는… 사실 원형 그대로였으면 하네요. 하하……."

"그럼 내려가서 한번 말해볼까요?"

"혹시 선생님께서 기분 상하시진 않을까요?"

"아닐걸요? 옷 입는 사람을 생각해서 옷에 맞는 장갑을 만드는 일만 해도 며칠 내내 만드는 사람인데. 일단 한번 가보시죠."

세운은 완성된 신발을 박스에 담고선 1층으로 내려갔다.

숍 옆문으로 들어서는 순간, 셔터를 내리고 있는 우진이 보였다.

아직 영업시간인데 왜 벌써 셔터를 내리는지 영문을 알 수 없었다.

하지만 정확히 5초 뒤 바로 알 수 있었다.

셔터 밖에서 카메라를 들고 소리치는 사람이 보였다.

*   *   *

가게에 온 김 교수가 2층에 가 있는 사이 우진은 사무실에 남아 홈페이지를 살폈다. 그 와중에도 Moon 매거진이라는 곳에서 계속 전화가 왔고, 홈페이지에는 영어로 올라온 문의가 다 보지도 못할 만큼 늘어났다.

차분하게 생각하자고 한 덕분에 지금까지 버티고 있었는데, 그런 생각이 무용지물이 될 만큼 문의가 쉴 새 없이 올라왔고 전화 또한 국제번호로 계속 걸려왔다.

사무실에 남아 있던 사람들 중 영어가 가능한 사람이 우진뿐이었기에 다른 사람들은 우진만 바라볼 뿐이었다.

글도 읽지 않고, 전화도 받지 않던 우진은 아무래도 욕을 먹더라도 해명을 하는 게 옳지 않을까 생각하고선 전화를 받으려 했다.

그때, 가게 앞에 승합차 한 대가 멈추더니 예전에 Moon 매거진이라며 인터뷰를 요청한 사람의 얼굴이 보였다.

"아……."

그 얼굴을 보자, 매튜가 전에 했던 말이 다시 머릿속에 스쳐지나갔다. 일단 해명을 하더라도 전후 사정을 알고 해야 한다는 생각에, 우진은 급하게 일어서서 가게 밖으로 나갔다.

"안녕하세요, Moon 매거진입니다. 수습 디자이너시죠?"

얼굴을 보자마자 잘못된 질문을 던지는 기자였다. 우진은 마침 잘되었다고 생각하고선 셔터를 내리며 대답했다.

"네, 인터뷰는 다음에 할게요."

"그러지 마시고 안에 디자이너 선생님한테 한번 여쭤나 보시죠. 저희가 계속 연락드렸는데 답이 없으셔서서요."

"다음에요. 조금만 비켜주세요."

"저기요. Moon 매거진에서 왔다는 얘기만이라도 학생이 모시는 선생님께 전달 좀 해주시면 안 될까요? 그냥 물어보기만이라도 해주세요. 네? 부탁 좀 드려요."

사정사정을 하는 기자의 모습에 우진은 약간 흔들렸다. 하지만 대처를 잘못하면 정말 가게가 망할 수도 있기에 그저 고개만 저었다. 그러고는 셔터를 닫으려 할 때, 숍 옆문으로 들어오는 세운이 보였다.

"우진 씨, 누구 왔어?"

세운의 등장에 기자는 가게 안으로 들어오려 했다.

"어! 어! I.J 디자이너분 맞으시죠! 그 옷! 제프 우드 팀에서 입은 그 옷! 맞네! 선생님! 저번에 연락드렸던 Moon 매거진입니다! 인터뷰 좀 부탁드려요!"

"음?"

세운은 대뜸 자신을 선생님이라고 부르는 말에 괜히 옆에 있던 김 교수를 쳐다봤다. 그러자 김 교수도 밖을 힐끔 보더니 입을 열었다.

"Moon 매거진이면 패션계에서 상당히 유명한 곳이죠. 해외 기업 사이에서 살아남은 토종 한국 매거진입니다. 대부분 옷에 관해서만 다루는 곳인데, I.J가 벌써 유명해졌나 보군요."

밖에 있던 기자가 김 교수를 보며 말했다.

"D&D 김태곤 실장님? 실장님 맞으시죠?"

"하하, 지금은 아니지만 예전에 D&D에 있긴 했죠."

"실장님도 I.J와 일을 하시는 겁니까?"

"전 아닙니다. 그저 고객일 뿐입니다."

"고객이요? 언제부터 이용하신 겁니까. 저희가 알기론 1년도 안 된 브랜드인데."

셔터를 잡고 있는 우진은 신경도 쓰지 않고 질문을 하던 기자는 우진을 밀어내기까지 했다.

그때, 사무실 안에서 미자가 휴대폰을 들고 왔다.

"선생님, 매튜 씨인데요. 전 뭐라고 하는 줄 몰라서⋯ 죄송해요."

"괜찮아요. 이리 주세요."

그러자 기자가 자신이 들은 말을 확인하려는지 가게에 있던 세운과 김 교수를 보다, 이어 옆에서 카메라를 들고 있는 촬영기자를 봤다.

"I.J 매튜면⋯ 매튜 카슨이겠지? 그런데 선생님이라면⋯ 수습한테 선생님이라고 하진 않을 거고……."

기자는 멍한 얼굴로 전화를 받은 우진을 봤다. 그럼에도 우진은 여전히 한 손으로는 셔터를 잡은 채 전화를 받았다.

"네, 알아보셨어요?"

—네. 하하하, 축하드립니다.

우진은 매튜의 저런 웃음을 처음 들어봤다. 무척 신났다는 게 전화 너머까지 느껴질 정도였기에 무슨 일인가 싶었다.

—제가 회사 메일로 자료 올려놨으니까 보면 아실 겁니다. 그리고 미스터 장 계십니까?

"할아버지 지금 안 계세요. 내일 아침에 오신다고 하셨거든요. 왜요?"

—콜라보 때문에 그렇습니다. 제가 보낸 자료 보시고 내일 미스터 장하고 상의해 보시죠.

"어? 얘기 잘됐어요?"

—할 필요도 없었습니다. 자료 보시면 아시겠지만, 잘하면 헤슬까지 참여하는 사상 최고의 콜라보레이션 작품이 될 수도 있습니다, 하하.

"헤슬까지요? 헤슬도 다녀오신 거예요?"

우진의 말에 멍해 있던 기자의 눈빛이 반짝였다.

—일단 자료 보고 얘기하시죠. 더 하실 말씀 있으십니까?

"네. 아 참……."

우진은 잠시 말을 멈추고 기자를 힐끔 보더니 전화기를 손으로 가린 채 조용하게 말했다.

"지금 가게에 기자가 와 있는데요. 어떡해야 해요?"

─벌써 왔습니까? 일단 어떤 것 때문에 왔는지 물어보시죠. 그리고 패션쇼 때문이라고 하면 인터뷰하십시오.

　"패션쇼요?"

　─보낸 자료 첫 장에 자세히 있으니, 인터뷰하시기 전에 그것부터 보고 하시면 됩니다.

　매튜와 통화를 마친 우진은 기자를 힐끔 봤다. 그러고는 조심스럽게 질문을 던졌다.

　"뭐 때문에 오신 거예요?"

　"패션쇼 때문에 왔습니다."

　우진은 고개를 갸웃거리더니 일단 잡고 있던 셔터를 놓았다.

　　　　*　　　　　*　　　　　*

　사무실로 온 우진은 기자에게 양해를 구하고 일단 매튜가 보낸 메일부터 확인했다. 우진의 뒤엔 세운을 비롯해 미자, 성훈까지 자리하고 있었고, 어째서인지 김 교수까지 서 있었다.

　매튜가 보낸 사진을 확인한 우진은 모니터를 손으로 가리켰다.

　"내 옷이다……."

　"진짜네. 이렇게 입혀놓으니까 엄청 젊어 보이네. 이제 영감처럼 안 그러겠네, 하하."

　"머리색도 더 자연스러워졌네요. 진짜 할아버지인 줄 알았는데 아니구나."

　"와… 내가 만든 장식이 이렇게 눈에 띄는구나……."

친구인지라 팔짱을 낀 채 대수롭지 않게 말하는 세운을 비롯해 각자가 한마디씩 했다. 다만 김 교수만 이해하지 못하는 얼굴이었다.

김 교수는 자신이 교수로 있는 학교의 학생인 미자에게 조용히 물었다.

"저 사람이 누굽니까?"

"아, 데이비드 씨예요."

"데이비드라… 어떤 데이비드인지……."

"헤슬이라고 했나? 거기 데이비드 모리슨이라고 하던데요. 옆에 마 실장님 친구라고 했거든요."

"헤슬이라… 음? 헤슬? 백발의 디자이너 데이비드 모리슨?"

"네. 아세요? 제가 여기서 염색해 드렸거든요."

김 교수는 헛웃음을 뱉더니 정신을 차리려 고개를 저었다. 그러고는 우진의 얼굴 바로 옆에 얼굴을 들이밀었다.

"진짜잖아! 여긴 어디지. 런웨이 같은데. 최근 헤슬 쇼라면 파리 컬렉션뿐인데?"

그러자 우진이 콧구멍을 벌렁거리며 말했다.

"네. 피날레 때 제가 만든 옷 입으셨대요."

"피날레 때?"

우진은 대답하려다가 김 교수를 보더니 갑자기 화들짝 놀라 사과했다.

"아! 죄송해요. 기다리신 줄도 모르고."

"아, 아닙니다……."

"갑자기 기자가 찾아오고 그래서 정신이 없었어요. 신발은 마음에 드세요? 신어보셨어요?"

김 교수는 정신이 없었다. 자신도 이곳의 옷이 마음에 들어 이용하고 있지만, 세계적인 디자이너의 옷을 만들리라고는 생각도 못 했다.

매튜만 해도 제프 우드에서 파견을 나왔다고 들었는데, 헤슬의 수장이 지금 자신의 신발을 수선해 준 사람의 친구라니. 게다가 그 유명한 아드리아노의 아들이었다.

뭐가 어떻게 돌아가는 건지 자신의 상식으로는 이해가 안 됐다. 하지만 본능적으로 느끼는 것은 있었다. 그는 천천히 고개를 숙여 세운이 들고 있는 박스를 봤고, 그 순간 세운이 입을 열었다.

"우진 씨, 교수님이 신발 등에 있는 우리 로고 있잖아. 그게 좀……."

"너무 마음에 듭니다!"

"음?"

"마음에 듭니다!"

눈을 크게 뜨고 말하는 김 교수였다. 세운은 이해한다는 듯 피식 웃었다. 그러자 우진은 다행이라는 듯 미소가 가득한 얼굴로 입을 열었다.

"신어보셨어요?"

"아닙니다. 보관하려고요. 아예 한 켤레 더 맞출 수 있겠습니까?"

"네?"

"보관해야 할 것 같습니다."

김 교수의 말에 세운은 마구 웃었다. 하지만 김 교수의 다음 옷을 확인할 수 없는 우진은 머리를 긁적였다.

"저, 조카. 밖에 너무 기다리고 있는 거 아닐까?"

"아! 맞다. 다 같이 나가요."

"우리도? 우린 됐어."

"저 혼자 나가면 말을 잘 못할 거 같아서 그래요. 도와주세요. 참, 교수님. 오늘은 정신없어서 정말 죄송해요. 제가 학교로 찾아갈게요."

김 교수는 손까지 저어가며 아니라고 했다. 그러고는 그만 갈 만도 한데 인터뷰를 구경하러 따라나섰다.

갈 생각이 없는 김 교수가 이상하긴 했지만, 크게 문제 되지 않았기에 I.J 식구들은 모두 응접실로 나왔다. 그러자 소파에 앉아 있던 기자가 벌떡 일어섰다.

"오래 기다리게 해서 죄송해요."

"아닙니다!"

기자는 I.J 식구들을 한 번 쓱 훑었다. 김 교수는 고객이라고 했으니 접어두더라도, 나머지 사람들의 나이 차가 상당했다. 두 사람은 너무 많아 보였고, 또 두 사람은 너무 어려 보였다.

"저 실례지만, 정말 여기 숍 디자이너 맞으시죠? 성함이… 우진 님 맞으신가요?"

"네, 제가 임우진이에요."

"아! 죄송합니다. 생각보다 너무 동안이셔서. 저희가 이런 실수를 안 하는데 워낙 선생님에 대한 자료가 없다 보니까 확인을 한 것이니, 기분 상하지 않으셨길 바랍니다."

"괜찮아요. 그런데 패션쇼 때문에 오셨다고 들었는데……."

그러자 기자는 질문을 던지기 시작했다. 그리고 조금 전에 사실을 안 우진은 그 질문들에 오히려 되묻고 있었다.

"그럼 피날레 때를 생각하고 만드신 게 아니었군요?"

"네, 그냥 데이비드 씨한테 어울리는 옷을 만들어 드린 거예요."

"아… 그렇군요. 아! IJ 홈페이지 대문에 쓰여 있던 말이군요! 당신을 위한 디자인! 맞죠?"

우진은 그 말이 좋은지 환하게 웃으며 고개를 끄덕였다.

"그럼 그 옷에 대해 설명 좀 해주실 수 있을까요?"

"설명이라고 할 게 없는데……."

그러자 함께 있던 사람들이 고개를 저었다.

"할 게 왜 없어. 장갑 만드느라 손목 보호대 무더기로 구매한 것도 있고, 신소재 구해 온 것도 있고. 또 뭐야, 패션쇼 때문에 먼저 가버려서 배송했다는 얘기도 있고. 많잖아."

"그랬나요? 그럼 데이비드 씨가 직접 방문하셨다는 얘기죠?"

"그럼요. 여기 있는 우리 유 실장이 데이비드의 그 영감 같던 백발을 염색까지 해줬는데."

"하하, 친하신가 봐요."

"친하죠. 친군데."

답답함에 나선 세운의 말에 기자는 눈을 반짝였다.

"한국에 와서 친해지신 건가요?"

"이탈리아 있을 때부터 친했죠."

"아! 그럼 그쪽……."

"마 실장이라고 부르면 됩니다. 하하."

"네! 마 실장님을 만나러 왔다가 우연히 옷을 맞추게 된 거군요?"

"그게 아니라… 음."

세운은 우진을 힐끔 보더니 입을 열었다.

"인터넷 보죠? 인터넷에 호정에서 나온 옷하고 우리 옷하고 비교하는 거 알죠?"

"하하… 알고는 있는데 저희는 별로 신경 쓰지 않습니다. 걱정하지 않으셔도 돼요, 그걸 기사로 내보낼 생각도 없거든요."

"그게 아니라, 데이비드가 그 옷을 주문했었거든요. SNS에 올린 사진 못 봤어요? 지금은 내려서 없나?"

"그런 게 있었나요?"

"아무튼 잘못 주문해서 내렸나 보네. 그거 보고 마음에 들어서 여기까지 찾아왔는데, 우연히 제가 있었을 뿐이죠. 온 김에 옷도 맞춘 거고."

조금 다르게 얘기하는 세운이었다. 우진은 세운의 말을 제대로 고치려 했지만, 세 사람이 동시에 어깨를 잡는 통에 그럴 수 없었다.

"I.J 베이직 No.1 리미티드 디자인이 제품명처럼 기본인데, 막상 입으면 완전 다르거든요. 이거 우리 직원이 미국으로 특허까지 내려 간 제품이에요. 정말 편하거든요. 한번 입으면 절대 다른 옷 못 입죠. 제프 우드도 계속 그 옷만 입고 있잖아요. 티는 바꿔도 바지는 절대 못 바꾸지. 하하."

이번만은 사실이었기에 우진도 고개를 끄덕거렸다. 그 얘기를 듣는 기자는 이런 상황이 익숙했다. 각자 숍 제품들을 홍보하는 일이 자주 있었기에, 그 옷보다는 데이비드와 제프 우드에 대해 듣고 싶었다.

"이럴 게 아니라 전화를 해봐야겠다."

전화를 꺼내는 세운의 모습에 기자는 눈을 동그랗게 뜨더니 숨까지 멈춰 버렸다.

그러면서도 '설마 전화 통화가 가능하겠어?'란 생각을 했다.

세운은 아예 들으라는 듯 스피커폰으로 해놓고 통화를 누른 뒤 탁자에 내려놓았다. 신호음이 한참이나 울린 뒤 상대방이 전화를 받았고, 과장스러운 이탈리아어가 들렸다.

―오, 나의 오랜 벗! 세운 마르키시오!

*　　　　　*　　　　　*

반신반의하던 기자의 귀에, 갑자기 흘러나온 이탈리아어 속에서 익숙한 성이 들렸다.

마르키시오. 분명 앞에 있는 사람을 마르키시오라고 부르는 말에 깜짝 놀랐지만, 이내 그저 같은 성을 사용하고 있나 보다 하고 생각했다.

그런 기자를 본 세운은 피식 웃더니 지금 인터뷰 중이라고 알리며, 영어로 말하라고 했다. 그 뒤에야 몇몇 문장을 알아들을 수 있었다.

―무슨 인터뷰 중인가?

"옷 때문에. 피날레 때 입은 거 보면 마음에 들어 하는 거 같은데, 어땠어?"

―허허, 그렇지 않아도 미스터 임에게 연락하려던 참이었네. 옆에 있나?

"어, 바로 옆에 있어. 인사해."

우진은 곧바로 전화기에 얼굴을 가까이 대고 먼저 인사를 했다.

―허허, 이렇게 전화로 얘기해서 미안합니다. 옷이 정말 좋더군요.

"감사해요. 피날레 때 입으셨다는 거 알았으면 먼저 전화를 드렸어야 하는데."

―그건 사정이 있긴 했지만. 허허, 난 마음에 들었는데 회사에선 난리도 아닙니다.

Moon 매거진에서 온 기자는 머리가 복잡했다. 얼굴조차 보기 힘든 데이비드 모리슨인데, 가까이서 통화 내용까지 들을 줄은 생각도 못 했다. 데이비드가 맞는지 의심스럽기도 했지만, 파리에 있는 취재 팀에서 보내온 내용을 생각하면 그럴 수 있을 것 같았다.

―특히 장갑. 벨크로를 조금 밑에 달 순 없었습니까?

"왜요? 불편하세요? 너무 짧으면 벨크로를 세게 조여야 해서 불편하더라고요. 팔꿈치 조금 밑에까지 하면 좀 편안하게 착용이 가능해서 그렇게 만든 거거든요."

―불편하진 않습니다. 너무 편해서 문제입니다. 계속 착용하고 싶은데 반팔을 입었을 때 모양새가 이상하더군요.

갑자기 옷에 대해 얘기를 나누자, 기자는 물론이고 김 교수까지 어리숙해 보이던 우진이 세계적인 거장하고 의견을 나누는 모습을 넋 놓고 봤다. 그때, 데이비드의 전화 너머로 다른 사람의 목소리가 멀리서 들렸다.

―선생님, 일어나셨습니까?

―조금 이따가 얘기하지. 지금 보다시피 통화 중이라네.

―그게, 본사에서 급하게 선생님을 찾고 있습니다.

―됐네. 옷 때문에 또 잔소리하는 게지.

―아닙니다. 제프 우드에서 계속 연락을 해온다고, 갑자기 제안서도 아닌 업무협약서를 보내왔다고 합니다.

―무슨 꿍꿍이야. 잠시 기다리게.

우진은 인터뷰 때문에 자세히 보지 못했지만, 지금 말하는 내용이 혹시 매튜가 말한 게 아닐까 하는 생각이 들었다.

―미안합니다. 갑자기 일이 생겨서.

"아! 아니에요. 바쁘신 것 같은데 시간 내주셔서 감사합니다."

―허허, 다시 연락하겠습니다.

곧바로 전화가 끊겼고, 우진은 머리를 긁적였다. 그런 우진의 모습에 세운이 나서서 넋이 나간 기자를 향해 손뼉을 쳤다.

"원체 바쁜 사람이다 보니 통화가 짧았네요."

"아, 아. 아닙니다. 충분합니다. 그런데… 정말 제프 우드하고 헤슬이 콜라보하는 게 사실입니까……?"

"에이, 아닐걸요? 둘이 가깝지 않다는 건 다 알 텐데."

"저도 전부 믿진 않는데… 그럴 수도 있다는 소문이 돌거든요……."

패션쇼에 대한 얘기도 조금 전에야 알았는데 그런 소문까지 들었을 리가 없었다. 다만 우진만이 매튜가 한 말을 떠올리며 고개를 갸웃거렸다.

"어디까지나 소문이니까요. 그런데 실장님 맞으시죠?"

"네, 마 실장입니다. 하하."

"네, 마 실장님은 이탈리아에서 그럼 헤슬에 계셨나요?"

"아니요? 있었던 건가? 애매해지네."

"그런데 데이비드 씨하고는 어떻게… 혹시 같은 학교 나오셨나요?"

"전 학교도 다니다 말았는데, 하하."

그때, 멍하니 지켜보고 있던 김 교수가 중얼거렸다.

"데이비드 모리슨… 이제 이해가 되네. 아드리아노 선생님이 데이비드를 자식처럼 대했으니까."

"그게 무슨 말이죠? 아드리아노면 아드리아노 마르키시오?"

그러자 세운이 대수롭지 않은 얼굴로 툭 하고 말을 뱉었다.

"아버지니까요. 자세한 건 말하기 곤란하고."

"아버지… 아! 그래서 조금 전엔 세운 마르키시오라고!"

세운이 웃으며 고개를 끄덕였고, 기자는 이제 뭘 물어봐야 할지도 모를 정도로 넋이 나갔다.

이 작은 구멍가게 같은 곳에서 데이비드의 목소리를 듣질 않나, 그것도 부족해 아드리아노라는 장인의 아들까지 있었다. 옆구리를 찌르는 촬영 기자가 없었다면 하루 종일 넋 놓고 있을 뻔했다.

정신을 차린 기자는 우진과 세운을 한 번 보고선 그 옆에 있는 나머지 두 사람도 조심스럽게 살폈다. 앞에서 워낙 놀랐기에 옆에 있던 사람도 이유 없이 대단해 보였다.

"실례지만, 두 분께선 혹시 무슨 일을……"

"전 학생인데요?"

"아, 알바생이시군요."

"아니요. I.J 고객 관리실장하고 헤어 실장이에요. 그 할아버지 염색도 제가 해드린 건데."

"할아버지라면……"

그러자 세운이 마구 웃으며 말했다.

"머리가 하얘서 그렇지, 나보다 어리다니까. 하하하."

"그냥 느껴지는 게 할아버지 느낌이에요. 아저씨라고 부르기 좀 어색하던데."

"하하하하."

기자는 멍한 얼굴로 나머지 한 명인 성훈을 봤다. 그러자 성훈은 갑자기 창피한지 고개를 살짝 돌리더니 말했다.

"지금 말하는 사람이 하루 종일 여기 앉아 있던 영감님 말하는 거였어? 그렇게 유명한 사람이었던 거야?"

＊　　　　　＊　　　　　＊

사진까지 촬영하고 나서야 기자가 돌아갔고, 김 교수도 오후에 수업이 있다며 돌아갔다. 그리고 가게에 있던 우진은 매튜가 보낸 자료를 멍한 얼굴로 살폈다.

의견 조율이 필요하겠지만, 제프 우드와의 협업은 확실히 봐도 된다는 내용이었다. 게다가 헤슬까지 참여하게 만든다는 내용에 우진은 이제 모니터를 보며 눈만 껌뻑였다.

"저기, 다들 이리 와보세요……."

우진이 모여보라는 게 처음이었기에 다들 무슨 일이 있나 생각하며 우진의 책상으로 왔다.

"매튜 씨가 보낸 자료 보니까요… 잘하면 제프 우드랑 협업할 수도 있을 거 같대요. 아니, 제프 우드랑은 확실하대요."

"정말? 그 양반이 그래?"

"하, 하하, 조카… 정말이야?"

가게가 망할까 걱정하던 성훈도 한껏 상기된 얼굴로 물었다. 우진은 직접 자료를 보여주며 설명해 주었고, 미자만이 활짝 웃으며 우진의 어깨를 주물렀다.

"선생님, 축하드려요! 이제 한 실장님 눈치 안 보셔도 될 정도로 바쁘시겠다."

"내가 언제 눈치를 줬다고……."

우진은 기분 좋은 미소를 지으며 말했다.

"아직 확실히 계약한 건 아니지만, 매튜 씨가 확실하다고 그랬어요. 휴… 아! 아까 김 교수님 있을 때 물어볼걸."

"조카님, 가게 일을 고객한테 묻는 건 좀 아닌 거 같은데."

그러자 세운도 동의한다는 듯 고개를 끄덕이며 말했다.

"우리도 그 얘기 먼저 꺼낸 회장님이 있잖아. 어디 소장까지 지내셨다는데 잘 알지 않을까? 영감님한테 먼저 물어보지?"

"아, 그래야겠다. 내일 오신다고 그랬는데 전화해 볼게요."

우진은 곧바로 전화를 했고, 한참 상황에 대해 설명했다. 그러자 장 노인이 곧바로 올라온다는 말을 하고선 전화를 끊었다.

"지금 바로 올라오신대요."

"영감님이 힘도 좋아."

＊   ＊   ＊

I.J를 나온 Moon 매거진 기자는 아직까지 멍했다. 도무지 믿기지가 않았다.

한국의 난다 긴다 하는 사람조차 헤슬은커녕 제프 우드와도 연관된 사람이 없는데, 구멍가게 같은 I.J는 두 곳 모두와 친밀했다. 게다가 아드리아노 마르키시오의 아들이라는 사람까지 실장으로 있었다.

"안 믿겠지?"

"그렇죠. 옆에서 들은 우리도 안 믿기는데."

"하… 이거 이대로 기사 쓰면 믿어줄까?"

"데이비드의 인터뷰 영상도 있고, 우리도 있으니까 믿기야 하겠죠."

그때 휴대폰이 울렸고, 고홍주라는 이름을 확인한 기자가 전화를 받았다.

―오중 선배, 선배! 어떻게 됐어요? 맞아요?

"몰라. 여기 이상하다."

―이상해요? 분명 한국 I.J라고 했는데… 다른 데 찾아간 거 아니에요?

"그건 맞는데, 이상해."

―뭐가요? 좀 제대로 말 좀 해주세요.

"조금 전에 데이비드 모리슨한테 전화 걸더라. 그 전화 건 사람이 누군지 알아? 아드리아노 아들이야. 이거 기사 어떻게 써야 하나?"

고홍주는 소리까지 지르며 난리 법석을 부렸다.

―제가 한 건 한 거 맞죠! 저 한국 가면 그 취재 저도 같이하게 해주실 거죠!

"일단 오고 나서 얘기해. 언제 와?"

―저는 오늘 가고요. 선배들은 남아 있을 거 같아요.

"왜 너만 와? 다른 애들은. 완전 신났네!"

―그런 거 아니에요. 지금 여기 이상한 소문이 들려서요. 지금 제프 우드하고 헤슬하고 주식 엄청 뜬 거 알아요? 그거 때문에 진짜 두 곳에서 콜라보한다는 얘기가 나오거든요. 오늘 새벽에 헤슬의 에드먼드 대표도 파리로 왔어요. 그거 때문에 선배들은 기다리고 저만 예정대로 오늘 돌아가요.

"으아! 내가 갔어야 하는데! 이럴 줄 알았으면 해외부를 하는 건데! 아, 맞다. 그런데 내가 아까 I.J에서 물어보니까 아예 모르던 눈치던데. 아, 하긴 친하다고 해서 다 아는 건 아니니까."

―에이, 거기에 얘기해도 당연히 모르겠죠.

"그래, 아무튼 수고하고. 올 때 선물."

기자가 통화를 마치자 운전하던 촬영 기자가 물었다.

"고홍주죠? 아침부터 전화하더니."

"어. 그런데 제프 우드하고 헤슬하고 콜라보할지도 모른다던데? 야, 미국 주식 투자하려면 어떻게 해야 하나?"

"제가 그걸 어떻게 알아요. 한국도 안 하는데."

"우린 뭐 한 거냐. 주식도 안 하고. 그나저나 우리나라도 저런 뉴스 하나 터졌으면 좋겠는데."

"선배님도 참, 무슨 말도 안 되는. 하하하."

"그렇지? 하하하, 내가 생각하고도 웃기네."

*   *   *

저녁이 되어서 가게로 온 장 노인은 우진을 옆에 앉혀놓고 매튜가 보낸 자료를 봤다. 대부분 읽을 수 있는지, 모르는 것 몇 개 말고는 질문이 없었다.

"흠, 그놈이 일은 잘하는고만. 오히려 우리한텐 좋은 상황이 됐어."

"그래요? 전 유명한 두 곳 사이에 낀 것 같아서 살짝 겁나는데."

"가진 것도 없는 놈이 겁부터 내긴. 하긴 가진 게 없으니까 잘됐다는 게지. 일단 우리가 할 수 있는 역할을 생각해 보자. 그놈이 카드로 가져간 게 패턴이라고?"

"네, 특허 신청까지 마쳤다고 그랬어요."

"그럼 우리도 일단 하나는 있고만?"

장 노인은 책상에 있던 노트를 펼치더니 글을 써 내려갔다.

〈디자인, 생산, 판매〉

"이게 뭐예요?"

"세 곳에서 나눌 작업. 더 자세히 세부적으로 나눈다면 무수히 많겠지. 아무래도 제프 우드가 가장 크다 보니 디자인과 판매까지 두 가지를 노릴 게야. 그렇다고 지네가 다 해먹을 순 없겠지. 게다가 헤슬까지 꼬셔야 하는 입장이니. 뭘 양보하든 할게야."

"아, 그렇겠네요?"

"네 녀석도 디자인에 껴볼 테냐?"

왼쪽 눈으로 보인 옷을 만드는 게 아니라 약간 두려웠다. 장노인이 입고 있는 한정판만 하더라도 보이지 않았으면 만들 생각조차 안 했을 옷이었다.

"젊은 놈이 그렇게 패기가 없어서야. 아무튼 그럼 우리는 더 편해지지. 그럼 우리는 거기까진 신경 쓰지 않아도 된다."

"그럼 저희가 작업을 맡아요?"

우진은 한정판 옷을 만들 때를 생각하더니 주먹을 불끈 쥐었다. 분명 오래 걸리긴 하겠지만, 자신 있었다.

"힘들긴 해도 한번 해볼게요."

"정신 나간 놈. 이거 아주 지 할아비 닮아서 미친 게야. 네가 무슨 수로 그걸 다 만들어."

"네? 그럼 저희는 뭐 해요?"

"패턴 넘기고 제작하는 방법을 알려주는 게지. 어디서 만들진 몰라도 전부 수작업으로 해야 하니, 거기 관련된 사람들 불러다가 너는 알려주기만 하면 되느니라. 어차피 특허도 네 거고. 그냥 알려주기만 하면 입이야 고생하겠지만, 몸이 힘든 일은 없을 게다."

"그래도 돼요? 거기서 그렇게 안 해주면요?"

"안 해주겠느냐? 제프 우드 놈들이 떼거리로 이 바지 입고 있다면서? 입어본 놈들이 참도 안 해주겠다. 이 늙은 나도 청바지를 못 벗고 있는데 그놈들이야 오죽하려고."

우진은 칭찬 같은 말에 씨익 웃었다. 그러고는 갑자기 드는 생각에 급하게 입을 열었다.

"그런데 제가 미국으로 안 가도 될까요? 매튜 씨 혼자 있는 게 조금 걸리는데."

"네가 가면 뭐. 이리저리 휘둘려 다니려고? 그놈은 눈치가 없어서 어디에 휘둘릴 놈이 아니야. 지 하고 싶은 거 끝까지 밀고 나갈 놈이지. 그놈 밥 먹는 거만 봐도 알지 않느냐. 누가 뭘 먹든지 상관도 안 하고 기어코 혼자 기사 식당 가서 꾸역꾸역 불고기 백반 처먹는 거."

우진도 매튜가 생각나 피식 웃었다. 다만 제프 우드 소속이다 보니 I.J보다 제프 우드가 우선일 수도 있다는 걱정은 약간 있었다.

*　　　　*　　　　*

각자 회사에서 회의를 한 탓에 며칠이라는 시간이 훅 지났다. 다행히도 제프 우드의 회의실에는 헤슬의 관계자와 제프 우드 관계자, 그리고 매튜가 함께였다.

편을 가른 것처럼 양쪽으로 나뉘어 있는 가운데, 매튜가 일어서서 우진의 이름으로 등록된 패턴을 설명했다.

"저걸 어떻게 재봉하라는 거야? 손바느질하라고? 저렇게 하면 주머니 옆 틈새가 금방 해지지 않을까?"

"바느질은 무슨… 저렇게 재단하기도 힘들 거 같은데."

"만드는 걸 한번 직접 보고 싶네? 샘이 회의에서 엄청 칭찬했잖아. 우리 제품보다 편하다고."

"궁금하긴 하네. 그래도 하게 되면 작업은 우리 헤슬이 하는 게 맞겠네. 이런 쪽은 우리가 더 어울리잖아."

지금 이 자리에서 세부적인 상황을 의논하진 않았지만, 각자 맡아야 하는 역할을 생각해 놓고 왔는지 눈치 싸움이 한창이었다. 이미 보이지 않는 전쟁을 시작한 것 같은 분위기 속에서도, 매튜는 자신의 할 일을 끝내고 질문까지 받아넘겼다.

한창 질문을 하던 중 헤슬 쪽에서 의심스러운 얼굴로 입을 열었다.

"매튜 씨는 제프 우드 소속이니 당연히 우리 헤슬에게 불리한 조건이 될 것 같습니다. I.J에서는 매튜 씨 말고 다른 사람은 없습니까?"

"제프 우드 소속 아닙니다. 퇴사했습니다. 지금 전 I.J 대리인입니다."

그러자 헤슬 관계자들이 앞에 보이는 사람들을 살폈다. 그리고 그런 소리를 뭐 하러 하냐는 듯 매튜를 못마땅하게 보는 얼굴을 확인하고 자신들끼리 웅성거렸다.

"못 믿으신다면 할 수 없죠. 잠시만 기다려 보시죠."

다들 매튜가 확인시켜 줄 거라 생각하고 기다렸다. 매튜는 전화를 걸더니 무슨 컴퓨터를 켜놓으라는 말을 하고선 끊었다. 그러고는 노트북을 스크린에 연결하더니 어딘가에 전화를 걸었다.

—어? 이게 뭐야? 이거 영상통화예요?

"영상통화 맞습니다."

—갑자기 왜요?

"뭐 하고 계신 겁니까?"

—아, 할아버지가 책장을 만드신다고 하셔서요. 샘플로 원단 엄청 가져오셨거든요. 그거 꽂아두신다고 하셔서.

머리에 수건까지 두르고 있는 우진이었다.

"잠시 회의에 참석하시죠."

우진은 무슨 소리인가 싶어 고개를 갸웃거렸고, 매튜는 곧바로 노트북을 돌려 버렸다.

"저분이 I.J 디자이너 임우진 선생님입니다."

—어……?

"그럼 회의 이어가죠."

화면에는 놀랐는지 혀까지 내미는 우진이 보였다.

*   *   *

우진의 옆에는 어느새 장 노인까지 자리하고 있었고, 회의는 긴 시간 이어지다가 잠시 휴식 중이었다. 우진은 회의 내용을 장 노인에게 통역해 주며 상의했다.

"할아버지 말씀이 맞네요. 디자인은 헤슬에서 양보한 대신 판매하려고 하네요. 그래서 계속 같은 얘기 중이에요. 이거 밤새 똑같은 말만 할 거 같은데… 안 피곤하세요? 전 같은 말만 해서 그런지, 하마터면 졸 뻔했어요."

"어린놈이 졸기는. 그나저나 혜슬도 장사꾼 놈이 껴 있나 보고 만? 어찌 보면 그게 당연한 게야. 사람들이 옷을 사면 뭐라고 말할 거 같으냐? I.J 패턴을 기반으로 제프 우드에서 디자인하고 혜슬에서 제작한 옷을 샀다고 말하고 다닐 거 같으냐. 아니면 제프 우드에서 샀어, 혜슬에서 샀어. 그럴 거 같으냐."

"그러네요. 그럼 어차피 수량도 천 벌로 올렸겠다. 그냥 사이 좋게 오백 벌씩 나눠서 팔면 될 텐데……."

"하하, 네가 말해보거라. 너도 회의에 참석 중 아니냐. 저들이야 조금이라도 더 가져가려고 그러는 걸 테고, 우리야 판매는 상관없지 않느냐. 이럴 땐 상관없는 사람이 나서는 게 좋지."

한국은 자정이 넘어가는데도 뉴욕은 점심까지 먹는지 기다리는 시간이 꽤 걸렸다. 우진이 피곤함에 지쳐갈 때쯤 자리가 채워지기 시작했다. 또다시 같은 말이 시작되려고 할 때, 우진이 입을 열었다.

"반씩 나눠서 팔면 안 되나요? 저희는 팔 여력이 안 돼서 두 곳에서 나눠 팔면 될 거 같은데. 그리고 어차피 디자인 나오면 또 모일 거 같은데, 각자 회의해 보고 다시 얘기하는 게 어떨까요?"

그 말에 두 회사는 상대방의 눈치를 살폈다. 자신들도 최후의 수로 나눠 팔 생각까지 하고 있지만, 조금이라도 비율을 높이기 위해 힘을 쓰는 중이었다.

서로 먼저 물러설 수 없어 눈치만 보자 매튜가 나섰다.

"선생님 의견대로 다들 생각해 보시죠. 지금은 어차피 의견을 조율해 가는 자리이니."

마지못해 두 회사가 고개를 끄덕였고, 그제야 회의가 진행되어 갔다.

희한하게도 다른 결정은 더디기만 했는데 협업 준비를 언론에 알리는 것은 두 곳 모두 쉽게 찬성했다. 그것도 파리에 있는 제프 우드와 데이비드가 하기로 순식간에 결정되었다.

어느덧 시간이 흘러 한국 시간으로 자정이 훌쩍 넘어가자 장 노인도 피곤한지 눈을 껌뻑거렸고, 우진도 하품을 참아가며 지켜봤다. 다행히 회의가 마무리되어 가는 분위기였다. 그런데 이번엔 매튜가 의자를 아예 헤슬 쪽으로 돌려 앉았다.

"헤슬에서 제작하기로 한 결정은 변할 것 같진 않군요. 그럼 시간도 아낄 겸 일단 패턴사, 재봉사와 재단사분들 대표 한 분씩만 한국으로 보내주시죠?"

"뭐요?"

"제작 방식을 미리 알아두셔야 할 테니까요. 다들 일류시니 하루 정도면 배우실 겁니다."

"지금 농담하시는 거죠?"

"아닙니다. 꼭 필요합니다. 아까 브리핑한 걸 들으셨다면 제작 방법이 조금 다르다는 걸 아실 수 있습니다. 그래서 각 대표 한 분씩만 방법을 배우고 돌아가셨으면 하는 겁니다."

제프 우드 측은 그 상황이 재밌다는 얼굴로 지켜봤고, 헤슬 측 모든 사람은 상당히 못마땅한 얼굴이었다. 수제 명품의 대명사라고 불리는 헤슬을 모욕하는 것처럼 느껴졌다. 그리고 그 모습을 화면으로 보던 우진은 서둘러 입을 열었다.

─이렇게 알려 드려도 되지 않을까요? 회의도 영상통화로 참석했는데.

"허, 가르치다니, 누가 누굴 가르친다는 건지."

─가르치려는 건 아닌데. 그냥 만들면 이상할 거거든요. 데이비드 씨한테 한번 물어보세요. 직접 보셨어요.

"크흠."

─아, 이것도 바로 결정하기 어려운 건가요? 제가 이런 회의가 처음이라서 잘 몰랐어요. 그럼 회의하시고… 다음에 해요.

헤슬 측은 데이비드란 말에 순식간에 꿀 먹은 벙어리처럼 아무런 말도 하지 못했다. 매튜는 스크린에 고개 숙여 인사하는 우진을 보며 씨익 웃었다.

*   *   *

아침 일찍부터 가게를 정리한 우진은 컴퓨터부터 켜더니 검색창에 I.J를 입력했다. 여전히 커뮤니티들에 올라왔던 글이 있었고, 그런 글 사이에 끼어 있는 기사 하나가 보였다.

눈을 떠 확인한 휴대폰에 Moon 매거진에서 보낸 메시지가 있었다.

새벽에 기사가 올라간다는 내용이었기에 어떤 식으로 썼을지 궁금해서 찾아본 것이다.

(거장들이 인정한 작은 거인. 'I.J'의 디자이너 임우진을 만나다. ─l─)

기사는 총 2회로 나뉘어 올라온다고 들었다.

우진은 제목이 약간 부끄러운지 수줍게 웃으며 기사를 클릭했다. 그러나 기사를 읽던 우진은 씁쓸하게 웃었다.

제목만 자신의 이름이 들어가 있었지, 내용은 처음부터 끝까지 헤슬과 제프 우드에 관한 얘기였다. 그리고 마지막 즈음에야 우진이 데이비드 모리슨의 옷을 제작했다는 말과 함께, 데이비드가 극찬을 했다는 얘기를 짤막하게 소개하며 다음에 계속된다는 말로 끝났다.

'다음 기사에는 숍 소개를 해주려나.'

우진은 숨을 깊게 한 번 들이마시고는 LJ 홈페이지에 접속했다. 해외는 주문이 불가능하다는 알림까지 올려놓았건만, 오늘도 어김없이 해외에서 들어온 주문이 상당했다.

그런 해외 주문들 속에서 한글을 찾아보려 했지만, 여전히 한글로 된 주문은 없었다. 기사가 나가면 조금 달라지지 않을까 하는 기대감도 있었는데 방문자 숫자 역시 크게 변동이 없었다.

아쉽긴 하지만, 기사가 새벽에 올라왔으니 아직 못 본 사람이 있을 수 있다고 스스로를 위안했다. 그리고 그때, 할 것도 없으면서 항상 첫 번째로 출근하는 성훈이 들어왔다.

"안 그래도 가게 정리된 거 보고 조카가 와 있을 줄 알았어. 밥 안 먹었지?"

"이따 먹으려고요."

"뭐 하고 있었어? 주문 들어왔어?"

"아직요. 해외에서만 들어오네요."

"그 사람들은 그럴 시간에 가게를 한번 찾아오지. 요즘은 인터넷 때문에 그런 게 없다니까."

성훈은 과장된 몸짓으로 자신이 더 아쉽다는 표현을 했다. 그러고는 곧바로 일을 하려는지 입고 온 옷을 갈아입었다.

"할 것도 없는데 쉬셨다 하세요."

"아니야. 우리 바빠질 수 있다고 그랬잖아. 미리 틀을 좀 만들어보려고. 예전에 조카가 준 버튼들 크기별로 준비를 해놓는 게 좋을 거 같아서."

"아! 제프 우드랑 헤슬이랑 같이하는 거 우리가 제작 안 할 거예요."

"하하, 알지. 장 상무님이 말해주셨어. 그래도 그 기사 터지고 나면 엄청 바빠질 거라고 하더라고. 내가 생각해도 그럴 거 같고. 괜히 나 때문에 시간 잡아먹게 될까 봐 미리 준비하려고."

우진도 약간은 기대가 되어 가볍게 미소 지었다.

"도와드릴까요?"

"됐어. 괜히 손 다치면 어쩌려고. 어? 아침부터 뭐야. 저기 저 사람 며칠 전에 왔던 기자 아니야? 아침부터 왜 온… 저 카메라는 뭐야……?"

갑자기 당황하는 성훈의 모습에 우진은 가게 밖을 살폈다.

며칠 전에 인터뷰도 했고, 기사가 올라간다는 메시지까지 보낸 기자의 얼굴이 보였다. 그런데 그 기자만이 아니었다. 뒤에서 사람들이 오는 것으로 보아 한 대의 차로 온 것 같진 않았다.

무슨 일인지 알아보려 우진이 가게 밖으로 나가려는데, 가게 창에 손을 모으고 안을 살피는 여자가 보였다.

"유리에 자국 남는데……."

"아! 죄송해요. 그런데 혹시 IJ 직원이세요?"

처음은 어떻게 저렇게 한결같은지 우진이 피식 웃으며 대답하려 할 때, 그나마 안면이 있던 기자 오중이 나타났다.

"선생님! 야, 고홍주! 저분이 임우진 선생님이셔."

"네?"

고홍주는 눈을 동그랗게 뜨고선 우진을 살폈고, 우진은 머리를 긁적이며 오중에게 물었다.

"저희 가게 오신 거예요?"

"네! 아, 선생님도 참, 왜 그때 말씀해 주지 않으셨어요."

"뭘요?"

"콜라보요, 콜라보! IJ하고 제프 우드, 헤슬. 세 회사의 콜라보요!"

"어? 어떻게 아셨어요?"

되묻는 우진의 말에 오히려 당황스러운 건 오중이었다. 자신들은 파리에서 날아온 소식에 출근하자마자 곧바로 그 어디보다 빠른 특종을 기대하며 왔건만, 정작 당사자는 발표한지도 모르는 모양새였다.

"어제… 그러니까 파리를 시작으로, 12시니까 우리한테는 한두 시간 전이네요. 그 오밤중에 갑자기 제프 우드하고 데이비드가 콜라보한다고 밝혔어요. 그런데 거기에 IJ까지 같이한다고 했거든요."

"벌써요? 어제 새벽까지 회의했는데… 엄청 빠르네."

"회의도 하신 겁니까? 대박! 진짜 대박! 얘기가 어디까지 진행된 건지 말씀해 주실 수 있나요? 확정된 건가요? 저희가 입수한 내용으로는 확실하단 얘기가 있어서요."

아직 준비 중이라고 발표했지만, 오중은 우진을 떠봤다. 그리고 우진은 오히려 오중에게 되물었다.

"그래요? 어제 회의를 더 했나?"

"아닙니다. 하하, 그런데 촬영 좀 괜찮으십니까? 오늘은 가게 내부도 좀 촬영하고 영상으로 인터뷰를 좀 땄으면 하는데."

"일단 들어오세요."

가게 안으로 들어온 순간 가게 전화가 울리는 소리와 함께 책상 위에서 부르르 떨고 있는 휴대폰 진동 소리가 요란하게 들려왔고, 전화를 보며 어쩔 줄 몰라 하는 성훈도 보였다.

"내가 받아봤는데 영어로 말을 하더라고. 조카, 미안해."

"아니에요."

우진은 회사 전화를 받으며 휴대폰을 확인했다. 휴대폰에 떠 있는 사람이 중요한 인물이었기에 우진은 휴대폰부터 받았다.

"네, 데이비드 선생님."

우진의 말에 취재 팀은 약간 놀란 듯했다. 오중 역시도 전에 한 번 봤지만 여전히 새로운지 숨까지 죽여가며 우진의 말에 귀를 기울였다.

—우리의 인연이 이렇게 이어지는군요.

"아, 발표하셨다는 얘기 들었어요."

—허허, 미안하게 됐습니다. 제프 그 사람이 미스터 임에게 단단히 삐친 모양입니다.

"아……."

—허허허, 그 사람은 신경 쓰지 않아도 됩니다. 그리고 회의에

서 저희 쪽이 실례를 범했다고.

"네? 그런 거 없었는데."

―다들 자기 위치에 취해서 그런 거니 이해해 주십쇼. 아마 지금쯤 한국에 갈 준비를 하고 있을 겁니다.

우진은 그제야 무슨 말을 하는지 이해했다.

"괜찮아요. 그럼 세 분이 오시는 거예요?"

―허허. 재단사, 재봉사, 패턴사 세 명이 한 팀으로, 총 2팀이 갈 예정입니다. 그리고 미안한데 이건 비밀로 해줬으면 좋겠군요. 난 괜찮은데 밑에서 난리를 부리는 통에.

우진은 그 말에 옆에 있던 기자들을 쳐다보더니 전화기를 손으로 급하게 가렸고, 기자는 오히려 그 행동에 눈을 반짝였다.

제3장
헤슬의 장인들

　취재를 마치고 돌아온 Moon 매거진 기자들은 각자 자리에서 기사도 쓰지 않고 멍한 상태였다.

　갑자기 뭔가 숨기는 듯한 느낌을 받긴 했지만, 그런 건 아무렇지도 않았다. 제프 우드와 헤슬, 두 곳과 함께한다는 사실이 중요했다. 그리고 그 사실을 우진의 입에서 결국 듣게 되었다.

　아무리 봐도 구멍가게에다가 디자이너도 한 명이고, 숍이라면 당연히 있어야 할 패턴사, 재봉사도 없는 곳이 우리나라 기업들도 하지 못한 일을 했다.

　우리나라 기업뿐만이 아니라 세계 어떤 기업도 못한 일이었다.

　다른 유명한 브랜드들은 유명 디자이너나 다른 브랜드와 협업을 하기도 했지만, 제프 우드와 헤슬은 지금까지 그런 경우가 단

한 번도 없었다.

둘이 하는 것만으로도 놀라운데, 숍 같지도 않은 한국의 아주 작은 숍이 끼어버렸다.

"장오중, 취재 보고 안 할 거야? 고홍주는 왜 저래!"

"어떻게 써야 할지 모르겠는데요……"

"지금 패션바이블에서 우리한테 물어봤단 말이야. 아는 거 있냐고. 곧 있으면 한국에 취재 올 거 같은데 우리가 먼저 기사 올려야지. 지금 빵 터뜨려야 새벽에 네 기사 올라간 거 그것도 덩달아 뜰 거 아니야."

그때, 뒤쪽에 앉아 있던 고홍주가 자리에서 벌떡 일어서더니 오중에게 뛰어왔다.

"선배, 아, 부장님."

"넌 뭔데 갑자기 뛰어다녀."

"아… 오중 선배한테 할 말이 있어서."

"뭔데. 나한테 해봐."

"그게… I.J가… 혹시 사기 치는 건 아닐까 싶어서요… 국제적인 망신일 수도 있어서……"

"그게 무슨 말이야."

그러자 오중이 고홍주의 행동을 이해한다는 듯 고개를 끄덕이며 말했다.

"그 가게가 좀 이상해요. 아드리아노 아들이 있다는 건 아시죠? 그런 사람이 있는 것도 이상한데, 가게에 일하는 사람이 없어요."

"무슨 말이야."

"그러니까 패턴사도 없고, 재단사도 없고, 재봉사는 물론이고 일을 도와줄 수습도 없어요."

"따로 있겠지."

"없다니까요? 직접 혼자 다 한다고 그랬다니까요."

"무슨… 고홍주 네가 말해봐. 파리에서 보낸 내용에서 데이비드가 밀라노에 더 어울리는 옷이라고 그랬다며."

직접 질문을 했던 고홍주는 확실하게 기억했다. 디자인뿐만 아니라 재봉 실력을 거론하며, 밀라노 패션쇼에 더 어울릴 만한 옷이라고 말했다. 사실 그 이유 때문에 더 믿기지 않는 중이었다.

"오래된 양복점이라면 모를까, 요즘엔 그런 곳이 없을 텐데……."

잠시 고민하던 부장은 시계를 한번 보더니 입을 열었다.

"일단 어찌 됐건 기사부터 올려. '한국의 디자이너가 세계 패션계의 중심이 되다' 이런 식으로 올리고, 고홍주 너는 계속 알아봐."

"뭘요?"

"I.J가 정말 혼자 하는지, 아니면 다른 데서 받아 오는지 그런 거 알아보라고!"

"우린 패션 잡지인데… 그런 거까지 해요?"

"하라고! 기사 내보냈는데 만약에 네 말대로 세계적 기업을 상대로 사기 친 거라면! 네가 말 꺼냈으니까 네가 조사하라고."

"어떻게 알아봐요……."

"거래하는 도매상이나 있을 거 아니야! 잠복하든 뭘 하든 알아보라고! 너 자꾸 하기 싫어서 말대꾸할래?"

그제야 고홍주는 고개를 푹 숙인 채 자리로 돌아갔다.

*　　　　*　　　　*

우진은 저녁이 된 지금까지 울리는 전화를 보며 이제는 무섭다는 생각이 들 정도였다.

하루 종일 전화를 받았고, 거의 다 해외에서 걸려온 전화였다.

방전된 휴대폰은 충전 중이었고, 사무실 전화는 우진이 지친 나머지 수화기를 내려놓은 상태였다.

"선생님, 죄송해요. 제가 영어를 할 줄 알았어야 하는데……."

"아니에요. 괜찮아요."

세운이 미자를 보고 피식 웃으며 말했다.

"왜 우리나라에선 전화가 안 오지? 아직 소문이 안 났나? 왜 이렇게 느려? 그래야 우리 유 실장이 나설 텐데."

"아침에 Moon 매거진에서 왔다 갔잖아요. 참, 기사 올라온다고 했는데."

8시에 기사가 올라온다고 연락을 받았는데 너무 정신이 없어 아직 확인을 하지 못했다. 우진은 곧바로 Moon 매거진 블로그에 접속했다. 그리고 제일 첫 화면에 익숙한 곳의 사진이 보였다.

⟨거장들이 인정한 작은 거인. I.J 디자이너 임우진을 만나다. ─2─⟩

(서울=Moon 매거진) 장오중 기자 = I.J가 명품으로 꼽히는 '제프 우드' 와 '헤슬'과 협약을 맺고 해외에 진출한다.

이번 협약은 I.J에서 제프 우드에 협약을 제안하면서 이뤄졌다.

…(중략)…….

I.J 관계자는 제프 우드에서 '현재 각종 커뮤터니 사이트에서 논란 중인 'I.J 베이직 No.1 리미터드'의 독창적이고 실용적인 패턴에 관심을 보인 것으로 생각한다'고 말했다.

2018 파리 오트쿠튀르 = '헤슬'의 '데이비드 모리슨'(사진=Moon 매거 진 고홍주)

블랙 슈트와 하얀 셔츠에 네이비 스턱 타이와 장갑으로 포인트를 주 었으며, 여기에 I.J의 고급스러운 구두를 매치해 신사다움을 더했다.

…(중략)…….

이들은 세부적인 조율이 끝나면 조만간 내용을 선보일 예정이라고 밝혔다. I.J의 옷은 I.J 홈페이지와 SNS에서 확인할 수 있다.

기사에는 댓글도 벌써 수두룩하게 달려 있었다.

―여기가 그렇게 유명한 곳이었어?

―현직 패션업에 종사하는 사람으로서 말한다. 엎어질 확률 99%라고 본다.

―종사자 납셨네. 여기 까던 애들 어디 갔냐ㅋㅋㅋㅋ

―인실즈 인증 점.

옷에 대한 얘기보다 자기들끼리 편 갈라 싸우거나 안 될 거라는 악담을 적어놓았다. 우진 스스로도 아직 실감이 나지 않았기에 그 글을 보며 웃어넘겼다. 그러자 함께 있던 장 노인도 피식 웃었다.

"그렇게 매일 욕먹더니 이제 저 정도에는 끄떡없구나."

"하하, 그냥 별로 나쁜 말도 아닌데요, 뭐. 아 참, 미자 씨, 여기서 싸우시면 안 돼요."

각 커뮤니티에서 글마다 싸움을 벌이는 미자에게 장난스럽게 말을 한 우진은 휴대폰을 확인했다.

역시나 어떻게 번호를 알았는지 부재중전화는 물론이고 메시지까지 꽉 찬 상태였다.

그때, 누군가가 셔터를 몇 번 두드렸다.

"누구지?"

"기자들일 게다. 저 기사 보고 돈 좀 되겠다 싶으니까 무작정 찾아왔겠지. 오늘 하루 종일 꼬치꼬치 캐묻던 기자랑 다르지 않을 게다."

우진은 오후에 또 오더니 취조하듯 꼬치꼬치 캐묻던 고홍주를 떠올렸다.

옷을 어떻게 만드느냐부터 거래처가 어디냐 등 마치 취조당하는 느낌까지 받았기에 지쳐 있었다.

그렇게 한참을 시달리고 나서야 고홍주를 겨우 쫓아내고 가게 문을 닫고서 쉬던 참이었다.

우진이 정중히 거절하려 나가려 할 때, 셔터 앞에서 한국어가 아닌 영어가 들렸다. 사람이 꽤 많은지, 여럿이 웅성거리는 소리가 들렸다.

"샘, 여기가 맞나? 잘못 찾아온 거 같은데?"

"맞습니다. 기다려 보시죠."

우진은 해외에서 취재를 온 건가 생각했고, 먼 곳에서 왔는데 그냥 보내도 되나 고민에 빠졌다.

상의를 하러 사무실로 향하는데, 그때 사무실에 있던 세운의 휴대폰이 울렸다.

"왜 전화했지?"

세운은 전화를 받더니 몇 마디 대화도 하지 않고 놀란 얼굴로 우진에게 셔터를 가리켰다.

"우진 씨, 밖에 헤슬에서 온 사람들인가 봐. 데이비드가 문 닫혀 있다고 그런다!"

"벌써요?"

"빨리 열어줘."

우진을 비롯해 성훈까지 급하게 나가 셔터를 열었다. 그러자 밖에서 어정쩡하게 서 있는 사람들이 보였다.

"오랜만입니다, 미스터 임."

"아! 샘 씨."

전에 봤던 샘을 포함해 총 7명이 있었다. 젊은 사람부터 장 노인 정도로 보이는 사람까지 다양한 연령대였다.

"아! 일단 들어오세요."

그때, 아직도 밖에서 기다리고 있었는지 고홍주가 서둘러 달려오는 모습이 보였다.

"저기요! 저기요! 저분들은 누구시죠!"

우진은 고개를 돌리고선 들리지 않는 척 서둘러 가게 안으로 안내했다.

＊　　　＊　　　＊

의자가 부족해 사무실과 2층 세운의 작업실에 있던 의자까지 가지고 내려왔다. 패턴사, 재봉사, 재단사까지 각 둘씩 두 팀이라고 소개를 받았고, 우진도 직접 가게 식구들을 소개했다.

그리고 대화를 이어갔는데, 그럴수록 I.J 식구들의 표정은 좋지 않았다. 오로지 세운만 곤란하다는 얼굴이었다.

"말씀 많이 들었습니다."

하나같이 우진보다 세운에게 말을 걸었고, 모든 대화도 세운을 통해 말했다. 그러다 보니 세운 말고는 전부 꿔다 놓은 보릿자루 신세가 돼 있었고, 우진 역시 마찬가지였다.

그 모습이 못마땅한지 장 노인이 발로 바닥을 찼고 순간 대화가 끊겼다.

그러자 장 노인이 코를 씰룩거리며 혀를 차더니 한국어를 아는 샘에게 말했다.

"이게 헤슬에서 보내는 공식적인 입장인 겐가?"

"아닙니다."

"그럼 이게 뭔가? 우리 수장은 여기 있네만. 지금 무시하는 겐가? 아까 분명 디자이너라고 소개를 한 줄로 아네만."

저 사람들에게 어떻게 알려줘야 하는지 생각하고 있던 우진은 흠칫 놀랐다. 미자는 장 노인처럼 기분이 나빴는지 고개를 흔들며 격하게 동의했다. 성훈만 조심스러운지 장 노인을 진정시켰다.

"게다가 지금 늦은 시간에 인사하러 온 거 아닌가?"

"실례했습니다. 그럴 의도는 아니었습니다."

샘은 서둘러 일행에게 통역을 해줬다.

그 말을 들은 일행은 오히려 기분이 나쁘단 얼굴로 우진을 봤다. 그러더니 그들 중 나이가 가장 어려 보이는 사람이 입을 열었다.

"뭘 배우라고 여기까지 오라는 겁니까?"

"배운다기보다는 방법을 알려 드리려는 거예요."

"디자인은 제프 우드에서 나오기로 했는데, 우리가 당신에게 배울 게 있습니까? 그리고 보니 정작 중요한 사람들은 없군요. 이게 I.J에서 헤슬에게 대하는 공식적인 태도입니까?"

우진은 상당히 까칠한 남자의 말에 목덜미를 한번 긁적이고선 대답했다.

"제가 알려 드리려고요."

"뭘요."

"패턴부터, 재단하는 법, 그리고 재봉까지요. 여기서 제가 혼자 다 하거든요."

그 말에 전부 얼굴이 구겨졌다. 그러더니 우진을 노려보고선 콧김까지 내뿜었다. 우진은 저럴 거라 예상했음에도 곤란해했다.

가르친다는 말보다 알려준다는 말로 순화시켰는데도 저 정도 반응이었다.

"다들 일어나시죠! 저희가 잘못 온 것 같습니다!"

지금 가버리면 또 데이비드가 연락을 할 테고, 그럼 서로 더 껄끄러워질 수밖에 없었다. 그렇다고 입으로 백번 말해도 소용없을 것이 분명했다.

각 분야의 장인이라는 사람들에게 알려준다는 게 부담스럽긴 했지만, 직접 보여주는 것 말고는 방법이 없었다.

"일단 한번 보여 드릴게요."

"됐습니다. 안 봐도 될 것 같은데."

우진은 자신을 훑으며 말하는 사람이 하는 말의 의미를 알았다.

한국이나 외국이나 어린 나이가 문제였다. 그런데 다행히도 일행 중 가장 나이 많아 보이던 사람이 일행을 제지하며 나섰다.

"지금 볼 수 있겠습니까?"

"네, 물론이죠. 그런데 다 들어오기에는 작업실이 좀 좁거든요."

"괜찮습니다."

나이 많은 사람이 일행의 대표였는지 다들 얼굴을 찡그리고 따라나섰다. 우진은 그나마 다행이라고 생각하고선 작업실로 안내했다.

작업실에 들어오자 이미 언급했음에도 상당히 좁은 환경에 다들 못마땅한 기색이 역력했다. 모두가 다닥다닥 붙어 있는 중이었지만, 우진은 작업하는 걸 처음부터 보여줄 생각으로 가장 나이 어린 사람을 불러냈다.

"일단 치수가 조금 많이 필요하거든요. 시간이 조금 걸려도 잘 보셔야 해요."

나이 어린 사람은 치수를 재는 것도 못마땅한지 계속 얼굴을 찡그렸다.

"가만히 계세요. 치골 기준으로 양쪽 치수가 가장 중요해요."

"무슨 거기까지 잽니까! 옷 만들 줄은 압니까?"

"여기가 기준이 될 거예요."

시간이 꽤 흐르고 나서야 치수 재는 것이 끝났다. 이후 우진은 곧바로 혼자서 패턴지에 옮겨 적더니 커다란 패턴지를 다시 작업대 위에 펼쳤다.

"일반적인 옷들하고는 패턴이 조금 달라요. 앞부분하고 심지는 기존하고 비슷한데 요크가 좀 많이 다르거든요. 거기가 기준이라 조금 복잡해요."

패턴을 그리는 순간, 우진은 자신도 모르는 사이에 집중하기 시작했다. 그리고 그 패턴을 보던 사람들은 생소한 패턴에 서로 의견을 나눴다.

"엄청 특이한데. 이런 패턴은 처음 보네. 바이어스로 하는 건 심지 같은 역할인 건가?"

"자네들이 모르는 것도 있나?"

"워낙 특이해서… 저기 젊은 디자이너 선생, 내 말이 맞습니까?"

우진은 대답하지도 않고 작업을 이어나갔다. 완성시킨 후엔 패턴까지 오렸다. 그러더니 말도 없이 곧바로 천을 작업대에 올려두고선 패턴지를 위에 놓고 초크질을 시작했다.

작업이 다 끝나자 우진은 곧바로 가위질을 시작했다. 어떤 대답도 하지 않는 우진을 못마땅하게 지켜보던 재단사들도 살짝 놀랐다.

"일자가 아닌데도 일자처럼 자르네⋯⋯."

"저게 쉬운 게 아닌데, 막 자르는 건 아니겠지?"

쉽게 인정하지 않던 사람들이 한 명, 한 명씩 우진의 움직임에 집중하기 시작했다.

*　　　*　　　*

우진은 재봉틀에서 바지를 빼고선 마지막으로 치수 확인을 마쳤다.

많이 만들어봐서인지 확실히 전보다 더 수월했다. 실수 없이 제대로 만들어진 바지를 들어 올리고는 뿌듯한 미소를 지었다.

"휴, 다 했다. 어? 왜들 그러세요? 아! 혹시 제가 대답을 안 했나요⋯⋯?"

집중하면 옆에서 누가 뭐라고 해도 잘 듣지 못하는 걸 스스로도 알기에 실수를 하진 않았는지 걱정되었다. 그런데 앞에 있던 사람들은 헛기침만 할 뿐 별다른 말이 없었다. 그리고 그들 중 제일 나이 많은 사람이 우진을 물끄러미 보며 말했다.

"실력이 좋군요. 재봉틀 바늘 가는 솜씨만 봐도 얼마나 연습

했는지 눈에 선합니다. 다들 말은 못 해도 전부 그렇게 느낄 겁니다."

"아, 감사해요."

우진은 갑자기 들은 칭찬이 멋쩍어 머리를 긁적이고선 바지를 가리켰다.

"한번 어떤지 확인해 보세요."

그러자 여섯 명이 동시에 바지에 달라붙었다. 그러고선 각자 맡은 분야에 집중해서 보기 시작했다.

"주머니가 달린 요크 패턴이 이렇게 붙을 수도 있는 거였네. 그런데 이 부분은 안 해질까요?"

"전혀. 바이어스라서 튼튼한 데다가, 재단할 때 그 부분을 넉넉하게 해서 시접 부분으로 주머니 심지를 만들더군. 상당히 번거로운 작업이 될 거 같아."

"바느질도 신경 써서 해야 할 것 같아. 아까 보니까 재봉틀을 계속 멈추길래 바느질 틈이 일정하지 않을 거라고 단정했는데, 지금 보니까 한 번에 박은 것 같은 느낌이네. 치수 확인하면서 이렇게 하려면 골치 좀 아프겠는데?"

"그런데 이걸 이 짧은 시간에 저분 혼자서 한 거잖아……."

장인들은 무시하던 마음이 사라졌는지 우진을 제대로 쳐다보지도 못한 채 바지를 살폈다. 바지를 아예 해체하려는 사람들의 모습에 우진은 다급하게 말렸다.

"일단 한번 확인해 보시고 해체하세요. 저기 저분."

"브라이언이라고 부르세요."

제일 까칠하던 젊은 사람이 헛기침을 하더니 이름을 말하며 앞으로 나왔다.

"네, 브라이언 씨 치수대로 만들었으니까 한번 입어보세요."

브라이언은 바지를 들더니 그 자리에서 바지를 입었다. 그러고는 이리저리 움직이더니 엉덩이를 쓰윽 쓰다듬었다. 새 옷만이 가진 약간의 불편함이 있어야 하는데, 빳빳한 데님바지임에도 불구하고 트레이닝복 같은 느낌이었다.

바지를 잡아당겨 보기도 하고 발을 들어 올려보기도 했다. 그러자 동료들이 궁금한지 브라이언을 보며 물었다.

"어때? 패턴이 다른 이유가 있어?"

"그래, 보기에는 일반 바지와 크게 다르지 않은데."

여전히 이리저리 움직이던 브라이언이 그제야 움직임을 멈추고 바지와 우진을 번갈아 봤다.

"원단이 특별한 겁니까?"

"원단은… 사실 좀 싼 편이에요. 지금은 시범상 만든 거라. 직물로 짠 걸 거예요."

"하… 이거 말도 안 되게 편합니다. 지금까지 데님바지는 불편해서 못 입었는데, 이런 옷이라면 구매해서라도 입을 것 같습니다."

브라이언의 평가에 다들 눈이 반짝거렸다.

"벗어봐. 나도 한번 입어보자."

"아! 그거 체형에 완벽하게 맞춰서 다른 분이 입으면 불편하실 거예요."

"하하하."

"하하하."

우진이 농담을 한다고 생각했는지 다들 마구 웃더니 서둘러 브라이언에게 바지를 벗으라 재촉했다. 그러고는 결국 한 번씩 입어보고선 오히려 브라이언을 의심했다. 우진이 열심히 설명을 했지만, 쉽게 믿지 않는 통에 제일 나이가 있는 알렉스의 바지까지 한 벌 더 제작했다.

"정말이었군요. 이렇게 편할 수가 있군요. 달라붙는 것 같으면서도 여유롭고. 요크 부분이 심지 역할을 제대로 해 핏도 무너지지 않고……."

그제야 믿음이 간 사람들은 어느새 다시 바지를 입은 브라이언을 봤다.

"브라이언 벗어봐. 한번 해체해 보자."

"싫은데요……."

"다시 재봉하면 되니까 벗어보래도."

"아니, 싫다니까요!"

브라이언은 바지가 엄청 마음에 들었는지 다가오는 일행을 피해 뒷걸음질까지 쳤고, 알렉스는 혹시 자신에게도 벗으라고 할까 걱정됐는지 조용히 작업실을 빠져나갔다.

*　　　　　　*　　　　　　*

여전히 차 안에서 잠복 중인 고홍주는 I.J 숍의 내려간 셔터 사이로 보이는 불빛을 확인하며 셀카 촬영에 여념이 없었다.

#잠복#열정#피부걱정#이직

SNS에 사진을 올렸지만, 새벽이어서 그런지 반응도 시들했다.

흥미가 떨어진 고흥주는 셔터를 보며 한숨을 뱉었다.

"이게 뭐 하는 짓이람. 난 이 주둥이가 문제야. 내가 사회부 기자도 아닌데 잠복 취재라니."

외국인들이 들어간 지 벌써 6시간이 지났고, 새벽이 됐는데도 나올 생각이 없었다. 게다가 I.J 직원이라도 퇴근을 해야 할 텐데 그 누구 하나 퇴근하는 사람이 없었다. 혹시 뒷문이 있는 건 아닐까 하는 의심에 뒤편까지 샅샅이 살폈지만, 입구는 여기 하나 뿐이었다.

외국인들만 나오면 가려고 했는데 도통 나오질 않았다. 고흥주는 아까 찍어놓은 사진을 보며 누구일까 생각했고, 그러다가 급하게 손으로 입을 막았다.

"I.J 배후! 갱이나 마피아 그런 거 아니야? 어머, 어머! 한 명이 어디서 본 거 같은데… 뉴스에 나오고 그랬던 사람 아니야?"

혼자 호들갑을 떨더니 이내 숨까지 죽이고는 천천히 밑으로 내려앉았다. 그때, 사진을 보냈던 Moon에서 전화가 왔다.

"엄마야! 깜짝이야. 심장 떨어질 뻔했네. 여보세요!"

—왜 소리 질러!

"아니에요. 선배, 그 사람들 누군지 알아봤어요? 마피아예요?"

—뭔 마피아. 얼굴이 잘 안 나와서 모르겠더라. 좀 더 가까이서 찍을 순 없어?

"그러다가 나 총 맞으면!"

—뭔 총을 맞아. 미쳤어?

그때, I.J의 셔터가 올라갔다.

"쉿, 쉿! 조용해요."

—야, 너 취재하라니까 어디서 쇼하고…….

"쉿! 지금 나왔다고요."

고홍주는 전화 불빛이라도 보일까 급하게 끊어버렸다. 그러자 다시 오중으로부터 영상통화가 걸려왔다.

"선배 불 꺼요. 불 꺼! 어둡게!"

—왜, 그럼 녹화해도 잘 안 보일 텐데? 뭔데?

"일단 불 꺼요!"

그사이 가게 밖으로 외국인들이 전부 나왔다. 고홍주는 머리만 빼꼼히 내민 채 그 모습을 살폈다. 그러고는 휴대폰으로 조심히 그 모습을 보여주었다.

—뭐야, 가까이 좀 가봐. 잘 안 보여.

"난 못 가요. 나 죽기 싫어요!"

—하… 너 그럼 거기 뭐 하러 가 있냐. 미치겠네. 그런데 저기 무더기로 있는 사람이 외국인들이야?

"네. 어어! 봤죠, 봤죠? 분명히 무슨 일이 있었다니까요. 아까는 기웃기웃거리면서 들어가더니 지금은 막 갑자기 인사하고 그러잖아요. 마약……! 마약이다! 마약을 옷에 넣어서 한국에 들여……."

—그냥 화면 비추기만 해.

그사이 외국인들이 인사를 마치고선 걸어오기 시작했다.

방향이 마침 고홍주가 있던 차 쪽이었기에, 고홍주는 숨까지 멈추고 실눈을 뜨고선 지나가는 외국인들을 오중에게 보여줬다.

　─어? 어디서 봤는데?

　"좀 조용히 말해요. 선배도 뉴스에서 본 거 아니에요? 유명 마약상!"

　─아, 어디였더라. 기다려 봐. 내가 부장님한테 영상 보여주고 다시 전화할게.

　고홍주는 오히려 통화가 끊어진 게 다행이라고 여기고선 안도의 한숨을 뱉었다. 그리고 멀찌감치 떨어진 차에 불이 켜진 걸 지켜봤다.

　곧이어 차가 출발했고, 시야에서 외국인들이 사라진 걸 확인한 고홍주는 주먹을 불끈 쥐었다.

　"됐어! 특종이야! 나 소질 있는 거 같아! 이참에 방송국으로 갈아타?"

　그때 휴대폰이 울렸고, 고홍주는 들뜬 마음으로 전화를 받았다.

　─야! 그 사람들 어디 갔어?

　"벌써 갔죠. 선배가 내가 어떻게 했는지 봤어야 하는데. 의자에 숨고 막! 숙숙!"

　─아이고, 지랄병 나셨네. 야! 그 사람 중에 헤슬에서 나온 사람 있다잖아!

　"헤슬? 어? 아! 맞다! 인터뷰! 인터뷰 사회 보던 사람이다!"

　─야! 직접 본 너보다 부장님이 더 잘 아는 게 말이 돼? 아무

튼 일단 너 들어가고 내일부터 내가 취재 갈 거니까 그렇게 알아!

전화도 끊어지고, 그사이 IJ의 불도 꺼졌다. 그 모습을 보던 고홍주는 입술을 씰룩거리더니 또다시 셀카를 찍었다.

#특종#어시스트#실패#불법해고#고용노동부

*   *   *

다음 날.

늦게까지 가게에 있던 IJ 식구들이 모두 세운의 집에서 하룻밤을 보냈다.

일찍 일어나는 우진은 아직 잠들어 있는 성훈을 보고선 조용히 거실로 나왔다. 그러자 아침임에도 불구하고 거실에 맛있는 냄새가 진동했다.

"어찌 된 게 어린놈이 잠도 없느냐."

"하하, 8시인데요. 다른 때보다 많이 잤어요. 그런데 할아버지가 아침 준비하셨어요?"

"나 아니고, 저기 미자가 했느니라."

주방 안에서 허리를 숙이고선 그릇을 찾던 미자가 고개를 내밀었다. 그러고는 우진에게 살짝 고개 숙여 인사하더니 다시 그릇을 정리하기 시작했다.

"얼굴색이 홍시 같고만, 못 들은 척하기는. 그런데 넌 왜 이렇게 일찍 일어난 게야?"

"원단 좀 사러 갈까 해서요. 헤슬에서 오신 분들 알려 드리려면 원단이 필요할 거 같거든요. 있던 원단을 거의 다 써버렸어요."

"됐다. 안 그래도 어제 말해뒀으니까 조금 있으면 도착할 게다."

"주문하셨어요?"

"내가 그 담당 아니냐."

당연하다는 듯 대수롭지 않게 말을 뱉은 장 노인은, 우진이 인사를 하기 전에 타박부터 했다.

"뭐만 하면 인사는… 가서 밥이나 푸거라. 요새는 남자가 부엌일 잘해야 부인한테 사랑받는 법인 게야."

"알았어요. 미자 씨, 밥 지금 퍼도 돼요?"

우진이 말을 걸 때, 미자의 휴대폰이 울렸다.

우진은 밥을 푸겠다는 시늉을 했고, 고개를 끄덕인 미자는 전화를 받았다.

"왜."

―언니, 언니!

"학교에서 전화하지 마라. 끊어."

―아니, 언니! 혹시 뉴스에 나온 곳이 오빠 가게 맞아?

"뉴스?"

―어! 뉴스! 한국의 작은 숍이 큰일을 해냈다고 그랬는데! 아무리 봐도 오빠 가게 같단 말이야!

갑자기 미자는 우진을 물끄러미 봤고, 우진도 밥을 푸다 말고 미자의 시선에 고개를 갸웃거렸다. 그러던 중 성훈이 눈을 비비며 거실로 나왔다.

"조카, 전화 받아봐. 형님이신데, 조카 전화가 계속 통화 중이라 나한테 거셨네."

휴대폰을 충전하느라 가게에 놓고 온 걸 깨달은 우진은 전화를 건네받으며 고개를 갸웃거렸다. 안 받은 거면 몰라도 통화 중이라니.

"네, 아버지."

—우진아! 어떻게 된 거야!

"네?"

—헤슬하고 제프 우드하고 같이 일하게 됐다며!

"아, 아직 확정은 안 났는데 그렇게 될 거 같아요. 그런데 어떻게 아셨어요? 확정되면 말씀드리려고 했는데."

—여보, 그 방송이 뭐지? 그래! 생방송 투데이모닝에 나왔어! 그것도 몰랐어?

"방송국에요? 이상하네. 연락 없었는데. Moon 매거진이란 곳하고는 인터뷰했는데, 방송국은 따로 연락 없었거든요."

아버지께 알아보고 다시 연락을 드린다고 하고선 전화를 끊은 우진은 곧바로 TV부터 틀었다. 이리저리 채널을 돌려봤지만, 당연히 방송은 이미 지나간 상태였다.

"할아버지, 삼촌. 오늘 아침 방송에 저희 가게 나왔다는데, 혹시 어제 무슨 전화 받으신 적 있으세요?"

"어제 전화 내려놓지 않았느냐. 받았을 리가 없지."

"어, 나도 그런데. 우리 가게 방송에 나왔대? 잡지에 이어서 TV에도 나오네……."

우진은 머리를 긁적이고선 가게에 있는 휴대폰부터 가져올 생각으로 현관문을 나섰다. 그리고 계단을 내려가 가게 옆문을 열려 할 때, 밖에서 웅성거리는 소리가 들렸다.

계단에 딸린 문을 열자 가게 앞에 쪼그리고 있는 사람들을 확인할 수 있었다.

풍기는 느낌부터 기자들이었다. 씻지도 않고 내려온 우진은 서둘러 머리를 쓸어내렸다. 만약 이런 몰골로 TV에 나가면 매튜가 난리 칠 것이 분명했다.

우진을 본 사람들이 갑자기 일어서더니 질문을 던졌다.

"여기 사세요? 혹시 I.J 문이 언제 열리는지 아시나요?"

"평소에 I.J를 이용하신 적 있으신가요?"

"혹시 숍 직원이십니까?"

워낙 알려지지 않았다 하더라도, Moon 매거진과 인터뷰 때 사진도 찍었는데 자신을 몰라보는 질문에 오히려 당황한 쪽은 우진이었다.

그래도 사진을 확인한 곳도 있었는지 우진을 물끄러미 본 사람도 있었다.

"혹시 I.J 디자이너, 맞으시죠? 임우진 씨 맞으시죠? KBC 고유찬입니다. 인터뷰 좀 부탁드립니다."

그 말을 시작으로, 상황을 지켜보고 있던 다른 사람들까지 달려들어 소속을 말하며 인터뷰를 요청했다. 사람들에게 둘러싸인 우진은 잠시 머뭇거리더니 입을 열었다.

"먼저 좀 옷부터 입고 다시 내려와도 될까요……?"

"일단 확인부터 해주시죠! I.J 디자이너가 맞으십니까?"

"네. 제가 I.J 디자이너 임우진이에요."

그리고 그 순간 카메라 셔터가 눌렸다.

우진은 이대로 찍히면 매튜에게 욕먹을 걱정에, 급하게 카메라를 피해 3층으로 올라갔다.

제4장
인터뷰

가게 밑에 기자들이 잔뜩 있다는 얘기를 들은 식구들은 각자
저마다 최대한 꾸몄다. 하지만 집에 가지 않은 미자가 유니폼을
계속 입고 있어서 다른 사람들도 결국 유니폼을 입고 나왔다.

"이러다 우리 막 예능에도 나오고 그러는 거 아니야?"

"하하, 장미 엄마하고 장미한테 전화 오고 난리도 아니네요."

"쯧쯧, 다 늙어서 헛바람들은."

그사이 우진은 매튜와 통화 중이었다.

─인터뷰는 이번은 응해주십쇼. TV에 얼굴을 비추는 건 그
정도가 딱입니다. 개인적인 얘기는 절대 하시면 안 됩니다.

"알겠어요. 일단 하기 전에 물어본 거예요."

─그리고 한국 시간 오후 9시에 계약 및 회의가 있을 겁니다.
그때 다시 연락하도록 하겠습니다.

매튜는 제대로 된 옷과 함께 언론에 노출된다면 괜찮다고 했다. 디자이너의 이미지가 대중에게 어떻게 인식이 되냐에 따라 브랜드의 위치가 바뀐다는 말이었다. 제프와 데이비드를 그 예로 들었다. 제프와 데이비드만 하더라도 예능이나 TV쇼 자체에 나오지 않았다. 나오더라도 항상 옷에 관련된 진지한 모습이 다였다.

매튜가 자세히 말하지 않았지만, 우진은 곧바로 알아차렸다. 항상 당당하게 어깨 펴고 다니라는 말을 자주 들었기에 우진은 직원들과 다르게 슈트를 꺼내 입고 거실로 나왔다.

"저 어때요?"

"좋은데? 우리도 슈트 입을까?"

"됐어요. 선생님이 돋보여야죠!"

"농담이야, 농담. 그럼 우리 내려가서 뭐 해야 해? 막 이상한 질문 던지면 어떡해? 우리가 대답하긴 좀 그렇잖아?"

세운의 질문에 미자도 우진을 한 번 보고는 걱정스러운 얼굴로 변했다. 우진도 당당하자고 마음을 먹고 있었지만, 걱정되긴 매한가지였다.

"대답하기 힘들거나 이상한 질문이면 여유로운 척 웃기만 하거라. 그것도 안 되면 그냥 고개 끄덕이면서 다음에 얘기해 준다고 하든지. 괜히 어리바리한 모습 보이지 말고 최대한 여유롭게. 알겠느냐?"

"휴, 알겠어요. 일단 내려갈까요? 너무 오래 기다리게 한 거 같은데."

"이놈아! 초대도 안 한 손님인데 기다리면 어떻다고."

"그래도요. 준비 다 됐으면 같이 내려가요."

우진은 가볍게 미소 짓고선 뒤를 돌았다. 그리고 등을 보인 우진은 숨을 깊게 들이켜고선 현관문을 열었다.

*   *   *

가게가 좁다 보니 취재진들끼리 알아서 자리를 정리했다. 앞쪽엔 기자들, 기자들 뒤엔 카메라맨이 죽 서 있었다. 촬영 팀마다 최소한의 사람들이 들어섰지만, 가게가 꽉 차다 못해 빈 곳도 보이지 않을 정도였다. 그러다 보니 이런 상황이 처음인 I.J 식구들은 잔뜩 얼어 있었다.

"어떻게 제프 우드와 헤슬과의 협업이 확정된 겁니까? 헤슬에서 관계자가 직접 방문했는데, 무슨 이유에서 방문한 건지 말씀해 주시죠."

우진은 잠시 당황했다가 어젯밤 봤던 기자를 떠올리곤 입을 열었다.

"아직 그건 말씀드리기 어렵고요. 같이하게 된 건 제프 선생님과 데이비드 선생님이 좋게 봐주신 거 같아… 습니다."

"그럼 두 사람과 어떻게 알게 되신 건가요? 저희가 조사한 바로는 임우진 씨는 패션쇼를 연 적도 없고, 협회 소속도 아닌 신인 디자이너로 알고 있습니다."

답을 생각하던 우진은 개인적인 얘기가 껴 있는 데다가 실력이 없어서 한국으로 돌아왔다는 얘기가 가게에 도움이 안 될 거라고 생각하고선, 대답 대신 입가를 살짝 올렸다. 그렇게 속으론

진땀을 빼면서 억지웃음을 짓고 다음 질문을 기다렸다. 그러자 기자들이 자신들끼리 웅성거리더니 질문했던 기자가 다시 말했다.

"대답해 주시죠. 접점이 없는데 어떻게 알게 되신 겁니까?"

"다음에 말씀드리겠습니다."

"네? 이게 무슨 청문회도 아니고… 편하게 말씀해 주시면 안 될까요?"

웃고 있는 우진의 얼굴은 이미 붉어진 상태였다. 직원들에게 자신이 잘하고 있는지 묻고 싶은 마음이 굴뚝같았다.

성공담을 기다리던 기자들은 답답해하면서도 어쩔 수 없이 인터뷰를 이어나갔다. 그 뒤로도 시원한 답변을 받지는 못했다. 이상하게 제프 우드와 헤슬에 관련된 질문들마다 대답을 피했다. 겨우 얻어낸 답변도 Moon 매거진을 통해 했던 얘기들뿐이었다.

"얼마 전까지 어느 기업의 시리즈로 나온 티셔츠와 비교당하던 걸 알고 계셨습니까?"

"라이언 킹덤이요?"

"하하하. 네, 맞습니다. 이럴 땐 시원하시네요. 그것에 대해선 어떻게 생각하십니까?"

"그 옷을 사서 입어보진 않았지만, 많이 다를 거예요. 베이직한 디자인이긴 해도 제가 만든 옷은 개개인 치수에 맞게 만든 옷이거든요."

"적든 많든 숍에 영향이 있을 거라고 생각하는데 왜 지금까지 해명을 한 번도 하지 않으셨습니까?"

"해명을 어떻게 해야 할지 막막했거든요. 맞춤옷이라서 입어 봐야 알 수 있는데, 보시다시피 숍이 작아요. 한 벌 만드는 데도 시간이 걸리다 보니 일일이 다르다는 걸 확인시켜 줄 수도 없고요. 게다가 스무 벌 중 대부분을 제프 우드에서 주문해서, 한국에선 옆에 계신 분들이 입은 게 다예요."

"그럼 제가 느끼기에는 그 옷을 주문하기 전부터 인연이 있었다는 걸로 들리는데, 맞습니까?

"다음에 말씀드리겠습니다."

기자들은 대답이 안 나올 거라는 걸 이미 예상했는지 피식 웃었다. 그러다 기자 중 한 명이 조심히 질문을 던졌다.

"계속 제프 우드와 헤슬에 관련된 얘기를 피하시는데, 계약이 파기될 것 같진 않거든요. 양쪽에서 준비 중이라는 말까지 나왔는데 왜 그렇게 숨기십니까?"

"숨기는 건 아니고요. 다음에 말씀드릴게요."

그러자 결국 보다 못한 장 노인이 헛기침을 하더니 나섰다.

"우리 디자이너께서는 I.J의 옷으로 평가받고 싶으셔서 최대한 두 곳의 얘기를 꺼내지 않으십니다."

"아……."

기자들 사이에서 동시에 감탄이 흘러나왔다. 옷에 대해 얘기를 할 때는 막힘없이 대답하면서 제프 우드와 헤슬에 대해 얘기를 꺼낼 때면 상당히 곤란해하던 표정이, 장 노인 말을 듣고 나서야 이해되었다.

그 순간 우진은 눈을 껌뻑거리며 장 노인을 봤고, 장 노인은 환하게 웃으며 고개를 끄덕거렸다. 장 노인을 안 이래로 처음 보는 인자한 미소였다.

"그럼 I.J는 어떤 곳인가요? 앞으로 어떤 옷을 만드실 생각입니까?"

장 노인을 보던 우진은 질문에 고개를 돌렸다.

그 질문만은 답이 준비되어 있었다. 매튜를 처음 만났을 당시 만들어놓은 I.J의 소개였다. 자신의 마음을 답변한 것처럼 정확했고, 홈페이지에 적혀 있다 보니 매일 스스로 생각하게 된 글이었다.

그에 우진은 질문한 기자를 보며 입을 열었다. 지금까지 짓고 있던 억지웃음이 아닌 편안한 미소를 지은 채.

"I.J 모토가 '당신을 위한 디자인. 그 디자인으로 당신에게 가장 어울리는 옷을 만들어 드립니다'이거든요. 숍을 이용하시는 분들이 만족할 수 있도록 정성을 다해 옷을 만들 생각입니다."

기자들도 이유를 알고 나니 인터뷰가 불쾌하거나 답답하지 않았다. 오히려 젊은 나이의 우진이 대단해 보인다는 느낌을 받았다.

시원한 인터뷰는 아니지만 오히려 자랑스러운 느낌의 인터뷰였다. 그 뒤로 기자들은 I.J에 대한 질문을 던지고선 인터뷰를 마무리했다.

＊　　　　＊　　　　＊

늦은 저녁을 먹고 사무실에서 회의를 기다리던 우진은 세운을 힐끔 봤다. 세운은 인터뷰가 마음에 들지 않는다며 하루 종일 굳은 얼굴로 있었다.

"호정이 우리 거 베낀 거라고 말을 했어야 해."

"증거가 없잖아요."

"일단 의혹을 던지는 거지! 그럼 기자들이 알아서 조사하겠지!"

그러자 옆에 있던 장 노인이 우진의 편을 들었다.

"저 녀석 말이 맞는 거 같고만. 기다려 보게."

"어르신도! 뭘 기다려요. 기다리면 가만히 묻히지! 지금은 살아나서 다행이지 하마터면 가게 문 닫을 뻔했는데."

"참, 기다려 보래도. 기사나 확인해 보게."

"기사는 하루 종일 봤는데 또 무슨 기사. 조금 전에 뉴스에도 나왔잖아요."

"그거 말고 답글 말일세! 이 사람아."

"댓글요!"

취재진이 돌아간 즉시 기사가 인터넷에 쏟아졌다.

〈I.J 비상의 원동력은〉
〈우연이 아닌 실력. I.J 임우진 대표 겸 수석 디자이너를 만나다〉
〈제프 우드? No! 헤슬? No! I.J!〉

간혹 가다 하지도 않은 말이 있기도 했지만, 대부분 기사 내용은 우진을 이 시대의 청년상처럼 만들어놨다. 스스로의 힘으로 나아가며 도전하려는 모습.

전혀 그렇지 않고 오히려 주변에 기대는 마음이 컸던 우진은 부끄러워 제대로 읽어보지도 않았다. 그렇다고 어떤 내용인지 모르지는 않았다. 지금만 해도 미자가 틀어놓은 뉴스 영상에서 또 자신의 얘기가 나오고 있었다.

―대한민국의 중소 패션업체도 아닌 개인 디자이너가 엄청난 일을 만들어냈습니다. 시청자분들도 명품 제프 우드와 헤슬이라는 곳을 한 번씩은 들어보셨을 겁니다. 차유찬 기자, 그 두 곳이 폐쇄적으로 유명한 곳이라죠?

―네, 그렇습니다. 헤슬은 1970년에 설립되었고, 제프 우드는 그보다는 많이 늦은 1991년에 설립되었습니다. 두 곳 모두 명품이라 불리는 데 이견이 없는 곳이죠. 그런 곳에서 직접 한국의 디자이너를 언급하며 협업을 한다고 밝혔습니다. 영상을 보시며 말씀하시죠.

보통 이런 식으로 시작해서, 결국엔 스스로 실력으로 일궈냈다고 포장되었다. 그래서 어제보다 더 많은 곳에서 연락이 왔고, 기자가 아닌 사람들에게도 연락이 왔다. 중, 고등학교 때 같은 반이었다는 사람부터, 심지어는 아직 돈도 없는데 자선단체에서 기부를 요청하는 연락까지 왔다.

그중 최고는 한국디자이너협회라는 곳이었다. 대뜸 전화를 하더니, 올해의 디자이너상을 줄 테니 협회에 가입하라고 그러질 않나. 하루 종일 상당히 시달린 상태였다.

게다가 헤슬 측에도 양해를 구해야 했다. 다행히 샘이 알았다며 오히려 자신들이 장소를 준비하겠다고 제안했고, 비밀을 지켜줘서 고맙다는 인사까지 받았다.

홈페이지는 기사 덕분에 먹통이 될 정도로 폭주 중이었다. 문의가 쉴 새 없이 올라오고 있었고, 그 때문에 미자도 아직까지 남아 있었다.

그런 주문들 속에서도 가장 먼저 예약하고 찾아온 김 교수부터 시작하기로 한 상태여서, 다른 주문을 받을 수 없었다. 비싼 옷임에도 불구하고 지금 예약만으로 본다면 일 년 내내 만들어도 가능할 것 같지 않았다.

우진은 하루아침에 달라진 상황에 뉴스와 인터넷의 위력을 새삼 깨달았다. 그렇게 매튜의 연락만 기다릴 때, 기사를 보며 투덜거리는 세운의 목소리가 들렸다.

"세상에 미친놈들이 왜 이렇게 많아. 왜 남 잘되는 꼴을 못 보지?"

"왜요?"

"엎어지라고 굿이라도 지낼 기세네. 이건 또 뭐야? I.J를 이용해 봤는데 옷이 너무 구리다고? 뭐? 이런 미친! 우리 걸 사느니 라킹 30벌을 산다고! 으아! 열받아! 인터넷 실명제를 해야 해!"

그러자 장 노인이 실실 웃었다.

"어차피 곧 보게 될 게야."

"뭘 어떻게 봐요! 보이지도 않는 곳에서 올리는데!"

그러자 미자가 의자를 돌리더니 입을 열었다.

"고소하시려고요?"

"젊다고 좀 아는고만? 이래서 젊은 사람을 찾는 게지, 쯧쯧."

세운이 얼굴을 찡그리며 끼어들었다.

"아니! 어르신! 저런 애들 고소해서 뭐 하시려고요!"

"저 사람들을 고소하는 게 아니야. 전에 자네가 그러지 않았나. 그 글들 호정에서 올린 거 아니냐고. 커뮤니티에 글 올리는 놈하고 답글 나쁘게 다는 놈들 중에 같은 놈이 있을 게야. 그놈들 중에서 찾으려는 게지. 기사에 답글도 달고 사이트에 글까지 올린 놈을 찾으면 금방 찾지 않을까 싶네만. 그리고 그놈들 중에 자네가 말한 호정하고 연관이 있는 사람이 있을 수도 있고. 아닌가?"

"경찰이 해준대요?"

"물어봐야지. 자료는 이미 수집해 놓은 상태고."

"누가요?"

"누구긴. 바로 옆에 있고만."

세운이 고개를 돌려보니 미자가 번쩍 손을 들고 있었다.

"하루가 멀다 하고 수집하고 있다만."

우진은 약간 걱정스러운 마음에 조심히 질문을 했다.

"고소하고 그러면 더 시끄러워지지 않을까요?"

"그래서 대구 경찰서에 의뢰할 생각이다. 자료가 모아지면 네 녀석한테 물어보려고 하던 참이었는데, 저 양반이 하도 안달 내는 바람에 말한 게다. 네 생각은 어떻느냐."

"그런데 정말 있을까요?"

"내가 어떻게 아느냐. 있으면 있는 거고, 없으면 말고. 네놈은 어차피 합의금 받을 생각도 없을 테고. 이미지 깎이면 안 되니 받아서도 안 되고."

우진은 세운을 힐끔 보더니 이내 고개를 끄덕였다.

"그럼 그렇게 해요. 제가 뭘 하면 돼요?"

"네가 뭘 한다고. 그 김 교수라는 양반 옷이나 빨리 만들거라. 주문이 산더미처럼 쌓였는데 뭘 할 생각하느냐."

"그래도요. 제가 대표잖아요."

"멍청아! 그러니까 그런 확실치도 않은 건 내게 맡기고 네놈은 큰일 하라는 게다! 저 컴퓨터에서 울리는 거나 받거라!"

우진은 머리를 긁적이고는 모니터를 봤다. 정확한 시간에 맞춰 매튜에게서 도착한 영상통화 신청이었다.

제5장
발표

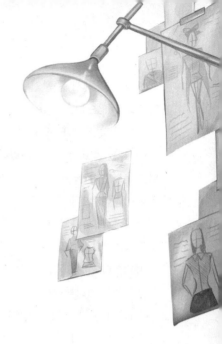

회의 결과는 예상대로였다. 가장 규모가 큰 제프 우드가 원단 공급과 디자인을 맡았고, 헤슬은 제작을 맡았다. I.J는 특허받은 제작 방법과 패턴을 제공할 뿐이었다.

맞춤옷이라는 이유에 총 수량은 2,000벌 세트로 정해졌고, 골든사의 최고급 원단과 최고급 인력들이 만드는 옷이기에 한 세트에 무려 7,400달러라는 가격을 측정했다. 한국 돈으로 약 800만 원이었다.

세밀한 사항까지 정해졌음에도 문제는 판매였다. 다른 건 쉽게 양보한 두 곳이었지만, 판매량을 조금이라도 더 가져가기 위해 한 발도 물러서지 않았다.

우진도 I.J 숍에서 파는 걸 상상해 봤지만, 가능한 얘기가 아니었다. 800만 원이라는 옷값에 비해 초라해 보이는 가게도 문제였지만, 이곳에서 주문을 받아도 소화가 가능한 숫자가 아니었다. 그에 애초부터 남의 싸움인 듯 지켜보기만 했다.

회의가 길어지다 보니 시차 때문에 오늘은 우진과 장 노인 외에는 다들 퇴근을 한 상태였다. 새벽이 되어서도 회의가 이어졌다. 장 노인과 둘이 아무것도 안 하고 화면만 보고 있다 보니 피곤함이 몰려왔다. 그러다 소강상태가 계속되자 식사 시간까지 이어졌다. 그렇다고 자리를 비울 수 없었던 우진은 장 노인에게 바람 좀 쐬고 온다고 말하곤 밖으로 나왔다.

새벽이라 상가 불은 전부 꺼졌고, 가로등 불빛만 거리를 비추고 있었다. 거리를 산책하듯 걷던 우진은 아침과 다르게 한가해진 지금이 비교돼 피식 웃었다. I.J도 아침처럼 잠깐 반짝거린 뒤 밤처럼 조용해지지는 않았으면 좋겠다고 생각하며 밤공기를 들이마셨다.

거의 도로 불빛이 있는 곳까지 걸어가다 보니, 지금까지 불이 켜져 있는 상가 하나가 보였다. 간판을 보니 피혁 전문점이었는데 안에 진열하는 상품은 전부 속옷이었다. 여성 속옷보다 남성 속옷 비율이 월등히 많았고, 유리창에 붙어 있는 종이엔 점포 정리라는 글과 유명 메이커라는 글이 적혀 있었다.

한때 속옷 업계의 쌍두마차라는 '조'와 '제노'라는 곳이었다. 어렸을 때만 하더라도 심심찮게 광고에 나왔던 회사들이었다. 그런 회사들이 이제는 속옷 전문점도 아닌 같은 장소에서 떨이로 팔리고 있는 것을 보니 씁쓸했다. 예전이라면 별 감흥이 없었을 테지만, 가게를 차린 입장이 되니 어떤 느낌일지 십분 이해됐다.

물건 내리는 걸 한참이나 보던 우진은 왠지 안타까움에 숨을 한 번 몰아쉬고선 다시 가게로 향했다. 그러다가 갑자기 뒤를 돌아 속옷 가게를 봤다.

'제프 우드하고 헤슬도 저렇게 같이 팔 수 있지 않을까?'

우진은 그 생각을 하며 걸음을 옮겼고, 생각이 점점 깊어졌다. 그러는 사이 가게에 도착한 우진은, 아무래도 한번 얘기를 꺼내는 게 좋을 것 같다고 생각하고는 가게로 들어섰다.

장 노인은 피곤하지도 않은지 안경을 끼고선 종이에 무언가를 적고 있었다.

"안 피곤하세요?"

"아직 건강하니 신경 쓰지 말거라. 그런데 앞으로도 회의가 계속될 텐데, 이 시간까지 계속 참여할 생각인 게냐?"

"지켜보기만 하는 거라서 지겨워도, 같이하는 입장에서 안 하긴 또 그렇고. 어렵네요."

"앞으론 그 매튜라는 사람하고 회의에 할 얘기들을 미리 나눠 보고, 그 사람에게 일임하는 것도 생각해 보거라."

우진은 아직 매튜가 제프 우드 소속이라는 생각에 대답하지 못하고 고개만 끄덕였다. 장 노인과 대화를 하는 사이 한둘씩 자리를 채웠고, 어느덧 다시 회의가 시작되었다.

우진은 또다시 판매에 대한 싸움이 벌어지기 전에 먼저 입을 열었다.

"혹시 이렇게 하는 건 어떨까요? 아웃렛이나 할인 매장 같은 데 가면 메이커들이 같이 팔기도 하잖아요? 거기처럼 같이 파는 거예요."

―미스터 임, 아웃렛에서 판매를 하라는 말씀은 아니시죠?

며칠 전만 해도 상당히 까칠했던 헤슬도 우진을 존중하는 말투로 바뀌었다. 우진은 그 말을 듣고 미소를 지으며 마저 말을 뱉었다.

"두 곳하고 아웃렛하고는 어울리지 않으니까 그건 아니고요. 그게 두 곳에서… 아! 저희는 판매를 안 하니까 저흰 빼고요. 그러니까 두 곳은 유명한 기업이잖아요. 그럼 돈도 많을 거고. 그래서 생각해 봤는데, 옷을 판매하는 동안만 두 곳의 이름을 걸고 매장을 오픈하는 건 어떨까요? 그리고 매장도 같이 관리를 하는 거예요. 그럼 일도 오히려 번거롭지 않고 괜찮지 않을까요?"

우진의 말이 끝나자 각자 잠시 생각을 하는 듯하더니 웅성거리기 시작했다. 분위기를 보니 만족할 만한 결과가 나올 것 같았다. 옆에 있는 장 노인만 하더라도 고개를 끄덕이며 미소를 짓고 있었다.

이내 양측에서 동시에 입을 열었다.

―괜찮군요. 위치는 제프 우드 본사 근처로 준비하겠습니다.

―괜찮군요. 그럼 상호는 '헤슬'과 '제프 우드'가 되겠군요.

합쳐진 브랜드명을 내지 않을 거라는 듯 선을 그어버리는 두 곳이었다. 지금까지 두 곳을 봐온 우진도 예상했던 일이기에 크게 관심을 두지 않았다. 그저 큰일을 해낸 것 같아 스스로 뿌듯함을 느꼈다. 이제 오늘은 끝일 거라고 생각하고 미소 지을 때, 그 생각이 틀렸다는 듯 다시 싸움이 벌어졌다.

―이름이 제프 우드가 먼저여야지, 왜 헤슬이!

―위치를 왜 제프 우드 본사로 합니까!

우진은 또다시 시작된 논쟁에 머리가 아파왔다.

*　　　　　*　　　　　*

다음 날.

호정 모직의 최 이사는 출근해서부터 계속 모니터만 들여다 봤다. 문을 닫아도 진작 닫았어야 할 곳이 인터넷은 물론이고 TV에까지 나왔다.

그것도 유명한 명품들과 함께.

게다가 양파도 아니고 계속 새로운 기사가 터져 나왔다.

〈헤슬의 아드리아노… I.J의 실장으로?〉

글자를 줄이느라 누가 보면 아드리아노가 살아 있는 거라고 생각될 기사 제목들이었다. 그러다 보니 사람들의 관심은 온통 I.J에 쏠렸다. 얼마 전까지 쏟아지던, 라이언 킹덤과 비교하는 글 조차 이제는 보이지 않았다.

I.J가 유명해지다 보니 오히려 몇몇 사람들이 호정에서 알바 푼 거 아니냐는 말을 했다. 별거 아니라 생각하고 넘어갈 수 있 었지만, 최 이사는 그러지 못했다.

"부르셨습니까?"

"이 팀장, 그거 안 걸리게 잘했지?"

"아! 네. 걱정하지 않으셔도 됩니다. 중국에서 몇 번 올렸다가 혹시 모를 일에 대비해서 기록까지 삭제해 놨습니다. 지금까지 커뮤니티에 올린 글들은 전부 일반인들이 퍼 나른 거라, 최초 유포자를 찾고 싶어도 찾을 수 없다고 그랬습니다."

"그래, 그렇다면 됐어. 이 팀장도 입단속 잘하고."

"네, 나가보겠습니다."

최 이사는 기사들을 넘기며 한숨을 뱉었다. 이러다가 괜히 예전 일이 불거져 호정에 타격이 가기라도 한다면 큰일이었다. 자신은 몰라도 얼마 전 호정 어페럴 산하 브랜드 라이언 킹덤의 디자인 팀장으로 들어간 아들이 걱정되었다.

"증거도 없는데! 뭘 어쩌겠어! 그래그래, 하하하. 얼마 못 갈 거야!"

괜히 큰 목소리로 웃기까지 했지만, 눈은 여전히 기사들을 확인했다. 그리고 사람들의 반응을 확인하려 댓글을 보던 중 마음에 드는 댓글을 발견했다.

―곧 망함. 헬조선에서 디자이너로 살기가 쉬운 줄 아나. ㅉㅉ 일단 옷부터 별로임. 저런 티셔츠 60만 원 주고 사 입을 생각 절대 없음. 그 돈으로 치킨 파티 하자.

무수히 많은 칭찬 댓글 가운데 빛이 날 정도로 마음에 드는 댓글이었다. 최 이사는 동의한다는 듯 고개까지 끄덕이고선 다른 기사도 찾아봤다. 그리고 그 글에서도 악플들을 찾아 읽으며 마음을 위로했다.

　며칠이 지났음에도 매일같이 기자들이 찾아왔다. 이제는 우진뿐만이 아니라 I.J 식구들 전부를 인터뷰하려 했다. 가게 밖으로 내보내도 잠시 후면 다른 팀이 오고 또 다른 팀이 오기를 반복했다.

　이번에 온 사람들은 기자들 중 익숙한 Moon 매거진이었다.

　"Moon 매거진은 인터뷰 많이 해드렸잖아요. 저희 일 좀 하게 해주세요."

　"하하, 그냥 일하시는 모습 사진 촬영 한 번만 해 가면 안 될까요? 저희 기사 때문에 브랜드이미지 엄청 올라가지 않았습니까, 하하."

　"하……."

　Moon 매거진에서 혜슬의 샘을 알아보고 그날 밤 기사를 올린 것부터 시작이었다. 그런 기사를 올리지 않아도 어차피 유명세를 탔어야 했기에 원망스럽진 않았다.

　하지만 이제 몇 시간 뒤, 그러니까 뉴욕 기준으로 아침에 협업 내용을 발표한다고 했다. 그 내용을 미리 회의를 통해 알고 있는 우진은 벌써부터 걱정이었다. 지금도 이런데 오늘 밤부터는 얼마나 시달려야 할지 생각하니 벌써부터 두려웠다.

　다행히 오늘 밤은 혜슬에서 준비한 곳에서 혜슬 측 기술자들과 만남이 있었기에 가게를 비워야 했다. 성훈과 미자는 벌써 퇴근을 한 상태였고, 우진도 준비를 하던 참이었다.

　"저도 나가봐야 하거든요. 나중에 인터뷰할게요."

그때 마침 김 교수에게서 전화가 왔고, 우진은 기쁜 얼굴로 전화를 가리키며 기자에게 나가달라고 했다. 그러고선 숨을 돌리곤 전화를 받았다.

―하하, 선생님! 정말 영광입니다! 바쁘실 텐데도 제가 첫 번째 예약이라는 말을 듣고 바로 전화드렸습니다.

"저번부터 말씀하셨잖아요. 제가 감사드려야죠."

―하하하, 아닙니다! I.J 옷 입고 싶어도 예약도 안 받아서 안달 난 사람이 한두 명이 아닙니다. 오죽하면 실시간 검색어에도 오르겠습니까, 하하.

예약이 너무 많아지다 보니 결국 예약을 중지한다는 알림까지 올려놓은 상태였다.

―제가 내일 가게로 찾아가겠습니다. 몇 시 정도에 가면 괜찮으실까요?

우진은 가게 밖에서 기웃거리는 기자들을 한 번 보고선 입을 열었다.

"제가 내일 학교로 찾아뵐게요."

―어휴, 아닙니다! 제가 찾아봬야죠.

"아니에요. 가게에 기자들이 많아서 불편하실 거 같아서요. 내일 오전에 교수실로 찾아가도 될까요?"

―왠지 그럼 안 될 거 같은데, 하하. 제가 선생님을 오라 가라 해도 될까 모르겠습니다.

"아니에요. 단지 신발하고, 전에 맞춰 드린 옷만 좀 부탁드릴게요. 신발까지 착용하신 사진을 찍고 싶어서요."

―하하, 알겠습니다! 제가 영광이죠!

우진은 전화를 끊고선 마저 짐을 정리했다.

"다 됐어?"

"네, 거의 다 됐어요."

"어휴, 우진 씨가 고생이네. 그런데 트럭 타고 가도 되겠어? 사람들이 이상하게 볼 텐데."

"지하철 타고는 못 다닐 거 같아요. 제 얼굴 TV에 엄청 나오던데. 낮에 식당 아주머니도 알아보셨잖아요."

"하긴. 그럼 내가 가게 앞에 차 세우면 가게 문만 잠그고 바로 올라타. 셔터 내리지 말고. 하하, 그거 내리다가 저 양반들한테 잡힌다."

세운은 피식 웃고는 가게 밖으로 나섰고, 우진은 그 모습을 보고선 고개를 저었다. 세운도 유명세를 타고 있었기에 나가자마자 기자들에게 둘러싸여 버렸다.

*   *   *

가게 앞에 있던 기자들은 가게 문만 닫고 떠나 버린 우진이 금방 돌아올 거라고 생각했는지 각자 차에서 우진을 기다렸다. 현재 한국에서 큰 이슈이다 보니, 이제는 방송국에서 나온 취재진이 패션 잡지 기자들보다 많았다. 조명까지 켜놓고 가게 밖까지 촬영하는 덕에 날파리들이 득실거렸다.

아무리 국내 최고의 패션 잡지라고 해도 방송국에 비할 곳이 아니기에, Moon 매거진 오중은 날파리를 피해 차에서 기다리던 중이었다.

"이제, I.J 덕분에 꿀 빠는 건 끝났네."

"그래도 회사 SNS 팔로워만 해도 배는 늘었잖아요. 최초 보도한 덕분에 방송국에서 혜택도 많이 주고. 그게 다 제 덕분이고!"

"참 나, 왜 마약상이라고 한 번 더 그래 보시지."

"그냥 농담한 거죠. 잠시만요! 부장님한테 전화 왔어요. 네, 부장님!"

오중이 고홍주를 보며 못 말린다는 듯 고개를 젓고선 I.J 숍을 바라볼 때, 갑자기 밖에 있던 기자들이 분주해졌다. 밖에서 촬영하던 방송국은 물론이고 차에서 기다리던 다른 방송국들도 갑자기 차에서 나오더니 촬영을 시작했다. 그에 이어 다른 잡지나 신문사 등 기다리던 사람들이 전부 거리로 쏟아져 나왔다.

마침 고홍주가 전화를 끊었고, 오중은 곧바로 질문을 했다.

"뭐야! 뭐야? 아직 우진 그 사람 오지도 않았는데 왜 저래! 야, 무슨 일 있어? 부장님이 뭐라고 했어."

고홍주는 대답도 하지 않고 눈만 껌뻑거렸다. 그때 고홍주 휴대폰에 메시지가 도착했다. 그러자 고홍주는 넋 나간 사람처럼 고개만 살짝 숙이고 메시지를 확인하더니 혼자 중얼거렸다.

"왜 익숙하지……."

옆에 있던 오중도 고개를 내밀었다. 메시지와 함께 온 사진을 본 오중은 고홍주와 마찬가지로 고개를 갸웃거렸고, 이내 다음 사진으로 넘겼다. 그리고 그 순간 고홍주와 오중 둘 다 눈을 천천히 껌뻑거리며 서로를 봤다.

I.J & Jeff Wood.

Hessle.

"이 4층 건물 전체가 뉴욕에 생길⋯ 매장이라고⋯⋯? 맞춤옷
이라고 들었는데?"

*　　　　*　　　　*

혜슬에서 준비한 장소는 호텔이었다. 호텔 자체가 처음이라
어색했는데 게다가 스위트룸이었다. 우진은 그런 곳에 머무는
혜슬이 부럽다기보다는 TV에서 보던 호텔이 신기했다. 세운 역
시 신기한지 한참을 둘러보다가 지금은 지겨운지 소파에 앉아
꾸벅꾸벅 졸고 있었다.

"마스터! 저 좀 봐주시죠."

제일 까칠하던 브라이언이 가장 열심히 했다. 우진을 인정했
는지 질문을 부끄러워하거나 배우는 데 망설임이 없었다.

가장 큰 이유는 해체되어 조각조각 난 바지 때문이었지만.

다시 재봉을 했는데도 군데군데 불편함을 느꼈기에, 얼마나
집중이 필요한 작업인지 직접 알게 된 것이다.

우진은 직접 만들고 싶었지만, 그렇게 되면 또 집중해서 대답
하지 않을 것 같아 옆에 붙어서 일일이 방법을 알려주고 설명해
줬다. 손꼽히는 기술자들이기에 많이 알려줄 필요도 없었다. 방
법을 알려주면 많이 해본 사람처럼 능숙하게 작업했다. 그리고
각자 돌아가서 다른 사람들에게 알려줘야 하는 것까지 메모했
다.

이제 더 이상 알려주지 않아도 자신들끼리 가능해 보였다. 그래서 우진은 이제 그만 돌아가려 시간을 확인했다. 시간이 생각보다 많이 지나 있었고, 세운을 깨우려던 순간 제프 우드와 헤슬에서 발표한다는 걸 떠올렸다.

기사를 검색하려고 휴대폰을 꺼내자 이미 기사가 올라왔다는 걸 알 수 있었다. 시끄러워 무음으로 해놓았던 휴대폰이 쉴 새 없이 울리고 있었다.

우진은 머리를 긁적이고는 호텔에 놓인 컴퓨터를 켜고 포털사이트에 들어갔다. 따로 검색할 필요도 없었다. 온통 I.J에 대한 기사였고, 회의에서 미리 봤던 건물도 보였다. 하도 서로의 이름이 앞에 들어가야 한다고 싸우더니 결국 공평하게 I.J 이름까지 끼게 되었다. 그것도 둘을 대신해 제일 앞에. 그 뒤로도 누가 위고 누가 아래냐로 싸우긴 했지만.

그리고 그때, 데이비드와 항상 함께 다니던 샘이 옆으로 다가오며 태블릿 PC를 내밀었다.

"조금 전 발표한 영상입니다."

"아, 감사해요."

영상을 재생하자, 마치 휴대폰이나 자동차 신제품을 내놓을 때 하는 발표회 같은 모습이 보였다.

단상 위에는 총 세 사람이 있었고, 그중엔 아는 얼굴도 보였다.

"매튜 씨도 같이 올라갔네요!"

"그렇습니다. 왼쪽이 헤슬 대표인 에드먼드 씨이고, 오른쪽이 제프 우드의 제이슨 씨입니다."

"아… 이분이 제이슨 씨구나."

함께 서 있는 두 사람에 비해 몸이 왜소할지언정 매튜는 조금도 위축되지 않아 보였다. 자신에게 말했듯이 매튜는 어깨를 쭉펴고 여유롭게 미소까지 보이고 있었다.

영상에서 들리는 소리에 작업하던 다른 사람들도 전부 옆으로 왔고, 꾸벅꾸벅 졸던 세운도 웅성거리는 소리에 잠에서 깼다.

"아, 발표했어?"

"지금 보려고요. 저도 아직 안 봤어요."

발표회가 시작되었다. 옷을 만드는 순서처럼 각자 역할대로순서가 배정되었고, 첫 번째는 디자인을 맡은 제프 우드였다. 제이슨 대표가 앞으로 나오자 단상 뒤쪽에 있던 벽에서 영상이 나오며, 제프를 비롯해 소속 디자이너들을 주욱 보여주었다. 물론그들의 작품도 함께 보여줌으로써 제품 홍보도 더했다.

그리고 그 뒤를 이어 매튜가 나왔다. 우진은 혹시 자신이 만든 옷들이 스크린에 나오진 않을까 관심 있게 지켜봤다. 하지만기대하던 그런 건 없었다. 다만 매튜의 말은 그런 영상이 나올필요조차 없을 만큼 파격적이었다.

—제프 우드와 헤슬 모두를 사로잡은 제작 방식.

—상상할 수 없을 정도의 파격적인 편안함.

—I.J의 기술로 찾아뵙겠습니다.

"헛!"

"저, 저 양반이……."

우진은 물론이고 세운까지 당황했다. 헤슬과 함께 있는 이 장소가 갑자기 적진인 것처럼 느껴져 조심스럽게 주변을 둘러봤다.

다행히도 다들 우진을 인정하고 있어서인지, 달가운 얼굴은 아니더라도 고개는 끄덕이고 있었다. 약간은 안심이 됐지만, 전 세계가 볼 발표회에서 저런 말을 해도 되는지 약간 겁났다.

"우진 씨! 매튜 저 양반이 일을 너무 크게 만드는 거… 아니지? 아니, 저기 서 있는 것만 해도 이미 충분히 일이 크지."

그리고 매튜에 이어 헤슬 대표가 나왔다. 제프 우드처럼 스크린에서 시작된 영상은 아예 헤슬의 역사를 보여주겠다는 듯, 제품들은 물론이고 헤슬 소속의 장인들까지 빠르게 보여주었다. 그리고 현재를 보여줄 때 나오는 화면에는 우진의 옆에 있는 6명도 포함되어 있었다.

"하하, 우리도 나오네."

"데이비드 선생님이 항상 헤슬 주인은 우리라고 그러시잖아요. 막 셀럽 된 거 같고 기분 좋은데요?"

"하하하."

우진도 인정하고 있었기에 고개를 끄덕이며 계속 영상을 봤다.

헤슬 대표의 발표는 계속 이어졌다. 대체적으로 세계가 인정하는 장인을 자랑하는 발표였다. 그 뒤로도 거의 같은 맥락의 발표가 이어지고 나서야 끝이 났다. 이후 에드먼드, 매튜, 제이슨 세 사람이 함께 나오더니 이것으로 발표회를 마친다는 말을 했고, 곧바로 스크린에 글이 새겨졌다.

—놀라운 발상, 새로운 디자인, 장인의 솜씨.

―I.J & Jeff Wood & Hessle.

그러자 회장에 있던 사람들은 난리가 났다.

―신제품도 보여주지 않는 발표회가 어디 있습니까! 브랜드명은 어떻게 되는 겁니까!

그러자 제이슨이 나서며 대답했다.

―신제품은 의류 특성상 발표할 수가 없군요. 이 자리를 만든 이유는 여러분이 알고 있던 것처럼 제프 우드와 헤슬 두 곳이 앙숙이 아니라, 서로를 같은 업계에 종사하는 동료로 생각하는 걸 보여 드리는 이유도 있었습니다. 물론 I.J의 역할도 컸고요. 그리고 프로젝트이기에 새로운 브랜드를 출시하기보단 각자의 브랜드를 내거는 게 옳다고 판단했습니다. 물론 다른 방식으로 어필할 예정이고 준비는 끝난 상태입니다.
―2,000벌 한정이면 일반인들은 구매할 수 없을 것 같습니다! 그런데도 굳이 이걸 발표하는 이유가 뭡니까!
―세 회사가 함께한다는 이유가 크지요. 각자 회사의 기술을 하나로 합치는 일이다 보니 쉬운 일이 아니었고, 전문가들의 판단하에 뽑아낸 최대 수량이 2,000벌이었습니다.
―그럼 앞으로도 제프 우드와 헤슬이 함께하는 모습을 볼 수 있는 겁니까? 일시적이 아니라 지속적인 기획입니까?
―글쎄요. 그건 앞으로 지켜봐 주셨으면 합니다.

그 뒤로도 한참이나 질의응답이 이어졌다. 두 사람 모두 수장답게 적절하게 대답했다. 기자들의 질문에 우진도 몰랐던 부분을 알게 됐고, 궁금해졌다.

"샘 씨, 정말 헤슬하고 제프 우드하고 계속 같이해요?"

"저 말 때문에 그러신 거면 신경 쓰실 필요 없습니다. 제이슨 대표는 타고난 사업가이다 보니 지금 뱉은 말은 사람들의 관심을 집중시키려고 한 말입니다. 만약에 지속적인 기획이라고 한다면 대중들은 아마……."

"다음에 사야지?"

"맞습니다. 하지만 다른 제품이 출시되지 않는다면."

"꼭 구매해야겠다고 생각하겠네요."

"맞습니다. 솔직히 제이슨 씨는 저희하고 어울리는 사람은 아닙니다."

우진은 멋쩍은 미소를 지었다. 인터뷰까지 전략적인 메시지가 담겨 있었다. 배운다 하더라도 자신과 어울릴 것 같진 않았다.

그리고 자신의 곁에는 그런 일을 잘하는 사람이 있었다. 가끔 이상한 오해를 해서 그렇지 일적으로는 완벽한 매튜나, 가만히 앉아서 듣는 몇 마디로 상황을 꿰뚫어 보는 장 노인까지 두 사람이나 있었다.

하지만 지금껏 매튜에게 월급도 한번 제대로 준 적이 없었으니 아직까진 I.J보다 제프 우드 소속이라고 보는 게 맞았다.

그리고 우진의 생각을 읽은 것처럼 기자가 질문을 던졌다.

—지금 세 분 중 매튜 카슨 씨께 질문드립니다. 패션업계 종사자라면 매튜 씨가 제프 우드의 유능한 MD라는 걸 모르는 사람이 없습니다. 그럼 I.J라는 곳이 제프 우드의 산하 브랜드입니까?

—아닙니다. 한때는 제프 우드에 몸담고 있었지만, 지금은 제프 우드에서 퇴사를 한 상태입니다. 지금 이 자리에 있는 건 엄연히 I.J 대표의 대리인으로서 서 있는 겁니다.

매튜가 제이슨을 보고, 제이슨이 사람 좋은 미소를 지은 채 매튜를 보는 장면이 나왔다. 그리고 그 영상을 보던 우진은 지금까지 들었던 그 어떤 발표보다도 반가워 자리를 박차고 일어섰다.

"와! 와! 이렇게 같이 일하는 거였구나!"

"우진 씨, 저 양반이 미리 말하고 갔어? 난 놀라 쓰러지겠는데. 뭐 한다고 우리한테… 아니지, 우리도 이제 엄청나지! 그래서 넘어왔구나! 하하하."

우진은 미소까지 보이며 세운을 끌어안았다. 그러고는 곧장 세운의 전화기를 빌려 매튜에게 전화를 걸었다.

—선생님, 지금 바빠서 잠시 뒤에 전화드리겠습니다.

"네! 실장님!"

바쁘다는 말에 바로 전화를 끊고도 미소가 사라지지 않았다.

"이제 매튜도 실장 된 거야? 하하하, 이거 우린 죄다 실장이야! 하하하. 맞다, 임 대표! 우리 오늘 여기 호텔에 방 잡아야 할 거 같지 않아?"

"가게 앞에 기자들 엄청나겠죠? 내일 교수님도 만나야 하는데."

"한 실장한테 부탁해서 옷 좀 챙겨달라고 해야겠다."

기자가 걱정되긴 했지만, 매튜의 얘기에 좋아진 기분은 쉽게 꺼지지 않았다.

                    *   *   *

I.J 숍 앞에서 기다리던 오중은 부장에게 닦달까지 당했다. 한국에서 제일 처음 기사를 내보내 잡지사 인지도까지 올려놨는데 그 맛을 보더니 계속 단독 특종을 바랐다.

"선배, 봐요. 우리 이러다가 잡지사가 아니라 신문사 되겠다니까요? 나더러 잠복하라고 할 때부터 알아봤지."

"아, 좀 시끄러워."

"왜요, 나 때문에 전 세계 사람들이 알게 된 거나 다름없는데. 나한테 고마워해야지!"

"야! 언제는 사기꾼이라며!"

"그럴 수도 있다고 그랬죠. 그런데 그거 때문에 또 단독 특종도 썼잖아요. 그럼 됐지, 뭐. 그런데 선배, 저희 언제까지 여기 있어야 해요? 이거 야근수당 신청해야 하는 거죠?"

오중은 진저리가 난다는 듯 몸을 떨고선 노트북을 꺼내 들었다. 그러고는 발표회 영상을 보며, 그동안 인터뷰한 걸 어떻게 짜 맞춰야 특종처럼 보일까 고민했다.

그러던 중 I.J 대표로 나온 매튜의 말을 듣고 I.J 숍을 봤다.

"같은 한국 사람으로서 자랑스럽긴 한데, 신기하단 말이야. 어떻게 이런 사람이 저 작은 가게에서 일할 생각을 했을까? 다른

데도 아니고 제프 우드를 때려치우고."

"약점 잡힌 게 아닐까요?"

"홍주야… 시끄러우니까 찍던 셀카나 마저 찍어."

오중은 아예 이어폰을 꽂았다. 그러고는 감상하는 사람처럼 발표회를 봤다.

"이런 사람들하고 같이한다는 게 보고서도 안 믿긴다."

그 말에 고홍주도 얼굴을 빼꼼히 내밀어 화면을 보더니, 부장이 보냈던 사진이랑 같은 화면임을 확인하고선 관심 없다는 듯 다시 셀카 촬영에 여념이 없었다.

자기가 찍은 사진을 확인하던 고홍주가 오중의 팔을 툭툭 쳤다.

"선배."

"또 왜."

"선배, 이 사람하고 저 사람하고 같은 사람 아니에요? 어? 저 사람도 여기 이 사람 같은데."

오중이 고홍주를 보며 한숨을 쉬고선 다시 이어폰을 꽂으려 할 때, 고홍주 손에 들린 휴대폰 속 사진이 보였다. 며칠 전 고홍주가 찍은 사진이었다. 사진에는 샘을 포함한 다수의 외국인이 함께였다.

놀란 오중은 휴대폰을 낚아채 사진과 노트북 속 영상을 비교하고는 고홍주를 빤히 쳐다봤다.

"맞는 거 같다."

"맞아요? 아싸! 특종."

"그럼… 여기 사진 속에 있는 사람들이 전부 헤슬에서 온 사람들이네. 왜 왔지? 왜 왔을까… 뭔 연관점이 있어야 기사를 쓸 텐데. 그냥 막무가내로 올려도 될까?"

고홍주는 또 특종을 잡았다며 신난 상태였고, 오중은 발표회 영상을 돌려 보며 어떻게 써야 할지 생각에 잠겼다. 오중은 매튜의 발표를 보며 턱을 쓰다듬었다.

"두 곳을 모두 사로잡은 방식이라… 그걸 배우러 온 건가? 그럴 수도 있어. 방식이 특이하다고 했으니까 I.J도 거기에 낄 수 있었겠지?"

생각을 마친 오중은 그 자리에서 기사를 작성하더니 곧바로 Moon 매거진에 보냈다. 고홍주 말대로 정말 잡지 기자가 아닌 것처럼 느껴지긴 했지만, 누구보다 빨리 소식을 전달한다는 점이 묘한 쾌감을 주었다.

아니나 다를까, 기사를 전송하자마자 전화가 왔다. 부장이 아닌 편집장인 걸로 봐서는 곧바로 인터넷뉴스로 올릴 모양이었다.

─장오중! 이거 정말이야? 이거 완전 대박인데!

"하하. 그 정도야, 뭐."

─하하하, 그래 잘했어. I.J에서도 좋아할 내용이네. 그런데 사진이 고홍주 맞지?

"네, 고 기자가 찍은 거예요."

─알았어. 그럼 기사 제목은 '헤슬도 따라오지 못하는 I.J 기술력' 이거랑 '한 수 배우러 왔습니다' 이걸로 뽑았어. 교정해서 바로 올라갈 테니까 그렇게 알아.

오중은 씨익 웃으며 고홍주를 봤다.

"고홍주 앞으로도 셀카 많이 찍어라. 하하하."

*　　　　*　　　　*

다음 날.

우진은 성훈이 호텔로 가져다준 옷으로 갈아입고선 서인대에 도착했다. 매튜와 왔을 때와 다르게, 교내로 들어서 출입 확인까지 받아야 했다.

"차를 한 대 사든가 해야지. 이거 원… I.J 대표가 용달차 타고 다니는 게 영 폼이 안 사는 거 같아."

"아니에요. 이것도 좋아요."

"하하, 좋기는. 차는 몰라도 휴대폰은 번호를 바꾸든지 새로 사든지 해야 할 거 같은데."

무음으로 해놓은 휴대폰이 끊임없이 울리는 통에 들고 있어 봐야 무용지물 상태였다.

그사이 김 교수가 있는 패션산업학과 건물에 도착했다.

"이것만 챙겨 가면 되나?"

"네, 오늘은 스케치부터 그릴 거라서 그것만 있으면 돼요."

"오케이."

우진은 몇 번 와봐서 익숙한지 건물 입구로 향했다. 그러자 미리 건물 앞에 나와 있던 김 교수가 보였다. 그런데 혼자가 아니라 다른 사람들과 함께였다. 동료 교수라고 생각한 우진은 별 생각 없이 걸음을 옮겼다.

"교수님, 나와 계셨네요."

"아! 선생님! 마 실장님도 오셨군요!"

김 교수는 잔뜩 상기된 얼굴로 계단을 뛰어내려 와 우진을 맞이했다.

"뉴스 잘 봤습니다. 대단하십니다! 정말 대단하십니다!"

이미 기사가 나갔을 거라고 예상했던 우진은 미소로 대답했고, 김 교수는 고개를 돌리더니 일행을 소개했다.

"여긴 패션산업학과 학과장님이십니다. 오늘 오신다는 걸 알고 기다리고 계셨습니다. 실례라는 걸 알면서도 인사드리고 싶어 하셔서."

"아, 네."

그러자 곧바로 학과장을 비롯해 동료 교수들이 튀어나왔다.

"하하하, 이렇게 뵙게 되어 영광입니다. 바쁘실 텐데 서인대에 방문해 주셔서 영광입니다!"

"학과장님, 일단 여기서 이럴 게 아니라 들어가시죠."

극빈 대우를 받는 느낌에 우진은 어정쩡한 자세로 악수를 했다. 세운도 우진과 다를 바 없었다. 교수들을 따라 건물로 들어서니 복도를 가득 채운 학생들이 보였고, 전부 손에 휴대폰을 든 채 사진을 찍거나 동영상을 촬영 중이었다.

"우진 씨, 우리 연예인 같은데……?"

"그러게요. 가게 있을 때보다 카메라가 더 많은 거 같아요."

이런 상황이 익숙할 리 없는 우진은 학생들을 향해 일일이 고개 숙여 인사하며 걸음을 옮겼다. 그리고 2층 김 교수의 교수실이 아닌 학과장실로 안내받았다.

빨리 스케치하고 돌아가고 싶었던 우진은 자리가 영 불편했지만, 김 교수의 얼굴을 생각해 자리했다. 그리고 이어진 대화는 이미 기자들과 인터뷰했던 내용과 거의 비슷한 내용들이었다. 그러던 중 학과장이 또 질문을 던졌다.

"어떤 방식으로 제작을 해야 헤슬에서 배우러 올 정도인지 저희는 상상도 안 되더군요."

"네……?"

데이비드가 직접 비밀로 해달라고 부탁했던 일인데 이미 다들 알고 있는 모습이었다.

"며칠 전부터 와 있었다고 들었습니다. 하하."

"어디서 들으셨는데요……?"

"어디긴요. 오늘 아침에 인터넷뉴스부터 TV 뉴스에도 방송됐는걸요."

우진은 당황해 눈만 껌벅거렸다.

기자들이 있을 때, 만난 적도 없고 가게로 온 적도 없는데 도대체 어떻게 알고 기사가 나간 건지 당황스러웠다. 본의 아니게 데이비드와 약속을 어긴 셈이 되어버렸다. 항상 침착하자고 다짐했던 우진은, 이 일을 어떻게 해야 마무리 지을 수 있을지 생각했다.

우진은 앞에서 묻는 질문에 답도 하지 않고 있었고, 분위기가 이상하다는 걸 느낀 교수들도 말없이 우진을 봤다. 그러다 우진이 자리에서 벌떡 일어섰다.

"저! 죄송한데 오늘은 이만 가봐야 할 것 같아요."

"저희가 뭐 실수라도……."

"아니에요. 그런 거 절대 아니에요. 정말 죄송한데 김 교수님, 제가 따로 연락드릴게요."

우진은 90도로 고개 숙여 인사하더니 학과장실을 나왔다. 따라 나오려던 김 교수까지 뿌리치고 학생들이 사진을 찍든 말든 계단을 내려갔다. 그리고 용달에 올라탔고, 상황을 알고 있는 세운은 곧바로 차를 출발했다.

"어디로 가?"

"숍… 아니, 호텔요."

호텔을 향해 운전하던 세운은 우진에게 말을 걸었다.

"참 대단들 해. 어떻게 알았지? 우리야 오히려 좋긴 하지만 혜슬이 곤란하겠지? 그렇게 장인들 내세워서 홍보했는데. 우진 씨! 내 말 듣고 있어?"

"네, 듣고 있어요."

"그런데 호텔에 가서 어떻게 하려고?"

"일단 샘 씨를 만나보려고요. 그리고 저희가 기사 낸 게 아니라고 말해야죠."

"사실인데 그럴 필요가 있을까? 그냥 가만있는 게 나을 것 같기도 한데."

"그럼 데이비드 씨가 부탁한 이유가 없어지잖아요. 그분들이 여기 온 이유를 아는 사람이 가게 식구들 말고는 없는데, 우리가 퍼뜨렸다고 의심 살 수도 있을 거 같고요."

"에이, 기자들이 얼마나 대단한데. 그리고 어디 우진 씨나 우리 가게 사람들이 그럴 사람들이야?"

"우리는 알아도 그쪽에선 우리를 잘 모르잖아요."

"그래서 어떻게 하려고."

"일단 아니라고 해야죠."

그사이 호텔에 도착했다. 하지만 샘이 얼마 전 체크아웃을 했다는 말만 들어야 했다. 샘에게 전화를 하고 싶었지만, 휴대폰을 만질 수 없을 정도로 계속해서 전화가 오는 바람에 번호 확인조차 쉽지 않았다.

"실장님, 미자 씨한테 전화 한 번만 해주세요."

"유 실장한테? 아까 학교에 있었을 텐데 데리고 올 걸 그랬나? 기다려 봐."

＊　　　　＊　　　　＊

기사를 확인하자마자 돌아갈 티켓을 예약하고 공항에 도착한 샘과 혜슬 기술자들은 비행기 시간을 기다렸다. 일정이 일주일은 단축되어 버렸다.

브라이언은 지금 상황이 마음에 들지 않는지 계속 투덜거렸다.

"배우는 게 부끄러운 건 아닌데. 모르면 배워야지, 배우지도 않고 어떻게 알아. 안 그렇습니까?"

"그건 우리 입장이고 경영진들은 또 생각이 다르겠지."

"그건 마스터를 못 봐서 그런 거고요. 실력 보고도 같은 말이 나올지 궁금하네. 스케치, 패턴, 재단, 재봉을 혼자 다 하는 사람이 어디 있어요. 그것도 대충도 아니고 일류급으로. 나보다 재단도 잘하더만."

"하하, 신기하긴 해. 하지만 혜슬이란 이름이 있는데 우리도 어쩔 수 없지. 배울 건 다 배웠으니."

"참, 알렉스는 바지 온전하다고 그렇게 편하게 말하는 거죠? 내 바지 해체해 놓고!"

"그래서 새로 만들었잖아, 하하."

"그래도… 직접 마스터가 만들어준 거랑… 느낌이 다르잖아요."

모두 같은 바지를 입고 있던 여섯 명의 기술자들은 브라이언의 농담에 키득거렸다. 그와 달리 샘은 심각한 얼굴로 한쪽에서 통화 중이었다.

―I.J와 연락이 되질 않습니다. 따로 연락할 방법이 없습니까?

"네. 숍 앞에도 기자들이 있다는 얘기를 들었습니다. 통화도 안 되고 연락할 방법이 없습니다."

―후, I.J에서 유포한 건 아닙니까?

"아닙니다. 기사를 보니 첫날 I.J에 방문했을 때, 누군가 사진을 찍었던 모양입니다."

―회사에서 I.J와 상의하고 정식으로 자료를 내보낼 테니 일단 돌아오십쇼.

샘이 전화를 끊으려 할 때, 갑자기 전화 너머로 대화하는 소리가 들렸다. 그러더니 이내 통화하던 경영 팀이 질문했다.

―I.J 대표가 발표한 내용이 사실입니까?

"마스터가 무슨 발표를 했습니까?"

―마스터?

"아, 미스터 임이 발표를 했습니까?"

―그랬다고 하는데 확인하고 다시 연락하겠습니다.

샘은 끊어진 전화를 확인하고선 곧바로 인터넷에 접속했다. 그러고선 한국 사이트에 I.J를 검색한 후 수많은 기사를 확인했다.

쓰기는 익숙지 않지만, 말하거나 읽기엔 무리가 없는 샘은 천천히 하나하나씩 읽어갔다. 이미 알고 있던 내용이 태반이었기에 경영 팀에서 한 말이 무슨 말인지 알 수 없었다.

그러다가 기사 내용도 없고 딸랑 사진 하나만 올린 기사들이 갑자기 쏟아져 나왔다.

〈스승과 제자? No〉

샘은 기사에 있는 사진을 보고 I.J의 홈페이지란 것을 확인했다. 그래서 I.J 홈페이지에 접속을 해봤지만, 트래픽 폭주라는 알림과 함께 접속할 수 없었다.

기사를 다시 확인하니 그새 기사 내용이 적혀 있었다.

〈헤슬의 장인들이 오신 건 사실입니다. 그렇지만 기사에 나온 것과는 전혀 다릅니다. 헤슬이라는 명성에 맞는 최고의 기술과 I.J의 기술을 서로 배워가고 더 나은 방법을 논의하는 교류였음에도, 확인되지 않은 사실을 기사화함으로써 I.J가 발전할 수 있는 기회를 놓쳤습니다. 오래 공들였던 일인 만큼 I.J는 상당한 타격을 받았습니다. 그에 당분간 어떠한 언론과도 접촉을 금할 것입니다.〉

샘은 쉽게 이해되지 않아 몇 번이고 다시 읽었다. 기사들 밑에는 엄청난 수의 댓글이 달려 있었다.

—기레기들. ㅉㅉ

—아이제이 각도기 재고 있는 중. ㄷㄷ

—개쩌는 듯. 헤슬하고 교류하는 데가 있냐? 최초 아님?

—하여튼 I.J하고 라킹하고 비교하던 놈들 태세 전환 보소. ㅋㅋㅋㅋㅋㅋ

대부분 이해하기 어려운 댓글이지만, 풍기는 어감과 몇몇 이해되는 단어들로 봐선 I.J를 옹호하는 글이었다.

"왜 그래요? 또 무슨 문제 생겼습니까?"

"아닙니다."

샘은 기술자들에게 내용을 설명해 주었다. 그 얘기를 듣고 난 사람들은 저마다 목을 긁적였다.

"우리가 뭐 알려준 게 있나……?"

"좋은 내용이군요. 헤슬을 이용해 I.J 가치를 더욱 올리고, 마스터가 싫어하던 기자들도 한 방에 정리하고. 게다가 우리 헤슬에게 빚까지 지게 만들고. 하하."

"알렉스 씨 말 들으니까 그런 거 같기도 하고."

비슷하게 느끼고 있던 샘도 고개를 끄덕거렸고, 그와 동시에 본사에서 전화가 왔다.

*　　　*　　　*

수업을 마치지도 않고 숍으로 온 미자는 홈페이지에 올린 공지를 프린트해 기자들이 볼 수 있도록 가게 밖에 붙였다.

"아니, 그러니까 기자가 있는 그대로 써야지 소설을 쓰고 있어! 애초에 그게 말이 돼? 이게 훨씬 신빙성 있지. 그런 놈들 때문에 애꿎은 우리까지 기레기니 뭐니 그런 취급을 받는 거 아니야. 이제 발표회 하고 출시되고 그럴 텐데, 앞으로 어떡할 거야."

"그래도 알 권리가 있는데 이건 너무한 거 같은데."

"알 권리는 개뿔. 나 같아도 저러겠네. 만약에 헤슬에서 기분 나쁘다고 빠지기라도 해봐."

기자들 간에도 서로 논쟁이 일어났다. 너무 과했다란 반응도 있었고, 먼저 알려줬으면 이런 일이 없었을 거라는 반응도 있었다.

사무실에 있던 우진은 여러 반응들 모두 썩 달갑지 않았다. 미리 알려줄 이유도 없거니와, 인터뷰를 안 한다고까지 알렸는데 여전히 가게 앞에 진을 치고 있는 것 자체가 못마땅했다. 그래도 전과 다르게 가게 문을 노크하거나 함부로 들어오진 않았기에 그나마 다행이었다.

공지와 기사를 확인하던 장 노인은 피식 웃으며 우진에게 물었다.

"나한테 물어보지도 않고 잘했고만? 매튜 작품인 게냐?"

"에이, 그 양반한테 전화할 시간이 있었겠어요? 우진 씨가 혼자 생각하더니 그렇게 말한 거예요."

"그래? 네 녀석답지 않게 뭔 생각으로 그런 게야?"

그러자 우진이 약간 머뭇거리더니 입을 열었다.

"제가 처음 가게 한다고 할 때, 아버지가 그러셨거든요. 거래

처하고의 신뢰가 가장 중요하다고."

"신뢰? 그러다 돈 떼먹히고 못 받기도 하고. 네 할아비처럼."

"저도 아직은 잘 모르겠어요. 그래도 다들 절 도와준 회사들이고 같이 옷까지 내는데, 거래처나 다름없잖아요. 데이비드 씨가 직접 부탁까지 했는데. 그리고 제가 먼저 신뢰할 수 있다는걸 보여주면 상대방도 그에 답하는 걸 보여주지 않을까요?"

"성인군자 나셨고만?"

우진은 멋쩍게 웃었고, 미자는 박수까지 보냈다.

그때 갑자기 밖에서 웅성거리는 소리가 들렸다. 그 소리에 가게에 있던 사람들이 응접실로 나왔다. 가게 안을 찍던 카메라가전부 사라져 있었다.

"뭐지?"

다들 궁금해하면서도 가게 밖으로 나가진 않고 유리창에 기대 밖을 살폈다. 그 순간 카메라 무리가 가게 쪽으로 옮겨 왔고, 그 카메라 무리가 벌어지더니 익숙한 얼굴인 샘이 보였다.

똑똑─

"아! 열어드릴게요."

우진이 문을 열자 샘을 포함한 헤슬 기술자 6명이 우르르 가게 안으로 들어왔고, 그들과 함께 기자까지 가게 안으로 들어오려 했다.

그러자 미자가 가게 문을 가로막더니 고개를 가로저으며 손가락으로 아까 붙였던 종이를 가리켰다. 그러고는 곧바로 가게 문을 잠가 버렸다.

"안 가신 거예요?"

"네, 돌아왔습니다. 아직 회사에서 연락이 없었던 모양이군요."

"네?"

"헤슬에서도 마스터의 인터뷰에 감사해하고 있습니다."

"마스터요?"

그러자 뒤에 있던 브라이언이 손을 흔들며 말했다.

"하하, 모든 작업이 마스터급으로 가능하셔서 저희끼리 선생님을 마스터라고 부르고 있습니다."

우진은 부담스러운 호칭에 어색한 미소로 뒷머리만 긁적였다.

＊　　　　　＊　　　　　＊

다음 날.

뉴스 대부분이 I.J에 대한 소식이다 보니, 우진이 한 인터뷰와 홈페이지에 올린 글이 자연스레 퍼졌다. 대중들은 헤슬의 이름이 크다는 이유로 교류라는 말이 훨씬 신빙성 있다고 생각했다.

그 덕분에 이제 샘을 비롯한 헤슬 기술자들은 기자들 눈치를 보지 않고 자유롭게 I.J에 드나들 수 있었고, 이른 아침부터 I.J로 왔다.

"벌써 오셨어요? 작업실이 좁아서 같이 연습하기 어려우실 텐데."

"하하, 괜찮습니다. 마스터께 배우는데 좁은 게 무슨 문제가 되겠습니까."

"다들 잘하시잖아요."

오늘 일정을 확인 중이던 우진은 곤란한 얼굴이었다. 오늘만 하더라도, 조금 있으면 김 교수가 가게로 오기로 했는데 다른 사람들이 아침부터 가게 전체를 점령했다.

기술자들에 이어 세운, 성훈, 장 노인까지 한 명씩 출근했다. 그러자 좁다고 생각하지 않았던 숍이 예전 수선 가게가 떠오를 정도로 좁게 느껴졌다.

우진은 만드는 걸 한 번 봐주고 다시 호텔로 돌려보낼 생각으로, 일단 여섯 명을 데리고 더 좁은 작업실로 갔다.

"정말 신기합니다."

"뭐가요?"

"어떻게 이렇게 도구가 없는지. 작업대, 초크, 자, 재봉틀, 뒤 칸에 실들. 고작 이걸로 제가 입은 바지가 나왔다는 게 말입니다."

우진도 필요한 것들이 있었지만, 아직 준비를 못 했을 뿐이기에 멋쩍게 웃었다. 그러고선 김 교수가 오기 전에 빠르게 보여주고 보낼 생각에 곧바로 원단을 작업대에 깔았다.

"치수를 또 재면 오래 걸리니까 브라이언 씨 치수로 할게요."

"나이스! 감사합니다."

"아, 마스터! 그러실 필요 없습니다. 저희 각자 치수를 전부 측정해 왔습니다."

"아… 패턴을 새로 떠야 하는데."

"부탁드립니다! 패턴 뜨는 방법도 다시 보고 싶습니다."

자신보다 나이가 많은 사람들이 어디서 뭘 배웠는지 고개 숙여 인사까지 하는 모습에 우진은 어쩔 수 없이 수락했다. 그러고 시계를 한 번 확인하고선 곧바로 작업에 몰입했다.

기술자들은 질문해도 받지 않는다는 걸 알기에 그저 우진의 작업을 눈에 담았다. 고개를 끄덕거리기도 하고, 자신들의 실력과 비교를 해보려는 듯 손을 움직여 보기도 했다. 어느 부분에선 자신들이 나은 부분도 있었다. 하지만 자신들은 한 분야만이었는데 우진은 전체적으로 일류였다.

기술자들은 시간 가는 줄 모르고 지켜봤고, 우진은 어느새 완성된 바지를 들고 확인했다. 그러고는 시간을 확인해 보니, 전보다 시간이 많이 단축되어 있었다. 만들수록 더 익숙해지는 느낌에 알게 모르게 뿌듯함마저 들었다.

그때 작업실 커튼이 열리며 세운이 고개를 내밀었다.

"우진 씨, 김 교수 왔는데."

"벌써요?"

"30분 정도 됐어. 작업 중이라니까 괜히 부르지 말라고 하더라고."

세운이 다시 나가자 우진은 기술자들을 봤다.

"제가 손님이 오셔서요. 이만 가봐야 할 것 같아요."

"다녀오시죠. 잠시 연습 좀 하고 있겠습니다."

갈 줄 알았는데 작업실에 남아 있겠다는 소리에 우진은 머리를 긁적였다. 그렇다고 내쫓을 수도 없었기에 우진은 양해를 구하고선 작업실을 나왔다.

응접실이 아닌 화장실부터 향한 우진은, 김 교수의 다음 옷을 확인할 생각에 렌즈부터 뺐다. 그리고 렌즈 통에 잘 보관하고선 서둘러 응접실로 나왔다.

김 교수는 약속한 대로 옷과 구두까지 착용하고 온 상태였다. 오랜만에 보는 환한 빛에 우진은 기쁜 마음으로 인사를 건넸다.

"교수님, 일찍 오셨네요."

"선생님! 벌써 작업이 끝나셨습니까? 전 괜찮은데. 하하."

"어제는 그냥 가버려서 죄송했어요."

"아! 아닙니다! 오히려 제가 죄송하죠. 그리고 학과장님도 바쁘신데도 시간을 내주셔서 감사하다고 전해달라 하셨습니다."

나날이 늘어가는 김 교수의 극진한 대접에 우진은 자신이 오히려 손님처럼 느껴졌다.

"아니에요. 갑자기 일이 생겨서 그런 거라서 그냥 가버린 제가 죄송하죠."

"하하, 아닙니다. 저희도 어제 뉴스를 보고 충분히 이해했습니다. 그런데 정말 존경스럽습니다."

이대로 놓아두면 계속 대화만 하게 될 것 같아 우진은 주제를 바꿨다.

"옷은 어떠세요?"

"정말 마음에 듭니다. 다른 교수들에게 추천까지 했는걸요."

"아, 최 교수님 일도 감사하게 생각하고 있어요. 재킷을 한 번만 벗어보시겠어요? 수선할 곳이 있나 다시 한번 봐드릴게요."

"아닙니다. 오늘은 새로 맞추고 싶은걸요. 매번 수선만 해주시면 어떡하십니까, 하하."

"새 옷도 맞추시고, 지금 입으신 옷도 한번 봐드릴게요."

"하하, 이거 옷을 A/S 받아보긴 처음이네요."

김 교수는 입고 왔던 재킷을 벗었다. 그러자 예상했던 대로 빛이 사라졌고, 그 순간 다른 옷이 보였다.

재킷을 받아 들며 김 교수를 보던 우진은 멋쩍게 웃었다. 어떻게 저렇게 한결같은지, 이번에도 색상과 원단 느낌만 다를 뿐 디자인은 다르지 않았다. 심지어는 신발마저 수선한 신발과 같은 디자인이었기에 피식 웃었다. 그러고는 슈트를 살펴보며 입을 열었다.

"와이셔츠도 불편하지 않으시죠?"

"그럼요. 원래 옷이 처음 입을 때 어색하거나 그래야 하는데, 선생님께서 신경 써주셔서 그런지 그런 게 전혀 없더라고요."

똑같이 만들었는데 이상할 리가 없었다. 우진은 고개를 끄덕이며 스케치북을 펼쳤다.

"이번에도 같은 디자인으로 하실 거죠?"

"하하, 그랬으면 좋겠는데. 선생님께 맡기겠습니다."

"교수님이 편하신 게 좋죠. 그럼 일단 스케치를 해볼게요."

같은 디자인이기에 전에 그렸던 스케치를 내밀까 생각도 했지만, 예의가 아닌 것 같았다. 그에 우진은 입을 다물고 스케치를 시작했다.

자세히 그리다 보니 상당히 오래 걸렸고, 김 교수는 우진의 말에 따라 일어서거나 뒤돌기까지 했다. 어느덧 시간이 흘러 스케치가 완성되자, 우진이 스케치북을 내밀었다.

"볼 때마다 느끼는 건데 정말 잘 그리십니다. 재킷 색상이 아이보리색인 건가요?"

"네, 원단은 좀 찾아봐야 할 거 같고요. 와이셔츠는 하얀색에 바지는 네이비예요. 멜빵하고 구두는 따로 만들 필요가 없을 것 같아 보여요."

"아닙니다! 멜빵하고 구두까지 꼭 만들어주셨으면 좋겠습니다."

색상마저 같았기에 또 만들 필요가 없어 보였지만, 고객이 원하는 것이기에 우진은 고개를 끄덕였다.

"그럼 원단 정해지면 연락 주시죠. 기다리고 있겠습니다. 저번처럼 일주일 정도면 될까요?"

"아, 그렇게 기다리시지 않아도 될 거 같아요. 잠시만요."

우진은 응접실 벽으로 향했고, 원단들이 진열된 칸막이에서 책자들을 꺼내 들었다. 책자를 들고 온 우진은 곧바로 김 교수에게 내밀었다.

"스와치군요."

"종류는 이제 여름이라 가벼운 게 좋을 것 같아요. 여기 보시면 적당해 보이는 게… 아, 이건 호정 거구나. 이건 제외하고, 그럼 허더즈에서 나온 게 괜찮을 거 같아요. 가격대도 비싸지 않고 종류가 두 가지예요. 하나는 울이 80%에 폴리 20% 혼방이라서 구김이 없고요. 하나는 울이 95%라 더 가볍긴 해도 약간의 구김이 있을 거 같아요. 가격은 뒤가 조금 더 비싸고요."

"선생님께서 추천해 주시죠. 추천해 주시는 대로 입겠습니다."

"그럼 여름이니까 재킷을 벗었다 입었다 자주 하실 테니… 주름이 덜 가는 허더즈1로 하시는 게 좋을 거 같아요."

"하하, 그럼 그걸로 하겠습니다. 역시 선생님께 옷을 맞추면 정말 기분이 좋습니다."

"네?"

"다들 비싸게만 부르는데, 선생님과 얘기하다 보면 정말 옷 입는 사람을 생각해 주신다는 게 느껴지거든요, 하하."

비슷해 보이는 원단이기에 나름 생각한 걸 알아주는 것 같아 우진도 기분이 좋아졌다. 그러고는 혹시 몸매가 변했을 수도 있어 치수까지 다시 측정했다. 예전엔 며칠씩 걸리던 작업이 불과 몇 시간 만에 끝이 났다.

"선생님, 그럼 완성되면 연락 주세요. 저도 오후에 수업이 있어서 이만 가봐야겠습니다."

"네. 바로 연락드릴게요. 그런데 밖에 기자분들이 많던데 괜찮으시겠어요?"

"아, 아까도 숍에 들어오는데 사진을 찍고 그러더군요. 그래도 차를 바로 앞에 세워뒀으니까 괜찮을 겁니다."

김 교수는 배웅도 거절하고 숍을 나갔다. 아니나 다를까, 어디에 있었는지 흡사 피라미들처럼 기자들이 김 교수에게 달라붙었다. 그럼에도 김 교수는 손을 흔들며 뛰어가 차에 탔고, 우진은 숍 안에서 그 모습을 보며 고개를 저었다.

그때 사무실에서 나온 장 노인이 우진의 옆으로 다가왔다.

"아직도 기자 놈들이 있는 게냐?"

"네, 교수님한테까지 인터뷰하려고 하네요."

"쯧쯧, 지들 밥벌이니 이해는 한다만 그래도 정도껏 해야지. 그래서 교수는 어떻게 하기로 한 게냐?"

"아, 맞다. 할아버지, 이거 원단 좀 구해주세요."

"또 수입 원단이고만?"

"사실 비슷한 게 있는데 호정 거라서요. 쓰기가 좀 그래요."

"알았다. 일단 구해보마."

"네, 부탁드려요. 전 마 실장님한테 주문 들어온 것 좀 알려 드리러 2층 좀 다녀올게요."

장 노인은 고개만 끄덕이고는 곧바로 사무실로 들어갔다.

*　　　　*　　　　*

저녁이 되었음에도 헤슬 기술자들은 돌아갈 생각이 없는지 여전히 숍에 있는 중이었다. 패턴을 뜨려면 작업실을 사용해야 했기에 자리를 비워달라고 했고, 그제야 기술자들은 휴식을 가지자며 작업실 밖으로 나갔다.

분명 불편하긴 했지만, 우진도 그들을 보며 느낀 점도 있었다. 괜히 장인이라는 이름이 붙은 게 아니었다. 조금 전 작업을 봤을 때는 오히려 자신보다 완벽해 보이는 실력에 머쓱해지기까지 했다. 그럼에도 여전히 자신을 마스터라고 부르고 있었다.

왠지 패턴을 뜨는데도 그 호칭에 맞게 완벽해야 할 것 같은 기분에 전보다 조심스러워져, 더욱 집중하며 작업을 시작했다. 슈트를 비롯해 하나하나 완성시키고 바지를 마지막으로 패턴 작업이 끝났을 때, 언제 왔는지 커튼을 걷은 채 서 있는 세운이 보였다.

"우진 씨, 저 사람들 가게 밖으로 나가지 좀 말라고 해야겠어. 계속 나갔다 들어왔다 해서 기자들이 아주 난리도 아니네."

장인들은 작업할 원단이 차에 있었기에 하루 종일 들락날락거리느라 기자들의 궁금증을 유발시켰다.

"시간도 늦었는데 안 가시려고 그러나."

"몰라. 밖이 하도 시끄러워서 내려왔더니 영감님까지 합세해서 밖에 나가 있는 중이다."

"할아버지도요? 원단이 벌써 왔나?"

　우진은 작업실을 나가자 가게 안 유리창 근처에 서 있는 기술자들이 보였다. 그리고 밖을 보니 장 노인이 차에서 무언가를 내리는 중이었다.

　그 모습을 본 우진은 가게 밖으로 나갔고, 우진을 확인한 기자들이 우르르 몰려들었다.

"다 내렸으니까 너는 들어가 있는 게 낫겠다. 차 부장, 내리지 말고 출발해. 또 연락하겠네."

　우진은 기자들이 가까워지기 전에 곧바로 가게 안으로 들어와, 가게 안에서 장 노인이 넘기는 원단을 건네받았다.

"이렇게 많이 주문하셨어요?"

"기본적인 원단 하나도 다 떨어져 가는 거 같아서 이참에 주문한 게다."

　우진이 원단을 가게 안으로 차곡차곡 쌓았고, 그 모습에 기술자들도 달려들어 손을 거들었다.

"그냥 계셔도 돼요."

"아닙니다. 그런데 이걸로 뭐 만들 생각이십니까?"

"아, 처음부터 비싼 원단으로 만들기보다 이런 값싼 원단으로 연습할 때도 있거든요. 마침 오늘 주문 들어온 거 만들어보려고 했는데 잘됐네요."

우진은 이때다 싶어 바쁘니까 이만 돌아가라는 말을 돌려 했다.

"와우, 그 실력으로 다른 원단으로 가봉도 하신단 말입니까? 참 대단하십니다."

"그런 게 아니라."

"저희가 좀 도와 드리겠습니다!"

"네……?"

우진은 얘기가 끝나기도 전에 서로 역할을 나누는 기술자들을 멍하니 바라봤다.

＊　　　　＊　　　　＊

커튼을 열어둔 작업실을 밖에서 지켜보던 우진은 마네킹에 걸린 옷을 봤다. 이미 한 번 만들었다고 해도 핏 확인을 해야 했기에 가봉 상태라도 거의 완성된 것이나 다름없었다. 스케치만 했을 뿐인데 옷이 완성되었다.

"대단하긴 대단하네."

"이래서 다른 디자이너분들이 같이 일하시는 분들 찾는가 봐요……."

"우진 씨도 찾으려고? 우진 씨는 혼자 해도 저 정도 하잖아. 하하, 만드는 시간도 비슷한 거 같은데."

"일단은 하는 데까지 혼자 해봐야죠. 그래도 저런 분들이 있으면 예약도 밀리지 않을 것 같긴 하네요."

약간 부러운 듯 말하는 모습에 세운은 피식 웃었다.

"그럼 저 사람들이 있을 동안만이라도 만들라고 해. 자기들이 알아서 잘 만들더만."

제6장
고소

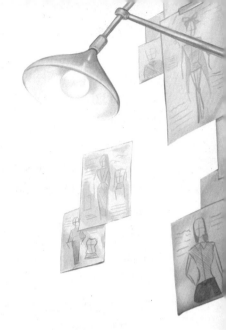

다음 날. 가게로 온 김 교수는 차렷 자세로 얼어붙었다.

"교수님, 편하게 계세요."

"편, 편합니다."

"이분들이 도와주셔서 생각보다 빠르게 됐어요."

김 교수는 자신의 핏을 확인하는 사람들 때문에 정신을 차릴 수 없었다.

처음에는 누군지 몰랐지만, 우진의 설명을 듣고서야 어떤 사람들인지 알게 되었다. 한국에서 명품 헤슬 장인들이 만든 옷을 입게 될 줄은 상상도 못 했다. 그리고 그런 사람들에게 마스터라고 불리는 우진이 더욱 굉장해 보였다.

"불편하신 곳은 없으시죠? 이대로 재봉해도 괜찮을까요?"

"네, 네! 부탁드립니다!"

우진이 고개를 끄덕이며 옷을 벗기려 하자 헤슬 장인들이 나서 옷을 벗겼다. 그러고는 곧바로 옷을 들고 들어갔다. 김 교수는 그제야 숨을 쉬며 우진을 봤다.

"저분들은……."

"한국에 계실 동안만 도와주신다고 했어요. 참, 그래도 구두하고 멜빵은 시간이 좀 걸릴 거 같아요."

"괜찮습니다!"

약간이라도 아쉬워할 줄 알았건만, 직접 만들어줄 때보다 더 좋아하는 김 교수의 모습에 우진은 자신이 아직 멀었다고 생각했다.

"옷은 걱정하지 않으셔도 돼요. 정말 정성껏 만드셨어요."

"선생님이 어떻게 만드시는지 아는데 걱정이라뇨. 절대 그럴 일 없습니다."

"감사해요. 그럼 구두 완성되면 다시 연락드릴게요."

"알겠습니다. 그럼 오늘은 제가 수업이 없는데 괜찮으시면 식사라도……."

김 교수가 불편하진 않았지만, 우진은 일정상 거절해야 했다.

"죄송해요. 당분간은 좀 바쁠 거 같아요. 오후에 부산을 다녀와야 할 거 같거든요."

"부산에요?"

"네. 예약하신 분이 부산에 계시더라고요."

"직접 가시는 겁니까……? 선생님 정도면 숍으로 직접 오라고 하시는 게……."

"서울에 계신 분은 그럴 생각인데, 지방에 계신 분들은 제가 마음에 걸려서요. 처음부터 출장 가능하다고 알려 드렸는걸요."

"아… 그럼 부산에서 예약한 분들 전부 만나고 오시는 겁니까?"

"아니요. 그럼 옷에 집중할 수 없어서요. 일단 먼저 완성부터 하고 순서대로 해야죠."

김 교수는 우진이 믿음직스럽게 보이는 한편 고지식하게 느껴졌다.

*　　　　　*　　　　　*

며칠 뒤.

고객을 만난 뒤 늦은 밤이 되어서야 가게로 돌아온 우진은 소파에 털썩 앉았다. 다들 퇴근했는지 가게가 상당히 조용했다.

우진은 가게를 한 번 둘러보고선 소파에 앉았다. 원래 속도라면 한 벌을 완성하지도 못했을 시간에 벌써 4개의 주문을 끝냈다.

헤슬 장인들이 도와준 이유도 있지만, 무엇보다 다른 곳에 시간을 쓰지 않아도 되는 이유가 컸다. 원단을 구매하러 가거나 장식 같은 부자재를 주문할 필요가 없다 보니까 자연스럽게 시간이 단축되었다. 덕분에 세운만 밥 먹을 시간도 없을 정도로 바쁜 게 문제였지만.

그때, 바쁜 세운을 대신해 함께 움직이던 성훈이 들어와 소파에 털썩 앉았다.

"다 퇴근했나 보네."

"삼촌도 퇴근하세요."

"좀 앉았다가 가려고. 세운 형님은 식사했는지 모르겠네. 너도 밥 먹어야지. 난 사람들한테 하도 치였더니 입맛도 없네. 연예인들은 어떻게 다니나 몰라."

성훈의 말처럼 움직이는 데 불편함이 많았다. 뉴스에서 I.J에 대한 소식이 잦아들긴 했지만, TV에 하도 나오다 보니 어디를 가든지 알아보는 사람이 많았다. 기차를 타고 다니면서 자연스레 노출되었고, 자신도 모르는 사이에 찍힌 사진들이 인터넷에 엄청났다.

게다가 사인을 해본 적도 없는데 사인을 해달라는 사람도 많았고, 고객과의 사진 촬영은 당연했다.

"저 사람들은 집에도 안 가나 봐. 고생이 많네. 다른 곳은 이제 싹 빠졌던데 저 사람들은 항상 있네."

"누구요?"

"Moon 매거진 말이야. 매일 사과 메일도 보내고 죽어라 전화하고 애쓰는 걸 알아서 그런지 눈에 들어오네."

Moon 매거진은 다른 언론매체와 대중에게 질타를 받아 사과문까지 올리기도 했다. 우진도 알고 있는 데다가 일이 잘 풀려 그다지 화도 나지 않았다.

그리고 신경을 끄고 있었기에, 다른 방송국들이 전부 철수한 지금까지 저러고 있는 줄도 몰랐다.

우진은 지나가는 척하면서 가게를 기웃거리는 기자를 보고선 이마를 긁적였다. 그러고는 가게 밖에 혹시 다른 기자들이 있는지 확인하고선 가게 문을 열었다.

"장오중 기자님."

"네? 네! 네!"

"잠깐 들어오세요."

"네? 아! 감사합니다! 아, 그런데… 혹시 제 일행도……."

"네, 같이 오세요."

잠시 뒤, 오중이 홍주와 함께 가게로 들어왔다. 그러고선 쭈뼛 거리더니 대뜸 사과부터 했다.

"취재하는 일이 처음이라서 욕심을 부렸습니다. 정말 죄송하 게 생각합니다."

우진은 마치 죽을죄를 지은 것처럼 고개를 숙이는 모습에 오 히려 멋쩍어졌다. 며칠 동안 만났던 강압적인 느낌을 주는 기자 들과는 조금 다른 느낌이었다.

"패션 잡지이다 보니까 다른 언론하고는 조금 다릅니다. 보통 사전에 인터뷰하고 기사 내용을 올리거나 칼럼 형식으로 잡지를 채우는데… 이번엔 패션에 관한 일이다 보니 저희 매거진이 빠 질 수 없다고 생각했습니다. 다시 한번 사과드립니다."

"네, 알겠어요. 그만 사과하셔도 돼요."

"감사합니다! 혹시 저희가 보낸 메일을 보셨을지……."

"아, 요즘 제가 바빠서 확인을 전부 하진 않았어요."

"괜찮습니다. 그냥 저희가 사과드리는 의미에서 Moon 매거진 에 장기 광고를 넣어드릴까 하는데……."

우진은 자세히 모르긴 해도 좋은 제안 같았다. 그에 고개를 끄덕거렸다.

"저희 실장님하고 얘기해 볼게요. 그리고 저한테 사과하시려고 여기 계속 계신 거 같은데, 그러지 않으셔도 된다는 말을 하려고 부른 거예요."

"아, 감사합니다… 정말 폐를 끼쳐 죄송합니다."

"휴, 그만 사과하세요."

그 뒤로 대화를 할 때마다 계속 사과를 하는 통에 우진은 난감했다. 그런 와중에 갑자기 가게 밖이 시끌시끌하더니 사라졌던 기자들이 하나둘씩 몰려왔다.

"또 무슨 기사 났나? 혹시 무슨 기사 쓰셨어요?"

"아닙니다! 절대 아닙니다!"

"그런데 왜 또 다들 몰려왔지? 삼촌 아세요?"

"나도 너랑 같이 있었는데 모르지. 내가 나가볼까?"

그때, 오중이 조심스럽게 입을 열었다.

"아마… 고소 때문에 온 듯합니다……."

"고소요?"

"네. I.J에서 악플러들을 무더기로 고소한 것 때문에."

우진은 미간을 찡그렸다. 장 노인에게 듣긴 했지만, 분명 조용히 처리한다고 들었다.

그 모습을 본 오중이 휴대폰을 만지작거리더니 조심히 우진에게 내밀었다.

"한번 보시죠. 이런 내용이 좀 많아서……."

우진은 휴대폰을 봤고, 이마를 긁적거렸다.

―요즘 뜨는 **한테 고소당한 썰 품.
―무서워서 어디 제품 평가하겠나!

―구미 사는데 서울 경찰서까지 가야 하나요?

―모욕죄 합의금 얼마 정도 하나요?

―**에 연락 어떻게 함? 연락처 아는 사람!

―ㅋㅋㅋㅋ I.J 치킨 파티 하겠네.

"이게 다 우리 I.J한테 고소당한 사람들이에요?"

"아마도… 요? 저희는 빼주셔서 감사합니다……."

"네? I.J 욕 안 하셨잖아요. 휴, 이게 무슨 일이지."

우진은 며칠 전 새로 산 휴대폰을 꺼내 들고선 곧바로 장 노인에게 전화를 걸었다.

"할아버지, 고소 어떻게 된 거예요?"

―가게 온 게냐? 기다려 보거라. 곧 내려가마.

세운과 함께 건물에 있었는지, 잠시 뒤 장 노인이 가게 옆문을 통해 들어왔다. 장 노인은 Moon 매거진을 보고선 못마땅한 듯 코를 씰룩거리며 사무실로 들어갔다. 그러고는 종이 한 장을 들고 나와 탁자에 툭 던졌다.

"이게 뭔데요?"

"피고소인 정보."

"네? 이렇게 많이요?"

"많기는. 대부분 피라미들이니, 동그라미 친 사람들 위주로 보거라. 생각보다 몇 명 안 돼서 나도 놀랄 정도니."

우진은 명단을 보며 피식 웃었다. 옆에 적힌 내용들 중엔 입어본 적도 없으면서 입어봤다고 말하며 혹평을 한 글도 있었고, 아예 다른 옷을 찢어 I.J 옷이라며 올린 사진도 있었다.

한국에서 'I.J 베이직 No.1'은 전부 I.J 숍 식구들만 갖고 있었기에 말도 안 되는 일이었다. 그저 웃음만 짓던 우진은 눈을 돌려 동그라미 친 사람들을 봤다.

"호정하고 비교하는 글만으로는 고소가 안 된다고 해서 악질만 골라 놓은 게다. 그래서 몇 명 안 되느니라."

고개를 끄덕거리던 우진의 눈에 안절부절못하는 오중이 보였다. 혹시 또 기사로 쓰진 않을까 걱정스러운 맘에 종이를 등 뒤로 숨겼다.

"그만 가보시는 게 좋겠는데. 지금 좀 중요한 얘기라서요."

"아! 네. 물론이죠."

"그리고… 지금 들은 얘기, 기사로 쓰지 말아주셨으면 좋겠어요."

"물론이죠!"

그때, 장 노인이 오중에게 손가락질하며 입을 열었다.

"이제 보니 매일 전화하던 Moon 매거진이었고만?"

"네! 네. Moon 매거진입니다, 어르신."

"앉으시게."

"네?"

"좀 도와주게나."

장 노인은 오중을 앉혔고, 우진은 여전히 종이를 등 뒤에 숨긴 채 의아한 얼굴로 봤다.

"거기 피라미들은 내일 합의해 줄 생각이니까 기사 잘 써주시게."

"네?"

"합의금 받을 생각도 없네. 정의 구현? 그 정도가 좋겠고만? 껄껄."

"정말… 기사 써도 되는 겁니까……? 저희 고소하고……."

"기자라는 사람이 그리 담이 작아서 어찌 기자를 하시겠나? 기자라면 고소도 몇 번 당해보고 해야 기자지. 아무튼 따라다니면서 기사 좀 써주게."

"저희는 잡지사인데… 그런데 정말 따라다니면서 기사 써도 될까요……?"

오중은 우진을 힐끔 봤다. 우진은 자신을 따라다니는 게 아닌지라 그건 개의치 않았다. 종이를 봐도 상관없을 것 같자, 우진은 그제야 안심하고 종이를 테이블에 내려놓고서 동그라미 쳐진 글들을 보았다.

중학생부터 50대까지 연령층도 다양했다. 대체적으로 말도 안 되는 내용이었다. 기분이 좀 나쁘긴 하지만 그 외에는 별 감흥 없이 읽어 내려가는데, 옆에서 머리 하나가 튀어나왔다.

"오잉? 이 아이디 어디서 본 거 같은데?"

"야, 야. 고홍주! 낄 데, 안 낄 데 구분도 못 하고! 아이고, 죄송합니다. 죄송합니다……."

우진은 혹시 아는 사람일까 싶어 조심스럽게 물었다.

"어디서 본 적 있어요?"

"네. 분명 들은 것 같은데… RedDana96. 어디서 봤더라……."

오중은 불안한 눈으로 고홍주에게 작게 속삭였다.

"보긴 뭘 봐. 맨날 SNS만 하면서. 가만히 좀 있어. 부탁이다."

"아! 맞다! SNS에서 본 거 같다! 잠시만요."

고홍주는 곧바로 휴대폰으로 SNS를 접속하더니 한참이나 말이 없었다.

"어? 이 사람은 누구지? 언제 팔로잉한 거야."

"왜요? 누군데요?"

"모르는 사람이 제 사진에 글 남겨서요."

"……."

자신의 SNS를 보는 건지, 아니면 'RedDana96'을 찾는 건지 모를 정도로 오래 걸렸다.

그러자 오중은 연신 사과를 했다. 한참이 지나서야 고홍주가 손을 들었다.

"아! 이제 기억났다. 이 사람, 유정 선배가 라킹 인터뷰했을 때 봤던 신입 디자이너였네. 이름이 홍단아! 아, 이제 생각나네!"

"아시는 분이에요?"

"이 사람이랑 같은 사람이면요. 이 사람, 신입인데 이번에 '8시리즈' 디자인했다고 들었어요."

우진은 고개를 갸웃거렸다. 라이언 킹덤 디자이너인 것도 모자라 'I.J 베이직 No.1'과 비교되는 '8시리즈'를 디자인한 장본인이었다. 우연이라고 하기엔 너무 절묘하단 느낌이었다.

"할아버지는 어떻게 생각하세요?"

"너도 같은 생각을 하고 있으면서 어떻게 생각하기는. 명단이 필요 없을 정도로 이미 정해진 거 같고만."

그래도 이 사람들 중에 호정과 연관된 사람이 남아 있을 수 있기에 우진은 종이를 곱게 접었다.

"그럼 나머진 경찰한테 연락처를 알려주라고 말하마. 말한 대로 합의금은 없고 선처로 하고. 괜찮느냐?"

"네, 괜찮은 거 같아요. 그런데 이 사람은 어떻게 만나요?"

"합의해 달라고 연락이 올 게다. 그때 만나서 사과하라고 하면 되느니라. 기자 양반들도 그때 같이 있어줬으면 좋겠는데, 시간 좀 있으신가?"

그러자 오중은 벌떡 일어나 인사까지 했다.

"물론이죠!"

"껄껄, 그럼 그때까진 비밀로 좀 해주시게."

"네! 당연하죠. 여기 고 기자도 그럴 겁니다."

고홍주는 고개를 끄덕이다 말고 우진을 조심스럽게 바라봤다.

"대신 데이비드 씨 연락처 좀 알려주시면 안 돼요?"

"네?"

"제가 패션쇼 날 커피 엎지른 것도 제대로 사과하고 그러려고요."

데이비드가 어떤 이유로 피날레에 자신의 옷을 입고 나왔는지 전해 들었던 우진은, 그 당사자가 앞에 있는 사람이란 걸 알고 어이가 없었다.

생각해 보면 지금 LJ를 유명하게 만들어준 은인이나 다름없었다.

*   *   *

라이언 킹덤 홍단아는 머리가 복잡해 손에 일이 잡히지 않았다. 이상한 번호로 전화가 와 받았더니 경찰이었다. 경찰은 지금까지 자신이 올려놨던 글들을 전부 알려주며 확인시켜 줬고, 기억도 나지 않는 글까지 전부 알고 있었다.

I.J 옷을 넉오프한 사실이 알려질까 걱정하던 찰나, 갑자기 인터넷에 I.J와 8시리즈를 비교하는 글이 올라왔다. 마침 잘됐다 싶어 그 글을 여기저기에 퍼다 나른 결과가 이렇게 돌아올 줄은 생각하지 못했다.

인터넷으로 대처법을 찾아봤지만, 걱정만 커졌다. 벌금보다 무서운 게 민사라는 말들을 본 순간, I.J의 지금 위치가 떠오르면서 인생이 끝난 거 같은 느낌까지 들었다.

"홍단아! 디자인 시안 다 됐어? 오늘 퇴근 전까지 올려, 꼭."

할 일은 태산 같았는데도 어느 것 하나 할 수 없었다. 하루 종일 I.J에 대해 검색만 했고, 해결 방법만 찾고 있었다. 그러다가 새로운 뉴스가 보였다.

〈악플러 대거 선처한 'I.J'〉

〈'I.J' 한국엔 겨우 7벌?〉

홍단아는 기사를 보자 더욱 겁이 났다. 선처받은 사람의 인터뷰까지 나왔는데 자신에게는 아무런 연락도 없었다. 그러자 정말 큰일을 당하는 게 아닐지 무서워 손발까지 떨렸다.

'고소당한 거 회사에서 알면 잘리진 않을까……?'

합의 보고 싶은 마음은 굴뚝같은데 방법이 없었다. I.J에 전화해도 계속 통화 중이고, 경찰에게 물어봐도 피해자가 연락하길

꺼려 한다는 말밖에 듣지 못했다.

직접 찾아가서 사과해야 하나 고민하던 중에 휴대폰이 울렸다. 별로 반갑지 않은 전화였지만, 받아야 하기에 홍단아는 조용히 사무실 밖으로 나왔다.

—대구 경찰서인데요. 피해자분이 연락처를 알려 드리라고 하셔서 전화했습니다. 사과하실 의향 있으세요?

"네, 물론이죠! 그런데 사과하려면 제가 대구 경찰서까지 가야하는 거죠……?"

—그러실 필요 없습니다. 전화번호 알려 드릴 테니 전화해 보세요. 관할 지역으로 이첩해 드리겠습니다. 약 일주일 정도 후에 관할 지역에서 다시 전화가 올 겁니다.

잠시 후 피해자 연락처가 메시지로 도착했다. 전화번호를 받자, 지금까지 한 일이 있어 찔리긴 해도 조금은 안심이 됐다. 다른 사람들처럼 선처해 줄 거란 기대감으로 인터넷에서 봤던 대응 방법을 떠올리며 전화 걸기 전 연습까지 했다. 그러고는 겨우 통화 버튼을 눌렀다.

"혹시 I.J 맞나요……?"

—그렇습니다만. 누구십니까?

뉴스에서 봤던 젊은 디자이너일 줄 알았건만, 상당히 나이가 많게 들리는 목소리였다.

"전 홍단아라고 해요… 다름이 아니라 사과드리려고 이렇게 연락드렸어요……."

—아, 레드다나96. 그분이고만?

"네……."

─그래서 어쩐 일로.

"그게… 정말 죄송합니다. 제가 그날따라 술을 너무 많이 마셔서 해서는 안 될 실수를 했어요……."

─대낮부터 술 드셨나 보고만? 게다가 매일매일.

"죄송해요……."

선처해 줄 거란 생각으로 전화를 걸었는데 상대방 목소리는 상당히 날카로웠다.

계속해서 사과를 했지만, 상대방에게서 원하는 대답이 나오질 않았다.

"제가 아직 어리고… 회사에 입사한 지도 얼마 안 됐거든요… 정말 죄송해요. 한 번만 용서해 주세요."

─I.J가 하마터면 망할 뻔했는데 그쪽 사정만 봐달라고 하는 겐가? 쯧쯧, 그러면서 얼굴도 안 비치고 전화로 사과하고 있고?

"아! 아니에요. 찾아뵙고 사과드리고 싶은데 바쁘실까 봐. 그럼 제가 퇴근 후에 찾아봬도 될까요……?"

─욕은 아무 때나 하고 찾아오는 건 시간을 정하고? 원래 그렇게 제멋대로인가?

"아, 아니에요. 금방 가겠습니다."

─그럼 그러시든지. 대표님이 있을 때 오는 게 좋을 겁니다. 바빠서 언제 자리 비울지 모르니까.

전화를 끊은 홍단아는 깊은 한숨을 내쉬었다. 뭐라고 하고 자리를 비워야 할지 머리가 터질 것 같았다.

*   *   *

우진은 혜슬 장인들과 함께 작업하는데, 세운은 혼자 작업하니 그 속도를 따라가지 못하고 있었다. 작업이 계속 쌓이고 있었고, 쉴 시간도 없었다.

그나마 쉬지도 않고 작업한 결과 두 켤레는 완성시켰다.

"교수님이 보시면 좋아하시겠어요."

"그렇긴 하지. 그런데 우진 씨, 혜슬 그 양반들 언제 간대?"

"내일 가실 거 같아요. 왜 그러세요?"

"아! 그 사람들 있으니까 내가 죽겠어. 내 얼굴 좀 봐."

우진도 세운이 고생하고 있다는 걸 알고 있지만, 어떻게 해줄 수 있는 방법이 없었다. 직원을 뽑는다고 해도 세운의 실력에 맞춰서 뽑아야 하는데 그게 쉬운 일이 아니었다. 저 정도 실력을 가진 사람이라면 대부분 자기 숍을 가지고 있거나 이미 유명한 사람들일 텐데, 아직 그런 사람을 스카우트할 여유는 없었다.

자신이 틈틈이 도와주고 있긴 하지만, 크게 도움은 되지 않았다.

"휴, 이제 3개 남았다. 하나는 염색만 마르면 바로 되니까 내일모레면 되겠네."

"천천히 하세요. 제가 고객분들한테 최소 보름은 걸린다고 알려 드렸어요."

"그래도. 옷이 완성됐는데 어떻게 그냥 있어. 성훈이도 죽으려고 하던데. 하루 종일 쇳덩이 깎고 있더라고, 하하."

이미 알고 있던 우진은 피식 웃기만 했다. 그러고는 완성된 구두를 종이가 아닌 천에 싸서 조심히 상자에 담았다.

"악플러 올 때 됐는데, 안 내려가세요?"

"아, 그 호정 끄나풀?"

"그건 아직 모르고요. 할아버지 말로는 신입이 무슨 힘이 있냐고, 시키는 대로 했을 거라고 하더라고요. 그래서 일단 뭐라고 하는지 들어보려고요."

"그래, 내려가자."

상자를 들고 숍으로 내려온 우진은 가게 밖에서 쇼핑백을 든 채 서성이는 여자를 봤다. 잠깐 동안 기자인가 생각도 했지만, 지금까지 봐온 기자들치고는 너무 깔끔했다.

그리고 가게를 힐끔거리지도 않고, 왔다 갔다거리는 걸음걸이에도 초조함이 느껴졌다.

우진은 잠시 지켜보다가 구두 박스를 놓아두려 사무실로 향했다.

"지금 온 거 같아요."

"벌써 온 게냐? 너랑 기자 양반은 여기 있거라. 내가 나가서 데려오마."

장 노인은 사무실을 나갔고, 우진은 미리 대기 중인 오중과 홍주에게 인사했다.

"언제 오신 거예요?"

"하하, 아까 어르신, 아니, 상무님 연락받고 바로 왔습니다. 손님인 척 오느라 엄청 꾸미고 왔는데, 하하. 어떻습니까?"

"잘 어울리세요. 꼭 부부 같으세요."

"헛……."

두 사람은 다른 기자들 눈에 띄지 않으려 손님인 척 한껏 꾸미고 온 상태였다. 핑크색 통이 있는 원피스에 챙 넓은 모자를 쓴 홍주만 보면 모델이라고 생각이 들 정도였는데, 오중의 오래된 예식복 같은 정장은 너무 과해 마치 80년대 영화에 나오는 사람 같았다.

덕분에 홍주까지 올드해 보였기에, 우진은 최대한 순화해서 해준 말이었다. 물론 당사자인 둘은 얼굴을 찡그렸지만.

그사이 좁은 사무실로 돌아온 장 노인이 나오라고 손짓했다. 어느새 셔터를 내려 밖이 보이지 않는 응접실에는 가게 앞을 서성거리던 여인이 앉아 있었다.

우진은 머리를 긁적이고선 소파로 가 앉았다. 장 노인에게 어떻게 하라고 얘기를 듣기는 했지만, 막상 I.J 욕을 한 당사자를 앞에 두니 어떻게 대해야 할지 난감했다.

"안녕하세요."

"네… 안녕하세요. 저 이거……."

홍단아는 들고 왔던 쇼핑백을 건넸고, 우진은 이걸 받아도 되는지 몰라 머리만 긁적였다.

"와인인데 좋아하실지 모르겠어요… 정말 죄송하단 의미로 준비했어요. 정말 죄송해요. 제가 얼마나 잘못하고 I.J에 어떤 피해를 줬는지 반성하고 있어요……."

건드리면 당장에라도 울 것 같은 얼굴이었다. 우진은 홍단아가 진정할 시간을 주려 아무런 말도 하지 않았다. 그러자 홍단아는 조바심이 나는지 울먹거리는 목소리로 입을 열었다.

"한 번만 용서해 주시면 다시는 이런 일 없도록 할게요. 네……? 제가 취직한 지 얼마 안 됐거든요. 회사 잘리면 부모님

쓰러지세요… 한 번만 용서해 주세요."

"라이언 킹덤 다니신다고 하셨죠?"

"네? 어떻게 아셨……."

홍단아는 다른 사람은 전부 선처해 줬으면서 자신을 보자고 한 이유가 이거였다는 생각에 숨이 덜컥 막혔다.

"아니세요? 라이언 킹덤 디자인 1팀이라고 들었는데."

"……."

홍단아는 심장이 이렇게 뛸 수도 있다는 걸 처음 알았다. 순식간에 온갖 생각이 다 들었다. 그러면서도 한편으로는 정말 다 알고 있는 건 아닐 거라고 위안했다.

그때 우진이 고개를 갸웃거리며 입을 열었다.

"8시리즈 디자인하신 분 아니세요? 홍단아 씨 맞으시죠?"

"……."

홍단아는 침을 꿀꺽 삼키고는 주변을 살폈다. 얼굴이 거무죽죽한 중년은 앉지도 않고 팔짱을 낀 채 노려보고 있었고, 자신과 통화를 했던 노인은 이미 다 안다는 듯 실실 웃고 있었다. 게다가 이상한 옷을 입은 두 사람은 어서 얘기해 보라는 듯 얼굴만 뚫어져라 보고 있었다.

가장 신경 쓰이는 건 우진이었다. 자신을 안쓰럽다는 듯 보면서 질문을 던졌다. 마치 인생이 끝났다는 걸 불쌍하게 보는 눈빛이었다.

"그런데 그런 분이 왜 그러셨어요?"

"아니에요… 제가 그런 게 아니란 말이에요! 정말 아니에요!"

결국 무섭다 못해 울음이 터진 홍단아였고, 우진은 당황한 나머지 입을 다물었다. 그러자 눈물범벅인 홍단아가 우진의 팔을 잡으며 사정하듯 매달렸다.

"전 그냥 시키는 대로 베낀 것뿐이에요! 네? 저 회사 들어온 지도 얼마 안 됐는데 제가 뭘 알겠어요… 흑흑, 제발 한 번만 용서해 주세요."

"……."

홍단아에게 우진의 침묵은 '안 돼, 돌아가'처럼 느껴졌다. I.J는 현재 세계에서 가장 유명한 숍이니, 손해배상이라도 청구하면 말로만 듣던 빚 지옥에서 살아야 할 거란 생각에 잡생각들이 사라져 버렸다.

그저 사정하는 방법밖에 없다고 생각한 홍단아는 눈물범벅으로 우진에게 매달렸다.

"정말이에요. 믿어주세요. 네? 흑흑."

"……."

그러자 옆에 있던 홍주가 모자를 벗고선 홍단아의 등을 쓰다듬으며 물었다.

"울지 마시고요. 뭘 시켜서 그런 건지 제대로 말씀해 주셔야죠."

"I.J 베이직 No.1이요. 전 그냥 시킨 대로 한 것뿐이에요. 정말이에요……."

"정확히 시킨 사람이 누구죠?"

"새로 오신 실장님이요. 정말이에요. 믿어주세요."

"알았어요. 울지 마시고요. 울기만 해서는 아무것도 안 되잖아요."

오중은 이런 일이라는 걸 생각도 못 했기에 턱이 빠질 정도로 입을 벌리고 있었고, 세운은 얼굴이 붉어진 채 입술을 꽉 깨물었다.

우진은 장 노인에게서 베꼈을 수도 있을 거라는 말을 듣긴 했지만, 실제로 듣게 되자 기분이 묘했다. 기본적인 티셔츠인 만큼, 우연일 거란 생각도 있었다.

그런데 한국에서 알아주는 대기업이 자신의 디자인을 베꼈다는 얘기를 듣자, 세운에게 미안하지만 왠지 뿌듯한 느낌마저 들었다.

"그런데 바지가 중요한데 바지는 왜 안 베끼셨어요? 만들기 어려워서 그런 건가?"

"전… 몰라요. 그냥 티셔츠만 티 안 나게 디자인하라고 해서……."

이미 들을 건 전부 들었다. 따로 준비했던 질문을 할 필요도 없었다.

장 노인이 나서자, 우진은 여전히 울고 있는 홍단아를 한 번 보고선 안타까움에 입맛을 다셨다.

"그래서 우리가 고소를 할 예정이오."

"네? 아… 정말 잘못했어요! 선생님! 한 번만 봐주세요! 흑흑, 그럼 저 죽어요."

"그쪽이 아니라 라이언 킹덤을 상대로 할 예정이라오. 여기 옆에 계신 두 분은 Moon 매거진 기자분들이오."

"아……."

회사를 고소해도 자신에겐 희망이 없었다. 게다가 기자까지 알고 있다고 하니, 온몸에 힘이 빠지고 더 이상 눈물도 나오지 않았다.

"베낀 거라고 해도 잘못은 잘못이라고 생각하네만."

"네……."

"그런데 그쪽 팀도 이 사실을 알고 있는 게요?"

"네… 알고 있을 거예요……."

"그럼 됐고만."

홍단아는 고개를 푹 숙이고 있었고, 장 노인은 오중을 보며 말했다.

"그럼 이거 기사로 내보내 주시게. 제보자는 익명으로. 지금 I.J 유명세라면 금방 후끈해지겠고만?"

"당연하죠. 어르… 아니, 장 상무님! 저희한테 이런 기회를 주셔서 감사합니다!"

"감사는 무슨. 우리야말로 잘 부탁하네. 시끌벅적해야 우리가 고소를 하든 사과를 받든 할 거 아닌가."

홍단아는 이상한 대화에 새빨개진 눈으로 장 노인을 봤고, 장 노인은 우진에게 넘겨 버렸다.

우진은 목덜미를 긁적이며 입을 열었다.

"저기, 시치미 좀 잘 떼세요?"

제7장

사과

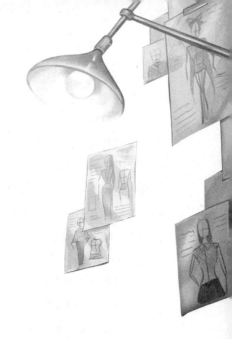

　라이언 킹덤의 디자인 1팀 팀원들은 아침부터 쏟아지는 기사를 확인했다. 정신이 없어도 모자를 판에 서로의 눈치를 보느라 대화가 없었다. 그때, 팀장이 걸려온 전화를 받고 자리에서 일어났다.

　"회의실로 가자."

　홍단아는 막내였기에 회의를 준비하러 먼저 이동했다. 회의실에 도착하니 평소라면 제일 늦게 왔을 사람들이 보였다. 디자인팀 이사는 물론이고, 기획 팀 및 마케팅 팀에다 새로 온 실장까지 와 있었다.

　"왜 이렇게 늦어!"

　"죄송합니다. 지금쯤 다 오셨을 거예요."

　"아, 미치겠네. 이게 무슨 일이야!"

다른 팀은 전부 임직원만 와 있는데 디자인 1팀만 전부 올라오라고 한 걸 봐서는, 제보자를 색출하려는 것 같았다.

내부고발자로 들키면 앞으로 디자인 쪽은 물론이고 대기업 근처조차 얼씬거리지 못한다는 걸 알기에 홍단아는 심장이 두근거렸다. 그녀는 애써 침착하려 들키지 않게 침을 삼켰다.

잠시 뒤 디자인 1팀이 회의실로 들어섰고, 하나같이 마치 죄인이라도 되는 듯 고개를 숙이고 자리를 찾아갔다.

그러자 타 부서에서 온 사람이 곧바로 입을 열었다.

"현재 유명세를 떨치는 I.J의 옷을 우리 라이언 킹덤에서 모방했다는 내용의 기사가 쏟아지고 있습니다."

"아니까 모인 거잖아. 누구야? 빨리 나와. 내가 직접 기자들 찾아가서 알아보기 전에 나와."

디자인 팀 이사의 말에 홍단아는 떨리는 손을 감추려 양손을 꽉 쥐었다.

"디자인 1팀. 하나, 둘… 거기 9명. 그중에 누구야. 최 실장, 이거 누구 이름으로 올라간 거라고 했지?"

"제가 시켜서 신입 사원 홍단아 씨가 올렸습니다."

"누가 시킨 건 됐고, 누구 이름으로 됐냐고."

"홍단아 씨입니다……."

홍단아는 심장이 터질 것 같았다. 그런 일을 시킨 최 실장도 원망스러웠고, 시치미 떼고 있으라고 한 I.J도 원망스러웠다. 힘들게 입사한 회사인데 앞으로 어떻게 살아가야 할지 걱정이 들자 자신도 모르게 눈물이 났다.

"왜 울어! 일단 한 명 제외."

"네?"

"자기 이름으로 올린 디자인을 베꼈다고 말하고 다녔을 리가 없잖아. 거기 8명, 내부감사 들어가기 전에 빨리 나와라."

눈물을 찔끔거리던 홍단아는 용의선상에서 벗어나자 안도감에 더 서럽게 눈물이 났다. 그러자 이사는 오만상을 찌푸리더니 버럭 소리를 질렀다.

"야! 너희들이 그러고도 같은 팀이야? 지금 저 신입 안 보여? 쟤가 뭘 했다고 저렇게 울어야 해. 그러니까 그런 말 하고 다닌 사람 빨리 나와."

"⋯⋯."

"문제 삼으려는 거 아니다. 무슨 말을 어떻게 했는지 알아야 대처할 수 있잖아. 단지 물어보려는 거니까 걱정하지 말고 빨리 말해."

그러자 팀장이 손을 들었다.

"하 팀장, 너였어?"

"아니요. 저희 팀 말고도 그 일에 대해서 아는 사람이 많이 있잖아요. 다들 말을 안 해서 그렇지, 다른 팀도 알고 있어요. 생산부도 당연히 알 거고요."

"그러니까 1팀에는 없다?"

"그건 모르죠. 술김에 나왔을 수도 있고, 솔직히 그거 완전 베이직한 디자인인데, 베꼈다고 우기는 게 더 이상한 거 같은데요."

디자인 팀장 말대로 원래 같았으면 무시하고 넘어갈 기사였다.

하지만 이번 대상은 최근 엄청난 유명세를 떨치는 I.J였다. TV에 나오지 않는 곳이 없었으며, 기적을 일궈낸 한국의 숍이라고 칭송받고 있는 회사였다. 그런 곳의 디자인을 베꼈다는 기사가 나오자, 대기업을 곱지 않은 시각으로 보는 사람들에게 타깃이 돼버렸다.

대기업의 횡포라는 둥, 이 일이 안 밝혀졌으면 그대로 팔았을 거라는 둥 득달같이 달려드는 바람에 일이 걷잡을 수 없을 만큼 커지고 있었다.

심지어는 회사에 스카우트하고 싶을 정도로 라이언 킹덤에 대해 조사해서 커뮤니티에 올리는 사람까지 나타났다. '라이언 킹덤과 비슷한 디자인들'이라는 글이었다.

패션업계에 일하다 보면 비슷한 디자인을 변형시키는 건 아주 특이하지 않은 이상 아무렇지 않게 넘어가는 것이 보통이건만, 그런 걸 하나하나 사진까지 올리며 비교했다. 게다가 라이언 킹덤에서 먼저 나온 디자인까지 거론하며 타사를 따라했다고 하니 억울함까지 더해졌다.

"그러니까 1팀은 없다는 거지? 감사해서 나오면 알아서 하라고. 나가고 2팀 올라오라고 해."

이사의 말이 끝나자 디자인 팀장은 자리에서 일어나, 울고 있는 홍단아의 등을 쓰다듬며 일으켜 세웠다.

"별일 없을 거야. 그만 울어."

그 말에 미안함이 더해진 홍단아는 회의실에서 대성통곡을 해버렸다.

다음 날.

회사에서는 끝내 내부고발자를 찾지 못했다. 그러던 중 갑자
기 디자인 팀에 진상 조사 팀이 내려왔다.

먼저 조사를 받은 다른 팀원들은 그저 형식적인 감사였다고
했는데, 여럿이 함께 조사를 받았던 팀원들과 다르게 홍단아만
은 혼자서 부름을 당했다.

홍단아는 조사실까지 오기 전 내부고발자를 찾기 위해서라고
생각했다.

떨리는 마음을 가다듬고 자리에 앉았는데, 질문을 받자 분위
기가 이상하다는 걸 느꼈다.

"왜 베꼈어요?"

"네……?"

"왜 베꼈냐고요. 지금 당신 때문에 회사가 입은 피해가 얼마
나 큰지 알고 있습니까?"

"네……?"

"자꾸 되물을래요? 무슨 생각으로 그런 겁니까?"

"전 그냥 시키는 대로……."

"이봐요! 홍단아 씨. 그걸 누가 시켰다는 겁니까. 이거."

조사관은 홍단아에게 서류철을 밀었다.

"그거, 홍단아 씨가 작성한 시안 맞죠?"

"네… 그렇긴 한데."

"직접 생산부까지 왔다 갔다 하면서 동태까지 살폈고요."

"네? 아니에요. 그런 게 아니라 추가 물량 때문에……."

홍단아는 얘기를 하다 말고 조사관의 얼굴을 살폈다. 자신의 얘기를 듣고 싶어 하지 않는 얼굴이었다. 지금 자신에게 몽땅 덤터기를 씌우려는 건 아닐까 생각이 들었다.

홍단아는 급하게 입을 열었다.

"그, 그거 최 실장님이 시킨 거예요. 물어보시면 알 거예요!"

"앉으시고요. 이미 확인해 봤어요. 이봐요, 홍단아 씨. 실장은 계속 자기 잘못이라고 하는데, 지금 최 실장한테 잘못을 넘기려는 겁니까?"

"넘기다니요! 정말이에요."

"후, 그 사람이 사전에 알아보지 못한 자기 책임이라고 자진해서 정직까지 받는다고 했단 말입니다. 그리고… 만약에 홍단아 씨 말이 맞다고 합시다. 그럼 증거는요?"

"네……?"

"당신이 있는 디자인 1팀도 전부 모르는 일이라고 하더만, 혼자 그렇게 우기실 겁니까? 회사에서 고소하기 전에 인정하고 마무리 지읍시다."

조사관들은 멍한 얼굴의 홍단아를 두고 나가 버렸다.

홍단아는 어떻게 해야 할지 아무런 생각이 나지 않았다. 왜 자신이 이곳에서 추궁을 당하고 있는지, 그저 시키는 대로 했을 뿐인데 왜 모든 책임을 자신이 지어야 하는지… 미쳐 버릴 것만 같았다.

아무래도 팀 선배들에게 물어봐야겠다는 생각으로 1팀 사무실로 향했다.

그런데 자신의 책상 위에 있는 용품과 컴퓨터를 정리하는 사람들이 보였다.

"지금 뭐 하시는 거예요……?"

"진상 조사 팀에서 압수하라고 했습니다."

홍단아는 침을 꿀꺽 삼키고선 팀장을 봤다. 그런데 아까까지만 해도 등을 어루만져 주던 팀장이 눈을 피했다. 팀장뿐만이 아니라 다른 팀원들 모두 같았다.

그래서 직접 최 실장을 만나기 위해 실장실로 들어가려 할 때, 안에서 익숙한 목소리가 들렸다.

"대표님이 빠르게 마무리하길 원하십니다."

"용훈이가요?"

"호정 어패럴 대표님입니다."

"당숙부… 그냥 제 선에서 끝내주시면 안 되겠습니까?"

"안 됩니다."

그러고는 문이 열렸다. 대화를 마치고 나오는 사람들은 조금 전까지 자신에게 옥박지르던 조사관들이었다.

홍단아는 다리에 힘이 풀려 버려 그 자리에 주저앉고 말았다.

* * *

우진은 미국으로 돌아가기 전 I.J에 들른 혜슬 장인들과 인사를 나눴다.

"계시는 동안 일만 하다 가시는 거 같아서 죄송해요."

"아닙니다. 하하, 많이 배워 가는 것 같아 뿌듯합니다. 저희 모두 같은 생각일 겁니다. 그렇지?"

대표 격인 알렉스의 말에 모두 미소 지으며 고개를 끄덕였다.

"마스터, 미국에 언제 한번 방문해 주시죠. 아무래도 저희 말을 안 믿을 거 같아서 말이죠. 하하."

"맞아요. 마스터가 디자인을 앉은 자리에서 뽑고 혼자서 다 한다고 하니까, 다들 장난하지 말라고 그러더라니까요. 이거 보고도 안 믿을 거 같은데."

"하하, 전 마스터가 주신 디자인을 만들어볼 생각에 빨리 돌아갔으면 좋겠습니다."

다들 동의한다는 듯 웃었고, 우진은 칭찬이 멋쩍어 고개만 끄덕였다.

이곳에 있는 동안 오히려 우진이 많은 도움을 받았기에 보답을 하고 싶었다. 하지만 모두 거절하는 통에, 대신 우진은 왼쪽 눈으로 본 기술자들을 스케치했다.

스케치를 본 장인들은 스케치 속에 있는 사람이 자신들이 맞냐고 묻기까지 했다. 특별하진 않지만 그들 각자에게 가장 어울리는 옷들이었다.

"직접 만들어 드리고 싶었는데, 일이 많아서 죄송해요."

"하하, 아닙니다! 이것만으로도 정말 감사하죠. 정말 기억에 많이 남을 것 같습니다. 다들 빨리 가서 마스터가 선물로 주신 스케치를 옷으로 만들고 싶어 해서, 더 있지도 못하겠습니다, 하하."

장인들은 웃으며 한 명, 한 명 악수를 하고 I.J 식구들과 함께 사진까지 찍고 나서야 가게를 나섰다.

제일 마지막에 나가던 샘이 고개를 돌리더니 우진에게 한국식 인사를 했다.

"데이비드 선생님은 물론이고 혜슬은 I.J와 마스터께 감사하는 마음입니다. 데이비드 선생님께서 혜슬의 도움이 필요하면 언제든지 연락하라고 하셨습니다."

우진은 전에 데이비드가 했던 부탁에 대한 보답이라는 걸 알고선 미소를 보였다.

샘도 가볍게 웃고 나서야 가게를 나섰다.

"휴, 저 사람들 빠졌다고 가게가 엄청 넓어진 거 같네. 그런데 배웅도 못 하고 그래서 미안하긴 하네."

성훈은 가게 밖을 기웃거리다가 다시 작업실로 돌아갔다.

배웅을 하고 싶어도 할 수가 없었다. 저들과 연관되어 있진 않지만, 라이언 킹덤에 관한 얘기로 가게 밖이 시끌시끌했다. 그럼에도 라이언 킹덤에선 내부 조사 중이라는 단 하나의 기사를 내보낸 것 말고는 이렇다 할 대응이 없었다.

우진은 생각을 떨쳐내려는 듯 기지개를 켜고선 사무실로 향했다. 그동안 도와주던 혜슬 장인들이 이제 가고 없으니 혼자 해야 했다.

고객들이 조금이라도 덜 기다릴 수 있도록 서둘러 작업할 생각이었다.

"마침 잘 왔고만, 기사 올라온 거 한번 보거라."

장 노인이 눈살을 찌푸리고 있는 게 보였다.

우진은 일이 이상하게 풀린 건가 생각하고 모니터를 봤다.

〈'라이언 킹덤' 최 대표 '진심으로 사과… 양심을 버리고 욕심 택한……'〉

〈호정 어패럴 '라이언 킹덤' 최용훈 대표 이사 'I.J 측에 사과… 인정'〉

〈한국 1등 패션업계 자존심 구겨 버린 '라이언 킹덤'〉

기사 제목만 봐서는 순순히 인정하는 것처럼 보였다. 하지만 그렇다면 장 노인의 표정이 저럴 리가 없기에, 우진은 기사 중 하나를 클릭했다.

〈호정 어패럴의 라이언 킹덤은 '디자인을 모방한 사실을 인정한다'며 '다시는 이런 일이 일어나지 않도록 제품 출시 전 최선을 다해 검토하겠다'고 밝혔다.

이어 디자인을 모방한 당사자에 대해선 '내부적인 징계가 있을 것이다'라며 거듭 사과했다. 그에 한국디자인협회장 이장호 씨는 '같은 의혹을 받았던 다른 기업들과 달리 양심적으로 인정해, 다른 기업들에게 디자인에 대한 저작권을 상기시키는 계기가 되었다'라며 'I.J와의 중재를 최선을 다해 돕겠다'라고 밝혔다.

또, 최 대표는 '당장 8시리즈의 판매를 전면 중지 하겠다'고 했다. 다만, 소아암으로 고통받는 환자에 대한 후원은 계속된다고 밝혔다.〉

"이거 혹시… 홍단아 씨한테 다 떠넘기려는 거예요?"

"베끼라고 했던 실장이라는 놈을 말하는 건지 그 아가씨를 말하는 건지는 자세히 안 나와 있어서 알지 못해도, 아마도 아가씨 쪽일 거 같고만. 그 아가씨가 스스로 인정했을 수도 있고, 아니면 꼬리 자르기일 수도 있고. 어느 쪽이든 일단은 베꼈다는 걸 밝힌 게 중요하지."

"그분은 시킨 대로 한 거라고 그랬잖아요."

"왜, 불쌍한 게냐? 시켰다고 하더라도 거기 취업할 정도면 어느 정도 알고 있었을 텐데, 이 정도는 감수해야지. 그래도 머리 쓰는 놈들이 모였다고 대처는 깔끔하고만. 위에선 알지 못했던 일로 돌리고, 그걸 경영진이 직접 나서서 인정하고 사과하고, 덤으로 불우이웃돕기까지 해서 이미지도 챙기고."

장 노인의 말처럼 댓글들 중에 라이언 킹덤을 욕하는 댓글은 적었다. 대부분 베낀 디자이너를 욕하기 바빴다.

—I.J에서 고소해서 인실ㅈ 시켰으면 좋겠다.

—ㅅㅂ 내 옷이 베낀 거라니. 3번밖에 안 입었는데 환불해 주냐?

—베껴도 하필이면 I.J네. ㅋㅋㅋㅋ

우진은 장 노인 말을 인정하면서도 홍단아가 약간 걱정됐다. 아직 홍단아가 그랬다는 건지 실장이라는 사람이 그랬다는 건지 확실히 알 수 없어, 홍단아에게 미안하지만 딱히 해줄 수 있는 건 없었다.

우진은 입맛을 다시고선 자신의 책상에 앉았다.

고객에게 내일 찾아가겠다고 전화를 하려고 휴대폰을 들었는데, 메시지가 도착해 있었다. 발신인은 홍단아였다.

"무슨 일인데 그렇게 핸드폰만 보고 서 있는 게야?"

우진은 목을 긁적거리며 대답했다.

"갑자기 도와달라는데요?"

"흠……."

"이거 보면 홍단아 씨가 전부 뒤집어쓴 거 같죠?"

"그런 거 같고만."

우진은 무슨 답장을 보내야 할지 몰라 그냥 휴대폰을 내려놓았다.

그때, 세운도 기사를 확인했는지 무거운 얼굴로 사무실에 들어왔다.

"내가 그럴 거 같았어. 애꿎은 애 하나만 잡았네."

"애꿎은 애는 아닌 거 같은데?"

"휴, 어쨌든요. 딱 봐도 최 이사 그 자식이 뒤에 있을 거 같은데."

세운은 화를 내며 한참을 떠들었다. 그때, 누군가 닫힌 셔터를 두드렸다.

최근 들어선 그런 적이 없지만, I.J가 유명해질 무렵에는 기자들이 종종 두드리곤 했다. 또 기자들인가 싶어 무시하는데, 세운의 전화가 울렸다.

"어, 홍 씨. 이 밤에 무슨 일이야? 뭐? 여길 왔다고? 잠깐만."

세운은 밖을 한번 보더니 가게 옆문으로 나갔다. 그러고는 잠시 뒤 처음 보는 사람들을 데리고 계단을 올라왔다. 우진은 그저 세운의 지인이라고 생각하고선 관심을 거뒀다.

"할아버지도 퇴근하세요. 전 작업 좀 하다가 가려고요."

"가야지."

말과 다르게 일어날 생각이 없는 장 노인을 보며 우진은 피식 웃었다. 그러고는 작업실로 향할 때, 방금 올라갔던 세운이 내려 왔다.

"손님들 벌써 가셨어요?"

"아니, 이거 참."

"왜요?"

"내가 가르치던 직업학교 알지? 거기에 홍 씨라고 있거든."

"홍 씨… 아, 예전에 데이비드 선생님 오셨을 때도 만나러 가셨다는 그분이요?"

"그래, 그 사람이랑 같은 종친이 홍단아 씨 아버지신가 봐. 사과하신다고 같이 오셨다. 어떡할래? 만나볼래?"

"아……."

"안 만나도 상관없으니까 우진 씨 편한 대로 해. 그냥 종친인데 사정사정해서 왔다고 하던데."

"전 괜찮아요. 실장님은 괜찮으세요?"

사실 세운이 아니었다면 호정에 대한 일은 아예 신경 끄고 지냈을 일이었다.

그래서 세운의 의견을 먼저 물었다. 하지만 세운도 곤란한 얼굴이었다.

"만나나 봐. 데려올게."

우진은 고개를 끄덕였고, 그사이 장 노인이 나왔다.

"홍단아 씨 부모님 오셨다네요."

"흠……."

그사이 세운이 세 사람을 데려왔다.

한 명은 홍 씨라는 세운의 지인이었고, 나머지 두 사람은 부부처럼 보였다.

"이쪽이 I.J 대표 겸 디자이너인 임우진 디자이너예요."

"아… 안녕하세요. 저희는 단아 부모 되는 사람입니다."

우진은 가볍게 인사를 건네며 자리를 권했으나 부부는 죄인이라도 되는 듯 서 있었다.

손에는 무거워 보이는 보자기가 들려 있었고, 우진은 그것이 사과를 위한 선물이란 걸 눈치챘다.

아니나 다를까, 옆에서 우물쭈물하던 아주머니가 조심스럽게 보자기를 내밀었다.

"정말 죄송해요. 저희 딸아이가 큰 잘못을 저질렀어요. 모두 저희가 잘못 가르친 탓입니다."

거절하기 어려워 일단은 보자기를 받고선 부부를 소파에 앉혔다. 부부는 앉아서도 연신 사과를 했다.

"부족한 부모 밑에서 자라서 아이가 욕심이 많아, 해서는 안될 일을 저지른 것 같습니다. 잘 자랐다고 생각했는데……."

우진은 부부의 모습이 너무 불편했다.

분명 홍단아도 잘못이 있었다. 그렇지만 사건의 발단은 홍단아가 아닌 그 위였다.

우진이 느끼기에는 신입 사원이 그런 일을 벌인 거라고 생각하기 힘들었다. 그럼에도 앞에 있는 부부는 모든 잘못은 홍단아 책임이라며 그저 용서받길 원했다.

그렇다고 따님보다 그 위가 잘못이라고 말할 수도 없었다. 이미 기사들이 퍼져 있었고, 홍단아가 아니라고 입증할 수 있는 증거가 아무것도 없었다.

그저 우진은 안타까운 마음으로 부모의 말을 들어줄 수밖에 없었다.

"저희가 평생을 반찬 가게만 하다 보니 자세히는 모릅니다. 그저 딸아이가 집에 와서 보여주는 걸 보면서 그저 좋았습니다. 추가로 몇 벌을 더 제작했다고 그러고… 이것들 볼 때 아무것도 모르고 그저 기뻤습니다."

홍단아 부모는 이상한 서류들까지 가져왔다. 추가 주문 수량부터 디자인 시안까지 프린트한 서류였다.

우진이 그 서류를 가만히 내려놓자 홍단아 부모는 다시 고개를 숙였다.

"매출에 많은 영향이 있으셨을 거라고 생각합니다. 기회만 주시면 저희가 평생이 걸리더라도 갚겠습니다. 염치없지만 딸아이가 좋아하는 일을 계속할 수 있도록 부탁드립니다……"

분명 라이언 킹덤에서 옷이 처음 나왔을 땐 힘들었다. 주문도 안 들어왔고, 이미지 또한 바닥이었다.

그 일로 매튜가 제프 우드에 제안서를 들고 갔고, 다행히 데이비드에게 만들어준 옷이 대중에게 노출되는 일이 겹치면서 전과는 비교할 수 없을 정도로 발전할 수 있었다. 그래서 현재로선 그 일로 타격받은 게 없었다.

다만 연신 사과하는 부부를 보며 왠지 부모님 생각이 문득 떠올랐다.

어린 시절 부족한 자신을 위해 친구들에게 항상 잘 지내달라고 부탁하시는 건 일상이었고, 어디를 가더라도 먼저 고개를 숙여 부탁하셨다.

자신의 부모님과 홍단아 부모님이 겹쳐 보이자, 썩 좋은 기분은 아니었다.

우진은 세운과 장 노인을 한 번 보고선 입을 열었다.

"두 분 사과는 받을 테니 그만하세요. 저희는 타격받은 게 크지 않거든요. 그러니까 그만 사과해서도 돼요. 잘못을 했더라도 홍단아 씨가 잘못을 한 거잖아요. 부모님이 이렇게까지 하신 걸 알면 마음 아파하고 더 힘들어할 거예요."

"아닙니다. 잘못했으면 벌을 받아야죠."

"그럼 경찰서를 가는 게 낫겠고만?"

장 노인도 계속 사과하는 부부 모습이 못마땅한지 괜히 딴지를 걸었다.

"이럴 시간에 딸내미나 다독여 주는 게 좋겠소. 사과도 받았고 하니 자리 불편하게 만들지 말고 이만 돌아가시는 게 좋겠소만."

"네… 감사합니다."

부부는 나갈 때도 연신 인사를 하며 나갔다.

우진은 씁쓸한 표정으로 그 모습을 지켜봤다.

"저렇게 부모가 나서니까 애가 그 모양인 게야. 툭 하면 울고 도와달라고 하고. 쯧쯧, 내 자식 놈들하고 똑같네, 똑같아. 에잉."

"홍단아 씨가 라이언 킹덤에 남아 있을 수 있을까요?"

"픽도 그놈들이 데리고 있겠고만?"

우진도 그럴 거라고 생각했는지 고개만 끄덕거렸다. 괜히 부부의 모습이 떠올라 우진은 씁쓸하게 입맛만 다셨다.

＊　　　　＊　　　　＊

다음 날.

고객을 만나러 가는 길, 우진은 사람이 몰리는 기차보다는 트럭을 택했다.

트럭에서 내리는 걸 보고 고객들이 흠칫 놀라긴 했지만, 사람들에게 둘러싸이는 것보단 나았다.

"그 손님, 엄청 좋아하던데? 입이 귀에 걸렸더라. 내가 만든 옷걸이도 따로 살 수 있냐고 묻는 거 들었지? 하하."

"네, 엄청 좋아하시더라고요."

"하하, 이 기분에 디자이너 하는 거구나."

부산이었기에 멀긴 했지만, 만족해하는 고객의 얼굴에 서울로 올라가는 길이 즐겁기만 했다.

띠리리리—

—어디쯤이냐?

"삼촌, 여기가 어디예요?"

"좀 전에 망향 휴게소 지났지."

"망향이래요."

—그래, 그럼 숍으로 곧장 오너라. 가게에 라이언 킹덤 대표가

와서 기다리고 있다.

"네?"

─사과한다고 와 있으니까 일단 얘기나 들어보거라.

우진은 어제에 이어 또다시 사과를 받아야 하는 상황이 그다지 내키지 않았다.

"뭐라고 하서?"

"라이언 킹덤 대표가 사과한다고 숍에 와 있대요."

"이야⋯⋯."

성훈은 놀란 얼굴로 혀를 내둘렀다. 그러고선 우진을 대견한 듯 바라봤다.

"대단하네. 우진이 너, 오늘 고객 대할 때도 그렇고 좀 멋있어 보인다. 하하."

"아니에요. 사과하러 오는 건데요, 뭐."

"그게 아니라, 자리가 사람을 만든다는 말이 느껴지더라고. 우진이 너 처음 봤을 때 나한테도 기고 그랬잖아. 나한테만 그랬나, 얼마 전까지만 해도 만나는 사람들마다 그랬잖아. 그런데 오늘은 좀 다르더라고. 아까만 해도 당당하게 '정성을 다해 만든 옷입니다. 마음에 드실 겁니다'라고 말하는데 난 좀 멋있어 보이더라고."

어제 홍단아의 부모를 만난 뒤 많이 생각했다. 자신이 먼저 당당하고 자신 있게 행동해야 부모님도 자신 때문에 고개 숙일 일이 없다고 생각하고 한 행동이었다.

다행히 성훈이 알아봐 주니 조금 더 자신감이 붙었다.

*   *   *

숍 앞에는 이미 대놓고 촬영 중인 기자들이 보였다. 기자들이 와 있을 거라고 예상은 했음에도 좀처럼 적응되지 않았다. 우진은 기자에게 붙들리지 않을 생각으로 트럭에서 빠르게 내려 곧바로 가게 옆 계단을 통해 숍으로 들어갔다.

"빨리 왔고만."

"선생님, 오셨어요."

미자까지 응접실에 나와 있었고, 단지 세운만 사무실 문 앞에서 못마땅한 얼굴로 팔짱을 끼고 있었다. 그리고 소파 뒤에 서 있는 사람과 소파에서 일어나는 사람이 보였다.

둘 중에 누가 대표인지 말하지 않아도 알 수 있었다. 일어나는 사람은 30대 중반 정도로 보였고, 풍기는 여유로움부터 라이언 킹덤 대표라는 게 느껴졌다.

"안녕하십니까. 라이언 킹덤 대표 최용훈입니다."

최 대표가 손을 내밀었고, 우진은 인사를 하려다 멈칫하고선 손을 맞잡았다.

"안녕하세요. I.J 대표 겸 디자이너 임우진이에요."

"하하, 반갑습니다. 좋지 않은 일로 찾아뵙게 돼서 안타까울 뿐입니다."

악수를 하자, 밖에선 기자들이 카메라 셔터를 눌러댔다. 우진은 밖을 한 번 쳐다보고선 입을 열었다.

"앉아 계세요. 셔터 좀 내리고 올게요."

"네?"

"기자들이 너무 많아서 대화하는 데 불편하실 거예요."

"하, 하하."

우진이 직접 밖으로 나가자 기자들이 웅성거리긴 했지만, 이 상태로는 대화하기 어렵다고 생각했기에 셔터를 내려 버렸다.

"차 드셨어요?"

"네, 마셨습니다."

최 대표는 닫힌 셔터를 보며 허탈하게 웃었다. 보여줄 게 없어져 버렸지만, 자신도 조금은 편하긴 했다.

"저희 직원이 물의를 일으켜 유감입니다."

"네."

"지금은 좋지 않은 일로 찾아뵀지만, 이 일을 인연으로 앞으로 좋은 관계를 만들고 싶어 찾아뵀습니다."

최 대표는 사과를 한다고 와놓고선 갑자기 라이언 킹덤에 대한 얘기를 꺼내기 시작했다.

예전이라면 부러워했을지도 모르지만, 지금 우진에게는 별 감흥이 없었다. 사람만 놓고 보면 정직하단 느낌을 받았지만, 이미 홍단아 일을 알고 있었기에 그저 듣고만 있었다.

"하하, 제가 실례를 범했군요. 사과하러 왔는데 직접 임우진 디자이너를 만나다 보니 마음이 앞섰나 봅니다."

우진은 고개를 끄덕이고선 입을 열었다.

"그런데 홍단아 씨는 어떻게 되는 거예요?"

최 대표에게 질문을 하자 뒤에 있던 사람이 최 대표의 귀에 뭐라고 속삭였다.

"하하, 걱정하지 않으셔도 됩니다. 진상 조사 팀에서 조사한 결과대로 퇴직 처리되었습니다."

"그랬구나. 저희가 용서해 줘도 퇴직되는 건가요?"

"이미 해서는 안 될 짓을 했으니 선례를 남길 필요가 있을 거 같군요."

잠시 생각하던 우진은 최 대표를 물끄러미 봤다.

"홍단아 씨가 그런 게 아니면요? 조사가 잘못된 거라면요?"

"객관적으로 조사했고, 증거 수집까지 끝난 상태입니다."

확신에 찬 얼굴에 신중한 목소리가 더해지자, 우진은 혹시 홍단아가 거짓말한 건가, 라는 생각이 들었다. 하지만 아무리 생각해 봐도 물어보기도 전에 지레 겁먹고 모두 실토한 홍단아가 그랬을 거 같진 않았다.

그때, 사무실 문에 기대고 있던 세운이 혀를 찼다.

"가족끼리 감싸는 거지. 호정 모직 최 이사하고 가족인 거 뻔히 아는데, 그 자식이 수작 부리는 거 감싸주는 거겠지."

세운의 말에 찰나의 순간 최 대표의 얼굴이 변했다. 앞에 있던 우진은 그 얼굴을 봤다. 상당히 불쾌함이 가득하단 얼굴이었는데, 변검이라도 하는 듯 1초도 안 되어 웃는 얼굴로 변했다.

"같은 계열사이다 보니 모직하고 라이언 킹덤이 가까운 건 맞습니다. 가족도 맞고요. 둘째 작은아버지십니다. 하지만 이 일과는 전혀 무관합니다. 오해하고 계시는군요."

우진은 가족이라는 걸 몰랐기에 약간 놀랐다. 조금 전 표정을 못 봤더라면 가족이라고 했어도 믿을 수도 있었겠지만, 지금은 의심이 갔다.

우진은 말없이 최 대표를 봤고, 최 대표는 여유로워 보이는 미소까지 짓더니 자리에서 일어났다.

"오늘은 이만 가보는 게 좋을 거 같습니다."

이 자리에서 추궁을 해서라도 진실을 듣고 싶었지만, 마땅히 방법이 없었다.

우진은 일어나는 최 대표를 배웅하려 직접 셔터를 열었고, 그와 동시에 기자들이 다시 숍 앞으로 앞다퉈 달려들었다.

그러자 최 대표가 문을 열고 나가려다 말고 우진에게 악수를 청했다. 우진이 거리낌 없이 손을 잡자, 최 대표는 큰 소리까지 내가며 웃었다.

"사과를 받아주셔서 감사합니다. 정말 유익한 시간이었습니다."

그러자 기자들이 득달같이 달려들었다.

"그럼 종종 뵙도록 하죠."

최 대표는 환하게 웃더니, 가게를 나갔다. 그러자 기자들이 최 대표를 쫓아갔고, 최 대표는 기자들을 향해서 손을 흔들며 미소를 지었다.

우진은 가게 안에서 그 모습을 지켜봤고, 우진의 옆으로 IJ 식구들도 다가왔다.

"어쩐 일인 게냐?"

"뭐가요?"

"상대가 대기업 대표라고 해서 쭈그러들 줄 알았는데 안 그래서 말이다."

"아, 후후."

"웃기는. 그런데 저 사람은 어떤 거 같으냐?"

차에 올라타는 모습을 보던 우진은 피식 웃으며 말했다.

"배우 같은데요?"

제8장

홍단아

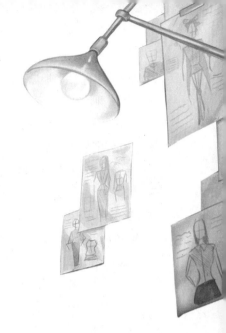

I.J 식구들은 우진의 말을 농담이라고 생각하지 않았다. 그동안 봐온 우진은 허튼소리를 하거나 농담을 하는 사람이 아니었다. 분명 이유가 있을 거라고 생각했지만, 자신들은 최 대표에게 이상한 모습을 보지 못했기에 고개를 갸웃거렸다.

"기업을 이끌어가려면 연기해야 할 일도 있는 게지. 기자들한테 한 것만 봐도 알지 않느냐. 기자들이 보고 있는 데서 종종 보자고 해 추측성 기사를 쓰게 만들고. 말 몇 마디로 손해 보는 장사는 아니지. 그런데 넌 뭘 본 게냐?"

"마 실장님이 말하니까 얼굴이 싹 변하더라고요. 아주 잠깐이었지만."

"뒤에 서서 계속 딴지를 거니까 그럴 만도 하지."

"그런 느낌보다는 뭐랄까… 불쾌하다고 해야 하나? 딱히 뭐라고 설명하기 애매하네요."

그러자 세운이 나섰다.

"내 말이 맞지! 그러니까 셔터를 왜 닫았어. 그런 표정을 기자들이 찍었어야 하는데!"

세운은 화가 나는지 거칠게 콧김을 내뿜었다. 나머지 사람들은 세운의 사정을 알기에 이해했다. 그러던 중 미자가 조용히 손가락을 들어 올렸다.

"저기에 녹화되어 있는 거 아니에요?"

"저걸로 찍힌 거 함부로 뿌리면 잡혀가. 저거 보니까 최 이사 그 자식 생각나서 또 화나네. 하… 그 자식이 망해야 내 속이 풀릴 텐데! 아오! 내가 그 자식 왔을 때 찍어놓은 영상 따로 보관해 뒀거든. 밤마다 그거 보면서 기도한다. 제발 망하라고!"

세운은 한숨을 푹 쉬더니 사무실을 둘러봤다. 그러고는 한숨을 크게 뱉으며 말했다.

"됐어. 사과도 받았고… 이걸로 끝내자. 괜히 한창 숍 잘나가는데 개인적인 일 때문에 이미지 깎이면 안 되잖아."

우진은 세운을 물끄러미 봤다. 말과는 다르게 세운의 표정은 좋지 않았다.

사실 세운만 아니었다면 호정과 인연이 닿았을 수도 있었다. 그렇지만 호정과 함께했다면 세운과 함께하지 못했을 것이고, 그렇다면 지금처럼 헤슬과 연이 닿지도 않았을 것이다.

그리고 세운을 택한 이는 자신이었기에, 우진은 최대한 깔끔하게 해결하고 싶었다.

"실장이면 위치가 어느 정도쯤이에요?"

"누구, 우리? 아니면 라킹? 라킹이면 그냥 기업의 중간 다리 정도 되겠는데? 중간보다 조금 높다고 해야 하나?"

"그렇구나. 중요한 사람인가? 내가 대표였으면 홍단아 씨보다 실장이라는 사람한테 책임지게 할 것 같은데."

다들 자신의 일처럼 흠칫 놀라면서도 우진의 말에 동의했다.

우진은 포털사이트에 라이언 킹덤 디자인 1팀 실장을 검색해 봤지만, 아무런 정보가 없었다. 그때, 우진의 휴대폰에 메시지가 도착했다.

[저 좀 살려주세요… 부탁드려요. 정말 잘못했어요……]

우진 자신에게 사정을 해봐야 홍단아가 다시 라이언 킹덤에 들어가기는 불가능해 보였다. 아마 다른 패션업계에 들어가는 것도 불가능할 것이다.

I.J에서 용서를 해줬다고 하더라도 이미 유명세를 탄 홍단아를 받아들이긴 쉽지 않을 것 같았다. 홍단아 부모에게 미안했지만, 마땅히 해줄 말이 떠오르지 않았기에 우진은 휴대폰을 뒤집어놓았다.

"누군데 표정이 그런 게냐?"

"홍단아 씨네요."

"잘됐고만. 전화해서 물어보거라. 실장이라는 놈에 대해 조금이라도 알 거 아니냐."

"아! 아… 그런데 딱히 전화해서 그것만 물어보기가 좀 미안해지네요."

"어차피 그 사장에 대해 궁금해하는 거 보니, 너도 여기서 끝낼 생각 없는 거 아니냐. 그럼 그 아가씨한테도 잘된 일일 게다."

우진은 잠시 고민하더니 휴대폰을 들었다. 아직까지 화면에 떠 있는 죄송하다는 메시지를 본 우진은 입맛을 다시고선 통화를 눌렀다.

—흑흑, 선생님······.

홍단아는 연결이 되자마자 울음을 터뜨리더니, 계속해서 잘못했다며 도와달라고만 했다.

한참이나 우는 걸 듣고 나서야 우진은 궁금하던 걸 물어볼 수 있었다.

—흐흑, 저도 그건 잘 모르겠어요··· 아······.

"무슨 생각났어요?"

—잘은 모르겠는데 조사관한테 말할 때··· 당숙부라고 그랬어요. 그런데··· 실장님은 자기가 책임지면 안 되냐고··· 그러긴 했어요.

"당숙부요?"

—정확한 건 아닌데요··· 회사에 갑자기 실장으로 와서 로열 클래스라고 소문났었어요. 호정 가문이라고······."

"그래서 못 자른 건가? 이름이 뭐예요?"

—최동훈이요······.

홍단아는 우진을 동아줄이라고 생각하는지 최선을 다해 성심성의껏 대답했다. 우진은 옆에 있던 장 노인을 보며 씁쓸하게 웃었다.

"최용훈, 최동훈. 라이언 킹덤 대표하고 이름이 비슷하네요."

"훈 자 돌림이고만?"

"그럼 당숙부면 누굴 말하는 걸까요?"

"아까 본 최 대표 부모가 호정 어패럴 대표이니라."

"그럼 호정 어패럴도 다 알고 있단 얘기네요."

우진은 깊은 한숨을 뱉었다. 대기업 수장에 자리하고 있는 가족들이 전부 썩어 있는 느낌이었다.

그러다가 전에 봤던 최 이사를 떠올렸다. 세운이 말했던 것처럼 아무래도 그 사람으로부터 시작된 느낌이었다.

"혹시 실장이라는 사람이 시켰다는 증거 있어요?"

─있었는데… 지금은 없어요… 회사 컴퓨터도 뺏겨 버렸거든요… 심지어는 제 개인 메일까지 전부 지워 버렸어요…….

"개인 메일까지요?"

조그만 실마리라도 찾고 싶었지만, 아무런 증거가 없었다. 그때, 무언가 생각난 것 같은 홍단아의 목소리가 들렸다.

─아! 엄마한테 보여 드리려고 몰래 프린트한 건 있어요. 잠시만 기다려 주세요.

전화 너머로 들리는 소리만으로도 온 집 안을 헤집고 다니는 중이란 걸 알 수 있었다. 그리고 한참이 지나서 풀 죽은 목소리로 말했다.

─분명 엄마한테 보여 드렸는데… 프로젝트 맡았다고 자랑했거든요… 제가 찾아보고 금방 전화드릴게요…….

홍단아는 또다시 울먹거리면서 전화를 끊었고, 우진은 쓸쓸하게 웃었다. 그러고는 며칠 전 가게로 찾아왔던 홍단아 부모를 떠올렸다. 가게에 와서 옷 만드는 걸 정말 좋아하는 딸을 용서해 달라고 했다. 홍단아의 가족 모두가 자신에게 사정을 하고 있었다.

"아!"

"왜 그래?"

"맞다, 며칠 전에 홍단아 씨 부모님이 가져오신 서류 어디 있어요?"

그러자 미자가 서랍을 뒤적이더니 서류를 찾아왔다.

"제가 따로 보관해 뒀어요."

"고마워요!"

우진은 몇 장 안 되는 서류를 전에 봤던 것부터 차근차근 살폈다. 메일을 프린트한 것도 있었고, 캐드 자체를 프린트한 서류도 있었다. 그 서류들 마지막 장엔 넉오프하라고 직접적으로 내려온 서류까지 있었다.

"날짜가… 4월 30일. 실장님, 그때 왔던 최 이사라는 사람 CCTV 보관하셨다고 그러셨죠?"

"어. 원래는 30일 저장인데 그것만 따로 보관했지. 또 개수작을 부리면 증거로 쓰려고."

"거기에 날짜도 나오죠?"

"당연하지."

세운은 곧바로 올라가더니 USB를 들고 와 컴퓨터에 꽂았다.

"이거야. 들어오는 거랑 나가는 거. 그리고 내가 먹살 잡은 거……."

"두 달하고도 보름 정도 전이네요. 제가 학교에서 배울 땐 공정 정비도 하고 그래야 해서 최소 반년 전에는 준비를 마쳐야 다음 시즌에 맞춰 새 디자인을 출시한다고 했는데, 이건 엄청 빠르네요. 이러면 디자이너가 가능한 게 아니지 않아요?"

"그렇지."

"이건 그냥 딱 봐도 최 이사가 시킨 거네요."

다들 우진의 말에 동의한다는 듯 고개를 끄덕였다.

"그래서 어쩌겠다는 게냐?"

우진은 잠시 I.J 식구들을 한 번 둘러보고선 입을 열었다.

"전 깔끔히 정리했으면 좋겠어요. 마 실장님 편하시게. 어떠세요?"

"어떻기는. 대표가 하자는 대로 해야지. 우리가 무슨 힘이 있다고."

"저는 항상 선생님 말씀에 찬성이에요."

"나도 뭐, 조카가 하겠다는데. 가게에 피해 오고 그러진 않겠지……?"

다행히 다들 찬성했고, 마지막으로 이 일의 원인인 세운만 남았다.

"나야 뭐… 고맙지……."

마지막 세운의 말이 끝나자, 장 노인이 입을 열었다.

"그래서 생각해 놓은 건 있는 게고?"

"아직요. 상무님, 경찰에 아는 분 있다고 그러셨죠? 그분께 신고하면 안 될까요?"

"허허, 신고보단 소송이 낫겠고만. 그럼 그 전에 홍단아 그 아가씨가 좀 필요하겠고만."

"홍단아 씨는 왜요?"

"본인이 직접 해명하는 영상을 인터넷에 올리는 게지. 요즘 사람들 많이 하지 않느냐. 그거 하나만 있어도 사람들이 궁금해하면서 여론이 호정 쪽으로 불리하게 돌아갈 테니까. 가뜩이나 잘 우는 아가씨니 더 잘됐고만."

"그건 좀 그런데… 결국 우리가 이기겠다고 홍단아 씨를 이용하는 거잖아요. 그러면 호정하고 다를 바 없는 거 같아요."

"선비 나셨고만? 싸움하는데 할 수 있는 건 다 해야지. 말이라도 해보거라. 그 아가씨도 이를 박박 갈고 있을 테니."

우진은 이번만은 장 노인의 의견이 못마땅한 얼굴이었다.

"그렇게 되면 앞으로 옷 만드는 곳에서 더 이상 일 못 할 거 같은데요. 그때 홍단아 씨 부모님 오셨을 때 보셨잖아요."

한국 사회에서 내부고발자라는 게 알려지면 그 즉시 동종 업계에서는 퇴출되는 것이나 다름없었다. 우진은 옷을 만들고 싶어 하는 마음을 누구보다 잘 알기에 홍단아의 미래가 마음에 걸렸다.

"어떻게 하건 이 바닥에선 힘들 게다. 정 마음에 걸리면 네가 몇 마디 해주면 되지 않느냐. 추천서를 써주든가."

"제가요?"

"그럼 네가 쓰지 누가 쓰냐. 네가 추천서를 써주기만 하면 저기 미자도 당장 디자이너로 취업 가능할 게다."

그때, 당사자인 홍단아에게서 다시 전화가 왔다.

―저… 없어요… 어떡해요…….

"휴, 저한테 있어요. 메일이랑 캐드로 디자인한 거 9장 맞죠?"

―네……? 그게 왜 거기에…….

"그렇게 됐어요. 그런데 혹시 내일 시간 되세요? 상의하고 싶은 게 있는데요."

―네… 제가 가게로 갈게요. 언제쯤 갈까요……?

"낮에는 기자들이 좀 많아서 그렇고요. 밤에는… 아, 내일 예약이 있구나. 저녁 8시 정도 괜찮으세요? 아니면 낮에 밖에서 만나실래요?"

―아니에요. 제가 숍으로 갈게요… 감사합니다. 정말 감사합니다…….

홍단아는 무슨 이유로 만나자고 하는지도 모르면서 감사 인사를 했다. 그 인사를 받는 우진은 머리가 복잡했다.

*　　　　*　　　　*

다음 날.

우진은 응접실에서 고객을 앞에 두고 열심히 스케치 중이었다. 6시에 예약했던 고객이 한 시간이나 늦게 도착했기에, 일단은 스케치부터 하고 대화를 이어갈 생각이었다.

"TV에서 봤지만, 숍이 굉장히 아담하군요."

"디자이너께서 집중하실 땐 주변 말을 잘 못 듣습니다. 대화는 저하고 나누시지요, 허허."

"그렇습니까? 하하, I.J에서 옷 맞춘다고 주변에서 아주 부러워하고 난리도 아닙니다. 이따가 사진 촬영도 좀 부탁드립니다. 하하."

우진은 대화가 들리지도 않는지 왼쪽 눈으로 연신 중년 남성을 살폈다. 특별해 보이진 않지만, 재킷 배 부근에 보이는 무늬 때문에 시간이 걸렸다.

끈처럼 길게 늘인 I.J 로고가 옆구리부터 배로 올수록 점점 좁아져 라인이 있는 것처럼 보였다. 그 덕분에 튀어나온 배가 조금은 커버되는 느낌이었다.

정성껏 그린 그림이 조금씩 완성되어 갔고, 우진은 색을 칠함으로써 스케치를 끝마쳤다.

"한번 보시겠어요?"

"와… 이게 접니까? 제가 이렇게 날씬한가요. 살을 빼고 입어야 하나? 하하."

우진은 웃으면서 하나하나 설명해 주었다. 와이셔츠같이 보이지 않는 부분을 마음대로 만들었다가는 빛이 보이지 않을 것이기에 고객의 의견도 적었다.

그리고 정확한 파악을 위해 앞이 보이는 오른쪽 눈에 렌즈를 착용한 채 왼쪽 눈으로만 보며 질문을 했다.

우진의 계속된 질문에 중년 남성은 입술이 마르는지 물을 들이켰다.

"음료수 더 드릴까요?"

"하하, 감사합니다. 오늘 땀을 많이 흘려서 그런지 목이 타네요."

그때 가게 문이 열리면서 누가 들어왔고, 우진은 홍단아가 벌써 왔나 하는 생각에 힐끔 뒤돌아봤다.

그런데 유니폼을 입고 짧은 머리를 한 여자가 뒤돌아서 가게 문을 조심히 닫는 모습이 보였다. 가게에 있는 사람 중에 짧은 머리를 한 여자는 미자뿐이었다. 게다가 유니폼을 입고 있어서 우진은 조심스럽게 입을 열었다.

"미안한데, 음료 좀 더 가져다주시겠어요?"

우진은 미자에게 부탁했건만, 옆에 있던 장 노인이 컵을 들려 했다.

"상무님은 옆에서 메모 좀 도와주시고 유 실장님이 가져다주세요. 부탁드려요, 유 실장님."

"미자는 오늘 오지도 않았고만, 무슨 말 하는 게냐? 혹시 저 아가씨한테 말하는 게냐?"

"뒤에 있잖아요."

우진이 무슨 소리냐는 얼굴로 장 노인을 보자, 장 노인이 고갯짓을 하며 옆을 가리켰다. 그러자 어느새 옆으로 다가와 컵을 드는 사람이 보였다. 우진은 그 사람을 멍하니 보며 눈만 껌뻑거렸다.

하얀 티에 검은색 데님바지.

분명 IJ 유니폼이었다.

*   *   *

고객이 돌아간 응접실에는 사람들이 많았음에도 묘한 침묵이 흘렀다. 다들 우진이 말하길 기다리는 중이었고, 우진은 홍단아를 뚫어져라 보고만 있었다.

'저 사람이 왜 저 옷을 입고 있는 거지?'

그러다 우진이 대뜸 질문을 던졌다.

"뭐 잘하세요?"

"네⋯⋯?"

"디자인? 재봉? 아니면 무슨 자격증 같은 거 있어요?"

"자격증이면 패션디자인산업기사 있어요⋯⋯."

우진도 없는 자격증이었다. 그에 디자인을 잘하는 건가 잠시 생각했지만, 아마도 아닐 것 같았다. 그 정도로 뛰어나면 베낄 이유가 없었을 테니.

우진이 생각에 빠져 질문이 없자, 옆에 있던 장 노인이 헛기침을 하며 우진의 옆구리를 툭툭 쳤다. 우진은 알았다는 듯 고개를 끄덕이고는 또다시 생각에 잠기더니 한참이 지나서야 입을 열었다.

"지금 말하는 건 강요는 아니에요."

테이블에 있던 서류를 보여주면서 말을 이었다.

"홍단아 씨를 이용하려는 건 아닌데, 겹친 부분이 있어서 제의를 드리는 거예요."

"뭔데요⋯⋯?"

"이 서류를 인터넷이나 언론에 공개하려고 하거든요."

"감사⋯⋯."

홍단아가 말을 멈추더니 불안한 얼굴로 우진을 봤다.

"그럼⋯ 법적으로 문제 되진 않을까요?"

"저희 상무님 말씀으로는 문제 되지 않을 거라고 하셨어요."

그러자 장 노인이 나섰다.

"라이언 킹덤에서 그쪽한테 소송 걸 건덕지가 없네만. 기껏해야 영업비밀준수의무 위반인데, 이렇게 증거가 있으니까."

"그럼⋯ 제가 그걸 공개해 버리면 앞으로 저는 어떻게⋯⋯."

"그건 어쩔 수 없다고 생각하는데, 그것까지 우리가 책임지는 건 아닌 것 같고만? 이걸 공개해서 명예를 찾으시든가, 아니면 이렇게 모방 디자이너로 남으시든가. 어찌 됐든 이쪽 바닥에 발붙이기 힘들 거 같은데, 아니오? 우리 임 선생처럼 개인 숍을 차리면 모를까."

"……."

홍단아는 또다시 울먹거렸다.

그동안 집에서 인터넷에 밝혀볼까 생각도 했었지만, 그렇게 되면 내부고발자가 되어버림과 동시에 다시는 대기업에 디자이너로 취업할 수 없게 된다. 그렇다고 이대로 가만히 있어봐야 원하는 기업에 취직할 수 있을 리가 없었다.

장 노인 말처럼 모방 디자이너란 낙인이 찍혀 버린 자신을 그 어디도 원하지 않을 게 분명했다.

"전… 어떻게 됐든 끝이네요……."

모질게 말하던 장 노인도 고개를 돌려 대답을 회피했고, 뒤에서 있던 세운은 동질감이 느껴지는지 안타까운 눈빛을 보냈다.

홍단아는 가게를 죽 둘러보더니, 아무 말 없이 자신만 뚫어져라 보는 우진을 보며 고개를 끄덕였다.

"끝이라는 걸 다른 분 입에서 들으니까… 조금 포기가 되네요… 제가 어떻게 하면 돼요?"

여전히 울먹거렸지만, 조금 전과는 다르게 웃으려 했다. 비록 억지스럽긴 했지만.

"이 자료를 보여주면서 사실대로만 말하면 돼요."

"네, 할게요."

"Y튜브에 올릴까요? 아니면 기자를 부를까요."

"기자는… 그냥 Y튜브에 올리는 게 나을 거 같아요."

"네, 그렇게 해요."

우진은 고개를 끄덕이더니 다시 홍단아를 물끄러미 봤다.

유니폼을 입고 있는 건 맞는데 어떤 일을 잘하는지 몰랐다. 만약 미자처럼 고객 관리를 잘한다고 해도, 옷 만드는 걸 좋아하는 사람에게 그 일을 맡기기도 어려웠다. 그렇다고 데리고 있으면서 하나하나 가르쳐 주면 잘하게 될 거라는 보장도 없었다.

그래도 지금까지 유니폼이 보인 사람들은 전부 도움이 되는 사람이었기에, 우진은 조심스럽게 입을 열었다.

"지금 따로 일하시는 곳 있으세요?"

"네? 아니요. 아무것도…⁺."

"그럼 I.J에서 일해보실래요?"

"저요……?"

"네. 보통 주 5일 근무하려고 하는데, 죄송하게도 딱 그렇게 되진 않아요."

우진의 말에 놀란 건 홍단아뿐만이 아니었다. 지켜만 보던 세운과 달리, 장 노인은 얼굴을 찌푸리며 말했다.

"지금 저분 처지가 불쌍하다고 받으려는 게냐?"

"불쌍해서가 아니에요."

"그럼 뭐 때문이냐. 저 아가씨한테 뭘 시키려고 그러는 게냐?"

유니폼이 보인다는 말이 목구멍까지 나왔지만 삼켰다. 우진도 뭘 시킬지 알 수 없었기에 마땅한 대답을 할 수 없었다.

그때, 뒤에 있던 세운이 툭 하고 말을 했다.

"며칠 헤슬에서 도와주다 보니까 그게 편해졌나 보네. 그래도 아무나 막 뽑으면 안 되는 거 아니야?"

그러자 장 노인이 세운의 말이 맞냐는 얼굴로 우진을 봤고, 우진은 멋쩍어하며 고개를 끄덕였다.

"그렇고만. 하긴, 디자이너가 혼자 다 하는 숍은 나도 처음 봤으니까. 그런데 마 실장 말처럼 뽑으려면 기술자를 뽑아야지. 너 정도면 좋은 장인들 뽑을 수 있을 게다. 내가 알아보마."

그러자 앞에 있던 홍단아가 급하게 손을 번쩍 들었다.

"저 시켜만 주시면 정말 열심히 할게요. 어려서부터 바느질도 많이 해서, 가르쳐 주시면 정말 잘할 자신 있어요. 여기 제 손가락 보세요. 굳은살도 있어요!"

"이보시게, 아가씨. 바느질 많이 한다고 실력이 좋은 건 아닐세."

"부탁드려요. 저 좀 써주세요."

"참, 왜 이상한 말을 앞에서 해서."

장 노인은 못마땅한 듯 혀를 찼고, 우진도 장 노인의 모습을 충분히 이해했다. 먼저 상의하지도 않고, 그저 유니폼만 보고 한 제안이었다.

그 제안에 홍단아는 상기된 얼굴로 잔뜩 기대하고 있었고, 장 노인은 그런 홍단아를 보며 곤란해했다.

"그럼 이렇게 하는 게 좋겠네. 수습. 어차피 우리도 일손이 부족하니까 수습으로 한 달간 보지. 더 있을지는 그 뒤에 결정하고. 임 선생은 어떠신가?"

"전 좋은 거 같지만, 수습으로 있기엔 홍단아 씨 경력도 있으신데……."

"잘 부탁드려요!"

홍단아는 전혀 상관없다는 얼굴이었다. 그럼에도 장 노인은 여전히 미적지근한 반응을 보이며, 내일 올 때 이력서부터 필요한 서류들을 준비해 오라는 말을 전했다.

"그럼, 몸담을 곳도 생겼으니 일부터 처리하지."

"네!"

다시 옷을 만들 수 있다고 기뻐하는 게 홍단아의 목소리에서 느껴졌다. Y튜브에 올릴 내용을 미리 확인할 때도 의욕적으로 할 수 있다며 주먹까지 쥐었다.

촬영이 시작되자 장 노인이 버럭 화를 냈다.

"밝게 웃지 말고! 아까처럼 울든가 하란 말일세!"

"이렇게요?"

"아니! 입꼬리가 올라가 있고만! 그거 내리라고!"

＊　　　　＊　　　　＊

다음 날 저녁.

최 이사는 아들 동훈을 집으로 불렀다.

"어떻게 마무리될 거 같아?"

"네, 저는 정직 처분이고요… 다만 제 밑에 있던 신입 디자이너가… 하. 아버지, 제가 책임을 져야 할 일인데 꼭 그렇게 해야 합니까?"

"약한 소리는. 네가 그래도 핏줄이라고 민형이가 신경 써줬구만. 고마워하진 못할망정 그게 무슨 소리야."

최 이사는 혀를 차더니 이내 입을 열었다.

"그래도 끝까지 입을 다물고 있다는 보장이 없으니… 마무리까지 잘 처리하는 게 좋을 거 같은데. 이건 따로 얘기해 보는 게 좋겠구나."

"그것 때문에 오라고 하셨어요?"

"그것도 있고. 네가 무슨 일을 벌일까 싶어 당부하려고 불렀다."

최 실장은 아버지를 가만히 바라봤다.

"무슨 일인데 I.J를 그렇게 신경 쓰시는 거예요? 그 디자인도 처음부터 I.J를 염두에 두시고 진행하라고 하신 거죠?"

"무슨 일은. 아무 일도 없어."

라이언 킹덤 대표로 있는 최용훈에게 듣기로, 이 일을 시작한 사람은 아버지였다. 그래서 자신이 그 프로젝트를 담당하게 되었단 것까지 알게 되었다.

지금 자리가 편치만은 않았다. 왜 자신을 이곳에 앉혔는지 너무 뻔히 보였다. 먼 친척이지만 핏줄인지라, 만약 일이 잘못되면 책임을 져야 할 무게의 담당자를 맡게 된 것이었다.

지금 아버지는 모직의 이사로 있지만, 그 전에 호정 그룹 둘째의 장남이었다. 그리고 자신은 그 장남의 장남이었다. 이 이름이라면 일이 잘못되었을 시 책임자로서 적당했다.

그런데 뜻밖에 내부고발자로 인해 문제가 심각해졌다. 하지만 최 이사는 어떻게든 아들인 최 실장을 호정 어패럴에 몸담게 하려고 했다. 최 실장은 그곳으로 돌아가려고 발버둥 치는 아버지의 모습을 보면서 커왔다. 그런 아버지처럼 살고 싶지 않았지만, 간절히 원하는 모습에 어쩔 수 없이 받아들였다. 그에 신입 디자이너가 모든 책임을 질 때도 이러면 안 된다는 마음과 달리 침묵했다.

지금도 저들은 자신들의 자리를 지키기 위해 죄 없는 사람을 소모품처럼 사용했다. 자신도 어느 순간 침묵하며 같은 사람이 되어 있었다.

남들이 보기에 부러워하는 금수저.

다만 수저통에 갇혀 마음대로 행동하지 못하는 금수저였다. 서른이 훌쩍 넘은 지금까지 그래 왔다.

그때, 최 이사의 휴대폰이 울렸다.

"당숙부시네요. 저 이만 가볼게요."

"기다렸다가 밥 먹고 가. 네 엄마 서운해한다."

"먹고 왔어요. 통화하세요."

최동훈이 인사를 하고 나가려 할 때였다.

"뭐? 그게 무슨 소리야. 민형아, 민형아!"

최 이사는 전화를 받더니 급하게 컴퓨터를 켰다. 동훈은 거의 사색이 된 듯한 아버지 얼굴을 보고선 다시 서재로 들어왔다.

"무슨 일 있어요?"

"가만있어 봐."

포털사이트로 들어가니 지상파 및 종편 방송 뉴스에까지 방송이 나갔는지 뉴스 영상이 수두룩했다.

—KTBC 뉴스타임, 지금부터는 라이언 킹덤의 모방 의혹에 관한 소식을 전해 드립니다. 며칠 전 라이언 킹덤의 최용훈 대표가 사과한 뉴스를 보셨을 겁니다. 그런데 어젯밤부터 그 문제에 대한

의혹 영상이 인터넷에 배포되었습니다. 영상을 올린 사람은 다름 아닌, 모방을 주도했다고 알려진 라이언 킹덤 디자이너, 홍 모 씨였습니다. 영상 보시고 이어가겠습니다.

─제가 잘못한 거 알아요… 그래도 전 정말… 흑흑… 몰랐어요. 그냥 시키는 대로 한 것뿐이에요. 여기 보시면 참고하라는 말도 아니고, 최대한 비슷하면서 티 안 나게 베끼라는 글까지 있어요…….

"저게 뭐야. 네가 보낸 거 맞아?"
"네. 기획 팀에서 온 대로 보냈어요."

─라이언 킹덤에 입사한 지 3개월밖에 안 된 신입이었어요… 그런 제가 제 이름으로 올린 디자인이 준비 기간도 없이 바로 출시됐어요. 불과 한 달 만에요… 그게 8시리즈고요. 이상하긴 했어도 실장님이 계셔서 그렇게 됐구나 생각했지… 이렇게 되리라곤 꿈에도 몰랐어요. 전 그저 한국 패션계 위상을 높인 I.J에 피해를 주는 것 같아 양심 고백을 했는데… 그게 이렇게 돌아올 거라곤 생각도 못했어요.

최동훈은 내부고발자가 홍단아였다는 걸 알고 자신도 모르게 헛웃음이 나왔다. 오히려 이렇게 밝힌 홍단아가 고맙기까지 했다.

그 마음을 반영하듯 뉴스에서는 더 심각한 내용이 이어지고 있었다.

—그래서 저희 KTBC는 패션계 생산직에서 근무 중이신 분과 전화 연결을 해봤습니다. 저희가 부르는 호칭은 임의라는 것을 시청자 여러분께 알려 드립니다. 김철호 씨, 들리십니까?

—네, 잘 들립니다.

—네, 인터뷰에 응해주셔서 감사드립니다. 인터뷰 영상 보셨습니까? 어떠셨습니까?

—음, 사실 알게 모르게 서로서로 넉오프하는 디자인이 굉장히 많아요. 그게 수면 위로 드러난 거라고 생각합니다.

—그렇군요. 예를 들면 어떤 제품이 있을까요? 말씀하기 곤란하시면 신발, 옷, 가방처럼 묶어서 말씀하셔도 됩니다.

—대부분 있을 거라고 생각합니다.

—그렇게나 많습니까? 그럼 영상에서처럼 옷을 만드는 제작 기간이 얼마나 걸립니까?

—오래 걸리죠. 이름 있는 디자이너 제품이면 우선 제작되니까 주는 시간대로 만들어야 하는데, 보통 기업에선 신입 디자이너 이름을 걸고 제품을 출시하진 않죠. 만약에 한다고 하더라도 보통 한 시즌? 그보다 길게는 6개월 정도 전에 나와야 할 겁니다.

—그렇군요? 그럼 영상의 홍 모 씨의 말이 사실일 가능성이 높겠군요?

—전 맞다고 생각합니다.

그 뒤로도 한참이나 인터뷰가 계속되었다.

영상을 모두 본 부자는 한참을 침묵했다. 그러다 최 이사가 먼저 입을 열었다.

"걱정하지 마라. 아빠가 전부 해결할 테니까."

"아버지, 제가 해결할게요."

"네가 무슨 수로! 저게 뉴스까지 나온 거 보면 민형이도 포기했다는 소리인데!"

"그만하면 안 될까요?"

"그만하기는! 모직 주식을 넘기면 된다. 다시 시간은 걸리겠지만, 기회가 올 거다. 그러니까 아빠한테 맡기고 넌 빠져 있어. 당분간 머리나 좀 식히고 있어."

호정 그룹의 핵심인 모직 주식을 어떻게 모았는지, 왜 모았는지 알고 있었다. 어떻게 해서든 자신을 호정 어패럴에 남게 해 최대한 이름을 알리고, 그 후에 힘을 실어주려고 모아둔 것이었다. 최동훈은 그런 아버지가 안쓰러웠다.

"아버지, 제가 거기 계속 있으면 더 위로 올라갈 수 있을 거 같으세요? 전 라이언 킹덤 대표도 못 해요. 아시잖아요."

라이언 킹덤 대표인 최용훈은 젊은 CEO로 유명세를 타고 있는 반면, 자신은 아무것도 없었다. 스스로도 그가 자신보다 낫다는 걸 인정하고 있는데, 오로지 아버지만은 아니었다.

제9장

최 이사

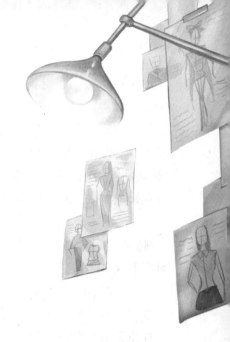

　샤워를 하고 나온 우진은 식탁으로 향했다. 식탁에서 세운은
뉴스에 빠져 있었다.

"맥주 마실래?"

"아니에요. 그런데 아직도 나오네요."

"그러게 말이야."

　영상을 올린 지 하루가 지났을 뿐임에도 뉴스에선 호정 소식
을 제법 심도 있게 다뤘다. 실제로 디자인 모방이 심심찮게 일어
나는지, 퇴사했거나 이직한 사람들부터 현재 패션업계에 몸담고
있는 사람들을 인터뷰했다. 호정에만 국한된 게 아니라 한국의
패션업계에까지 불똥이 튀었다.

　─오늘만 벌써 한국소비자원에 라이언 킹덤 8시리즈의 환불과

피해보상을 요구하는 상담이 천여 건을 넘어섰습니다. 소비자원이 라이언 킹덤에 권고 조치를 취해놓은 상태임에도 소비자들의 목소리는 줄어들지 않고 있습니다. 현재 불미스러운 일에 유감을 표한 호정 그룹은 사건에 대한 재조사를 하는 중이며, 최대한 빠른 시일 내에 재조사를 마칠 것이라고 밝혔습니다. 그럼에도 불구하고 국민들의 분노는 쉽게 가라앉지 않고 있습니다.

세운도 이 정도까지 일이 커지길 원한 건 아니었다. 그저 최이사만 처벌받기를 원했는데, 지금으로 봐서는 라이언 킹덤이 무너질 것 같은 분위기였다.

그동안 호정에 피해를 봤던 사람들은 지금이 기회라고 생각했는지 그동안의 설움을 쏟아냈다. 하청 업체는 물론이고, 세운이 보기에도 억지스러운 고발까지 이어졌다. 양파처럼 껍질을 하나씩 벗기는 게 아니라 칼로 썰듯 한꺼번에 터지는 중이었다.

세운은 괜히 라이언 킹덤에 속한 죄 없는 사람들에게까지 피해를 입힌 건 아닐까 걱정되기도 했다.

"홍단아 씨 후원금까지 모금한다고 하네요."

"그건 좀 아닌 거 같다. 우진 씨가 보기에도 너무 커진 거 같지……?"

"그렇긴 하네요. 그래도 이렇게 안 했으면 다들 모르고 넘어갔을 텐데, 그거보단 낫지 않을까요?"

"그런가……."

한참이나 이어지던 호정에 대한 뉴스가 끝나고, 다른 소식으로 넘어갔다.

"그런데 어떻게 하실 거예요?"

"해야지. 하긴 해야 하는데……."

"전 조금 걱정되긴 하는데."

"하지 말까?"

"아니요. 그런 게 아니라, 사람들이 너무 많이 욕을 하다 보니까 이상한 글도 많잖아요. 실장님 얘기도 그런 글처럼 치부해 버리면 어떡하나 그게 걱정이에요."

세운도 걱정되긴 했다.

지금 분위기를 틈타 20년 전 얘기를 꺼내봐야 없던 증거가 나오진 않았다. 그때 당시도 최 이사가 인정한다고 해도 기껏해야 기물손괴죄 정도가 다라는 말을 들었는데, 벌써 20년 가까이 지난 지금은 어떻게 될지 몰랐다.

혹시나 이 기회에 한몫 챙기려는 사람으로 치부되면 어쩌나, 그런 자신과 아버지를 엮으면 어쩌나. 여러 가지가 고민되었다. 그리고 가장 큰 문제는 지금 몸담고 있는 LJ였다.

자신이 없었다면 겪지 않아도 될 일들이었기에.

"실장님이 쓰기보단 장 기자님한테 부탁해서 기사로 올리는 건 어떠세요? 그럼 기자니까 사람들이 좀 더 믿지 않을까요?"

세운은 심각한 와중에 웃음이 나왔다. 어떻게라도 피해가 올 텐데 그런 것을 염두에 두지 않고 자신을 위해 생각해 주는 모습이 고마웠다.

전에도 그러는 이유를 물었지만, 돌아오는 대답은 같았다. 우진은 망해도 잃을 게 별로 없다며, 자신을 꼭 필요한 사람이라고 해줬다.

그 말이 떠오른 세운은 웃는 얼굴로 고개를 끄덕였다.

"그렇게 하자. 우진 씨, 정말 고마워. 평생 갚을게."

                    *   *   *

다음 날. 뉴스는 물론이고 인터넷에는 라이언 킹덤 사건에 대한 의혹이 점점 커졌다.

언젠가부터 더 이상 갑질을 두고 보지 않는 한국 국민들은 진상 조사를 하라며 들고일어났고, 심지어 청와대 국민 청원에는 진상 조사를 원하는 글까지 올라왔다.

당연히 파급효과를 실질적으로 느끼는 건 호정이었다.

호정 그룹의 주가 폭락. 전날 대비 무려 11%가 넘게 하락했고, 종가 거래 중임에도 여전히 떨어지고 있었다. 이사회가 급히 소집되었고, 최 이사는 회의 전 호정 어패럴의 최민형을 찾아왔다.

"그냥 인정하는 게 가장 좋은 방법이야. 지금 이걸로 끝날 거 같지? 인정 안 하면 이게 시작이야."

"하아……."

"지금도 이런데, 호정에 반감을 품고 있는 사람들이 하나씩만 글을 올려도 큰일이야. 그 전에 최대한 빠르게 불을 끄는 게 상책이야. 이사회도 당연히 그렇게 생각할 거고."

"이사회가 아니라 네 생각이겠지."

"아니지, 애초에 형님이 제안한 거였잖아. 그러니까 좀 잘 알아보고 해야지. 형님은 그게 문제야. 너무 서둘러. 만약에 지금 우리가 I.J랑 같이했어 봐."

최 이사는 지금 이 순간에도 늘어나는 기사들을 떠올렸다.

일이 너무 꼬여 버렸다. 쉽게 끝날 줄 알았던 I.J가 단기간에 말도 안 되는 성장을 해버렸다. 최민형 말처럼 불을 빨리 꺼야 하는 건 맞았다.

다만 불을 끄는 도구로 자신의 아들을 이용하려는 것이 문제였다.

최 이사는 결국 준비한 카드를 꺼냈다.

"내가 책임질게. 모직에서 물러나마. 그리고… 모직 주식도 양도하마. 단, 이건 동훈이 명의로 되어 있으니 내가 나온 뒤에 적절할 때 넘겨주마."

0.3%. 금액으로만 따져도 상당한 양이었다. 현재 호정 모직 시가총액이 시끄러운 일 때문에 떨어진 금액이 약 15조였다. 그중 0.3%만 하더라도 상당한 양이었다.

최민형이 혹한 표정을 얼굴에 드러낸 채 잠시 생각하고선 입을 열었다.

"형님이 가지고 있는 게 0.3%가 조금 넘던가? 적긴 해도 혹하긴 하네. 그래도 내가 해줄 게 없다."

"이사회 모두 네 사람들이잖아. 나는 됐고, 우리 동훈이만 좀 부탁한다."

"방법이 없는 건 아닌데, 그렇게 하면 동훈이가 들러리처럼 될 텐데?"

"괜찮다. 어떻게든 남아 있게 해줘."

"차라리 그 정도면 그냥 놀고먹는 게 나을 텐데. 형님이 정 원한다면야 뭐. 그럼 동훈이는 실질적 업무를 보지 않았고, 업무는 전부 모직 이사인 형님이 주도한 거로 하지. 그렇게 하면 동훈이는 잠깐 동안 업무상배임에 대해 책임지는 제스처만 취하면 되고. 괜찮겠어?"

그것만이라도 다행이라고 생각되는지 최 이사는 눈을 감은 채 고개를 끄덕였다.

그때, 노크 소리가 들리더니 비서가 들어왔다. 비서는 최 이사를 힐끔 본 뒤 최민형에게 들고 왔던 태블릿을 넘겼다.

"바쁜 것 같은데 이만 가볼게."

"잠깐만, 앉아 있어봐."

최 이사는 무슨 일인가 싶어 최민형의 얼굴을 살폈다. 언제나처럼 읽기 어려웠다. 별일 아니라는 얼굴이지만, 표정만으로 판단할 순 없었다.

아니나 다를까, 그가 미소를 지으며 건넨 태블릿에는, 지금 상황에 나와선 안 되는 기사가 있었다.

〈세계 최고의 장인 '아드리아노 마르키시오' 죽음에 관한 의혹〉

前국회의원 김수탁 ― 내가 그분의 마지막 작품을 갖게 되리라곤 생각도 못 했소. 그때 당시만 해도 상당히 건강했으니, 그런 사고가 있었으리라고는 생각하기도 어려웠소.

前성진병원 외과과장 정광영 ― 오래전 일이라 진료기록은 남아 있지 않지만, 아드님은 기억하고 있죠. 그때 기억하기론 두개골 골절로 병원에 왔고, 뇌지주막하 출혈로 식물인간 상태로 1년 가까이 입원해 있었습니다. 그때 당시도 소견서를 썼듯이 가격 흔적은 없었습니다.

주민 A 씨 ─ 똑똑히 기억하죠. 비가 엄청 와서 며칠 가게를 쉬었는데, 장마가 끝나고 가게로 가니까 그 외국 사람 가게 유리창이 전부 작살나 있더라고요. 경찰들도 왔다 갔다 그러고. 그래서 도둑이 들었나 보다 했거든요. 한동안 이쪽 가게들은 외국인 부자가 강도한테 당했다고 그렇게 알고 있었어요. 병을 앓던 사람으론 안 보였거든. 외국 사람이 덩치도 크고 얼마나 정정했다고.

말없이 하나하나 읽어 내려갔다. 기사는 인터뷰를 토대로 구성되어 있었고, 최 이사 역시 전부 알고 있는 얘기였다. 호정을 언급하고 있지 않았지만, 기사 귀퉁이에 적힌 현재 '뜨거운 감자'라는 말 하나만으로도 누구나 호정을 생각할 것이 틀림없었다. 그리고 이 이야기를 이렇게 정확하게 아는 사람은 세운밖에 없을 테니, 본인이 직접 밝혔다는 것도 알 수 있었다.

(20년이 지난 지금, 아드리아노 씨의 자제인 I.J의 실장 '세운 마르키시오'는 재수사 요청을 준비 중이라고 밝혔다.)

"다 봤어? 이거, 이거 아주 연달아 빵빵 터지네."
"이건 내가 해결할 테니 시간 좀 줘."
"무슨 수로? 아주 부자가 호정을 쓰러뜨리려고 작정했네."
최 대표는 여전히 아무 일도 아니라는 얼굴로 툭툭 말을 뱉었다.
"다른 때 같았으면 말도 안 된다고 바로 고소했겠지. 한데 법무 팀에서 그러더라. 당분간은 전부 수긍하고 이해해야지 그나

최 이사　261

마 타격이 덜할 거라고. 이걸 어떻게 인정해야 할까?"

"부탁이다… 이틀, 아니, 하루만 시간을 줘."

"좋아. 대신 해결 안 되면 알지? 그때 형이 준비했던 기획서들 전부 보관 중인 거. 늦어지면 그거 공개할 수밖에 없다."

최 이사는 자신이 다른 걸로 무너지면 아들 동훈 역시 책임질 수 없다는 걸 알기에 굳은 얼굴로 일어섰다.

       *   *   *

우진도 올라온 기사를 보았다. 짧은 시간에 필요한 사람들까지 인터뷰한 오중이 새롭게 보일 정도로 대단했다. 말은 안 하지만, 세운도 내심 기대하는 얼굴이었다.

그런데 일이 잘 풀리고 있음에도 우진은 한숨을 뱉었다.

"그렇게 바느질하면 안 된다니까요."

"죄송해요……."

하루 종일 홍단아를 데리고 있으면서 장점을 찾으려 했지만, 아직까지는 그 어떠한 장점도 보지 못했다. 재단을 시켜봐도 엉망진창이었고, 지금 하는 재봉도 엉망진창이었다.

도무지 어떻게 라이언 킹덤 디자인 팀에 들어갔는지 알 수가 없었다.

게다가 손힘은 어찌나 좋은지, 손바느질할 땐 잡아당기는 힘이 좋아 옷이 울기도 했고, 그 튼튼한 나일론 실이 뚝 끊기기도 했다.

지적을 할 때면 금방이라도 울 거 같은 얼굴로 죄송하다는 말을 하는 통에 지적하기도 곤란했다. 그나마 디자인이 조금 낫긴 했지만, 어차피 자신이 전부 그릴 테니 그건 필요 없는 부분이었다.

그래서 사무실로 보내봤지만, 그곳에서도 잘하는 것이 없었다. 못마땅한 기색이 역력한 장 노인은 자리마저 피해 버렸다. 게다가 자신보다 나이 어린 미자에게 혼나고 훌쩍거리기도 했다.

"저기 홍단아 씨, 라킹에서는 이런 거 안 해요?"

"네… 시안 뽑고 보내면, 패턴 올 때 전부 재단된 상태로 오거든요……."

"그래도 아예 안 하진 않을 거 아니에요."

"하긴 하는데… 손바느질을 해본 지 오래돼서… 그래도 대학 다닐 때는 정말 많이 했어요."

우진은 들키기라도 할까 봐 슬쩍 고개를 젓고선 한숨을 뱉었다. 다른 사람처럼 필요한 사람인 것 같은데, 지금 봐서는 도무지 쓸모가 없었다. 이래선 한 달은커녕 며칠 만에 쫓겨날 것 같았다.

그때, 작업실 커튼이 열리면서 세운이 고개를 내밀었다.

"페니 로퍼 끝났다. 박스에 담아서 사무실에 놔뒀어."

"벌써 끝나셨어요?"

"많이 밀렸는데 열심히 해야지. 나 때문에 시간도 많이 썼는데 밀리면 안 되잖아. 그나저나 조수는 어때, 괜찮아?"

"아, 네, 뭐……."

"하하, 표정에 다 보이네. 그래도 혼자 할 때보단 좋잖아. 나도 조수 있었으면 좋겠다. 하하, 저 바느질하는 거 보니까 힘 좋아 보이는데? 하하하, 가죽 바느질하기 딱 좋겠어."

세운은 크게 웃고는 커튼을 닫고 가버렸고, 우진은 고개를 돌려 홍단아를 봤다. 세운의 웃음소리에 부끄러운지 서둘러 원단을 펼치는 중이었다.

세운의 말을 듣고 나니 정말 그럴 거 같은 느낌이었다. 하지만 옷 만드는 걸 좋아한다고 울고불고하던 홍단아였기에, 뭐라고 말을 꺼내야 할까 고민되었다.

"저기 홍단아 씨."

"네⋯⋯?"

"혹시 구두 만드는 건 어떻게 생각하세요?"

"네⋯⋯?"

홍단아는 눈을 껌뻑거리며 계속 되묻기만 했다. 우진은 이왕 어렵게 꺼낸 말이기에 마저 말을 이었다.

"조금 전에 마 실장님 말씀처럼, 구두 만드는 것도 배워볼래요?"

"구두는 저하고 잘 안 맞아서⋯ 대학 다닐 때 신발 패션산업과 나오긴 했는데 잘 안 맞더라고요⋯⋯."

"대학이 패션과가 아니라 신발 패션이었어요?"

"네, 아까 상무님께 드린 이력서에 적어 냈는데⋯⋯."

우진은 홍단아가 유니폼을 입고 있지만, 옷 만드는 걸 도와주는 사람이 아니라 세운을 도와줄 사람이라는 생각이 들었다. 왠지 모를 아쉬움에 우진은 헛웃음을 뱉었다.

"일단 한번 배워볼래요? 옷도 같이 만들면서요."

"네… 시키시는 거면……."

"그거 내려놓고 지금 가요."

우진도 같이 올라갈 생각으로 정리를 했다.

그때, 휴대폰이 울렸다. 처음 보는 번호였기에 받을까 말까 고민하는 사이 끊겼지만, 또다시 같은 번호로 걸려왔다.

─안녕하십니까. 호정 모직 최진형입니다.

＊　　　＊　　　＊

우진은 최 이사란 이름을 듣고 고개를 갸웃거렸다. 바뀐 번호를 알고 있다는 것도 이상하지만, 전화를 한다고 하더라도 자신이 아니라 세운에게 했어야 했다.

"네, 무슨 일로 전화하셨어요?"

─만나서 얘기하고 싶군요.

"저를요?"

─마세운 씨하고도 할 얘기가 있으니 오늘 밤에 숍으로 가겠습니다.

상당히 딱딱하게 들리는 목소리에 뭐 때문에 만나자고 하는지 궁금해졌다.

─10시 정도 괜찮으십니까? 너무 늦으시면 말씀하시죠.

"잠시만요. 무슨 일 때문에 그러시는데요."

─만나서 말씀드리죠. 그럼 그때 뵙겠습니다.

우진은 끊어진 전화를 보곤 인상을 찡그렸다. 그다지 좋은 일은 아닐 것 같은 느낌이었다.

"선생님, 예약인 거예요?"

"아, 아니에요. 여기 잠시 있어요."

"네… 뭐 하고 있을까요?"

"아무것도 하지 말고 있어요."

"네……."

우진은 세운에게 가려다가 고개를 푹 숙이고 있는 홍단아를 보며 한숨을 뱉었다.

"제 태블릿에 있는 디자인들을 보면서 어떤 식으로 만들지 생각이라도 해보세요. 이따 와서 다시 얘기해요."

그제야 홍단아는 다시 고개를 들었다. 그러고는 무슨 중요한 일이라도 맡은 사람처럼 태블릿을 넘기며 펜을 잡았다.

'도대체 왜 보인 거야…….'

*   *   *

늦은 밤. 약속한 시간에 맞춰 최 이사가 도착했다는 메시지를 받았다. 세운은 얘기를 들은 후부터 지금까지 굳은 얼굴이었기에 우진이 마중을 나갔다.

숍 옆 계단으로 내려가니 가게 앞에 서 있는 최 이사가 보였다. 세운과 마찬가지로 굳은 얼굴이었고, 우진을 보자 가볍게 인사부터 했다.

"안녕하십니까."

"네, 올라오세요."

3층 집으로 들어선 우진은 이곳을 보지 않는 세운을 향해 말했다.

"오셨어요."

두 사람 사이의 일을 알고 있기에 우진도 별다른 말없이 최 이사를 소파로 안내했다.

"실장님도 이리로 오세요."

"됐어. 이 정도 거리가 적당해. 왜 보자고 한 거요?"

부엌 식탁 의자에 앉은 세운은 거실 소파에 앉은 최 이사에게 말했다.

"드릴 말씀이 있어서 왔습니다."

"하하, 시끄러워지니까 이제 와서? 얘기를 하려면 진작 찾아왔어야 하는 거 아닌가? 20년이 지난 지금에 와서 무슨 얘기를 하려고!"

세운의 목소리가 점점 격양되었고, 최 이사는 표정 없이 묵묵히 듣기만 했다.

"사람들이 전부 욕하고 의심하니까 이제야 사과를 하겠다? 내가 그 사과를 받아줄 거 같아?"

그러자 최 이사가 나지막한 목소리로 말했다.

"사과하려고 온 건 아닙니다."

"뭐? 뭐라고 했어!"

세운이 의자를 박차고 일어났고, 우진은 재빨리 세운을 말렸다.

"놔봐! 저 새끼 때문에 그렇게 정정하던 내 아버지가 돌아가셨어!"

"조금만 진정하세요."

우진은 세운을 말리며 최 이사를 봤다. 무슨 생각으로 왔는지 이해할 수가 없었다. 그런 최 이사가 입을 열었다.

"부친의 사고는 안타깝게 생각합니다."

"이 새끼야! 놔! 이거 놓으라고!"

"전부 제 탓으로 생각하시는 거 압니다. 저도 아드리아노 씨 사고에 무관하지 않다는 걸 알고 있습니다. 그래서 전부 밝힐 생각입니다. 죗값도 전부 받을 생각입니다."

우진이 놓았다면 뛰쳐나갔을 세운이 그 말에 움직임을 멈췄다.

"사실 아무런 증거가 없다는 걸 아실 겁니다. 증거가 있어서 법적으로 책임을 묻다 해도 기물손괴 정도로 처리할 자신 있습니다."

"그래서, 몇 푼 던져줄 테니 그만하라고 찾아온 거냐!"

"아닙니다. 전부 인정하고 어떠한 변명도 하지 않을 생각입니다. 그리고 이번 모방 사건에 대해서도 책임을 지겠습니다."

우진이 느끼기에도 꿍꿍이가 있는 것처럼 들렸다. 지금까지 모른 척하다가 증거도 없는 기사 하나 때문에 갑자기 모든 걸 인정한다는 말이 꺼림칙했다.

차라리 잘못했다고 사과하며 용서를 빌면 이해할 텐데, 지금 최 이사는 마치 거래를 하러 온 사람처럼 당당했다.

우진의 생각이 맞다는 듯, 최 이사가 말을 이었다.

"다만 조건이 있습니다."

"지금 당신이 조건을 내걸 입장이라고 생각하는 거야?"

"제가 이대로 돌아간다면 아드리아노 씨 사고에 대한 책임을 묻기 어려우실 겁니다. 제 조건은 간단합니다. 첫째, 모든 법적 고소는 호정과 함께 이뤄졌으면 합니다. I.J도 그것이 편할 겁니다."

"뭘 믿고 호정하고 하라는 거야!"

"모방 건에 대해선 호정과 I.J가 함께 고소를 진행해야 죄가 더 무거워집니다. 그때까지 최대한 죄가 무거워지도록 절대 자수하지 않겠다고 약속드립니다. 그리고 그와 동시에, 호정 법무 팀에서 아드리아노 씨 사고에 대해서도 도움을 드릴 겁니다."

우진과 세운은 최 이사의 의도를 조금도 알 수 없었다. 분명 최 이사에게 불리함에도 그걸 조건으로 거는 데는 이유가 있을 것이다.

"그리고 둘째, 모방 건에 연루된 사람이 있습니다. 라이언 킹덤 디자인 실장입니다."

"최동훈 씨요? 아드님이시죠?"

우진의 말에 무표정이던 최 이사의 표정이 드디어 흔들렸다. 미간을 찡그리더니 우진을 봤다.

"맞습니다. 알고 계셨군요."

홍단아 덕분에 알게 된 사실이었다. 세운은 당황하는 최 이사의 표정을 읽었는지 인상을 쓰며 말했다.

"뭐 당신네들만 정보 수집하고 그런 거 하는 줄 알아? 우리도 다 있어! 당신 아들 최동훈! 당신이 전부 시킨 일이잖아! 아들한테 그게 할 짓이야!"

"흠……."

최 이사는 잠시 세운을 보더니 심호흡을 했다.

"맞습니다. 제 아들을 이용해 제가 시킨 겁니다."

"우리 망하라고요?"

"네, 사실입니다."

막상 당사자가 인정했음에도 당당한 모습에 속이 시원한 느낌보단 찝찝한 느낌만 더했다.

"두 번째 조건은, 최동훈 실장과 일을 하나 해주셨으면 한다는 것입니다. 지금 제가 얘기했듯이 최 실장은 아무런 죄가 없습니다."

"하… 어이가 없네. 이봐, 당신. 우리가 당신네들하고 일할 거 같아?"

"어려운 일이 아닙니다."

그나마 차분한 우진은 얘기를 더 들어보자며 세운을 말렸다.

"무슨 일인데요?"

"내년 2019 서울 패션위크 S/S에 나갈 디자인 하나만 주셨으면 합니다. 호정 어패럴 이름이 아닌 최 실장에게. I.J에서 직접 최 실장에게 넘기겠다고 해주셔야 합니다. 많이도 아니고 단 하나면 됩니다."

"디자인이요?"

그러자 세운이 버럭 화를 냈다.

"진짜 말을 안 하려고 해도! 왜 애꿎은 사람까지 끼게 만들어! 당신하고 내 문제 아니야?"

"이미 임우진 씨도 무방하다곤 볼 수 없죠. 그리고 두 번째 조건을 들어주셔야 첫 번째 조건이 진행될 겁니다."

"지금 협박하냐?"

"아닙니다. 잘 생각해 보시죠. 시간이 지날수록 호정에선 덮으려 할 겁니다."

이상하게 흘러가는 상황에 우진은 목덜미를 긁적였다.

데이비드와 제프 우드를 보며 언젠가 자신의 옷으로 패션쇼를 나가보고 싶다는 생각을 했다. 하지만 이런 식은 아니었다.

아직까지는 왼쪽 눈으로 보는 것 말고는 자신이 없었다. 그렇기에 헤슬과 제프 우드 합작품을 만들 때도 제프 우드에서 디자인하는 걸 찬성한 것이기도 했다.

그동안 옷을 만들면서 배웠던 것을 적용해 그린 옷들이 있긴 했다. 하지만 스스로도 부족함을 느끼는데, 그런 디자인으로 옷을 만든다는 것 자체가 부담스러웠다.

"내일까지 연락을 주셨으면 합니다. 전 이만 일어나도록 하죠."

*　　　　*　　　　*

다음 날. 전날 얘기를 들은 장 노인은 한참을 웃었다.

"조급한가 보고만. 고슴도치도 지 새끼는 예쁘다고 하더니, 딱 그 짝이야. 그래서 네 생각은 어떠냐."

"어떻게 해야 할지 잘 모르겠어요. 아들한테 공을 넘기려고 하는 것뿐일까요?"

"지금 돌아가는 걸 보면 충분히 그런 제안할 만하고만. 호정에서 중요직 맡으려면 어패럴부터 시작해서 모직에 자리 잡아야 하는데, 그 아들놈은 아예 밀려나게 생겼거든. 최 이사가 가장 밑이라고 보는 생산부이니, 아들만이라도 올라가게 하고 싶겠지."

"그것도 대단한 자리 같은데……."

"사람들이 다 너처럼 욕심 없는 줄 아느냐?"

홍단아나 세운도 누군가의 자식이었을 텐데, 자기 자식만 생각하는 모습이 씁쓸하게 느껴졌다. 그러자 장 노인은 피식 웃더니 말을 이었다.

"자기가 겪어봐야 남 사정도 알고 그러는 게 사람이니라. 그건 제외하고 생각해 보거라. 네가 손해 볼 것도 없고, 이참에 마실장 일도 털어낼 수 있을 거 같으니."

밤새 고민했지만, 아직까지 답이 나오지 않았다. 실력에 자신이 있었다면 고민할 것도 없이 조건을 받아들였을 것이다.

"급한 건 그쪽 같으니 천천히 생각해 보거라. 며칠 당당하길래 변했나 했더니 왜 또 저러는지. 쯧."

당당하고는 다른 문제였지만, 사정을 모르고 하는 말이기에 웃어넘겼다.

"웃기는, 그런데 그 인턴은 잘하느냐?"

"홍단아 씨요?"

"그래. 오늘은 불안하게 기웃거리지도 않고 뭐 하느라 조용한 게야?"

"그러게요. 작업실에 있나?"

홍단아를 떠올리자 이유 없이 불안해졌다. 또 아무것도 안 하고 풀 죽어 있을지도 몰랐기에 우진은 사무실 문을 열었다. 그러고는 사무실 건너편 작업실을 향해 크게 말했다.

"홍단아 씨!"

그러자 닫혀 있던 커튼이 열리며 홍단아가 고개를 빼꼼히 내밀더니 상당히 피곤해 보이는 얼굴과 달리 큰 목소리로 대답했다.

"네! 선생님."

"거기서 뭐 하세요?"

"네? 저… 어제 선생님이 시키신 일 하고 있었는데요……."

"제가요? 제가 뭐 시켰어요?"

"네……."

그러자 홍단아가 태블릿 PC, 스케치북 등을 끌어안은 채 나왔다.

"거의 다 하긴 했어요……."

우진은 자신이 홍단아에게 뭘 시켰을 리가 없기에 고개를 갸웃거렸다.

"피곤해 보이는데 일단 좀 쉬어요."

우진은 홍단아의 짐을 받아 들고선 사무실로 안내했다. 그러고는 무슨 짓을 했나 찾아보려 태블릿 PC를 켰다.

일단 태블릿 PC에는 이상한 점이 없었다. 남은 건 스케치북이었다.

우진은 홍단아라는 이름이 커다랗게 쓰인 스케치북의 첫 장을 열었다. 그러고는 홍단아를 보며 한숨을 뱉었다.

"이 패턴들은 왜 그린 거예요?"

"네? 선생님이… 어떻게 만들지 생각해 보라고 하셔서……."

또 울먹거리는 통에 우진은 고개를 끄덕이고는 다음 장을 넘겼다.

패턴 자체도 이상했다. 기본을 배운 게 맞는 건지, 도대체 라이언 킹덤엔 어떻게 입사했는지 궁금할 정도로 형편없었다. 한장, 한 장 넘겨보았지만 쓸모없는 일을 잔뜩 해놨다는 것만 확인할 수 있었다.

"여기 구석에 그린 별은 뭐예요?"

"그건… 아무것도 아니에요……."

"뭔데요? 제 디자인 채점이라도 한 거예요?"

우진은 스케치북 구석에 그려진 별을 가리키며 물었고, 홍단아는 붉어진 얼굴로 손사래 치며 말했다.

"제가 무슨… 정말 아니에요! 나중에 제가 입고 싶은 거… 표시해 둔 거예요… 정말이에요……."

장 노인은 징징대는 소리가 듣기 싫은지 몸서리치더니 나가버렸고, 우진은 울먹거리는 홍단아를 달랬다. 그러고는 어떤 디자인에 별 표시를 했는지 살폈다.

패턴을 하도 이상하게 그려놔서 조합하며 살피느라 시간이 걸렸다. 그런데 약간 이상했다. 태블릿에는 그동안 작업한 옷들이 거의 다 있었음에도, 별이 그려져 있는 패턴을 작업한 기억이 없었다.

"이게 제 디자인을 보고 패턴 뜬 거 맞아요?"

"네… 맞아요… 그 플라티스 블라우스요. 보통 카라가 축 처져서 할머니 옷 같은데, 이거는 스탠드 업이라 너무 마음에 들어서… 스카이 파스텔에 하얀색 스키니… 조합도 굉장히 세련돼 보였어요… 정말 채점한 거 아니에요."

그제야 홍단아가 뭘 말하는지 알게 된 우진은 급하게 태블릿을 들고 자신이 디자인한 것을 찾았다.

"이거 맞아요?"

"네! 그거 맞아요."

"하하, 정말 마음에 들어요?"

우진은 크게 웃었다. 홍단아가 말한 옷은 고객 옷이 아니었다. 아직 작업하지도 않은 옷이었다. 틈틈이 연습하느라 그린 디자인. 그런 디자인을 마음에 든다고 하자 우진은 자신도 모르게 웃음이 나왔다.

"이게 어디가 마음에 들었어요?"

"그냥 전부 다요… 하늘하늘한 느낌에 시원해 보이기도 하고……."

"뭐라고 하는 거 아니니까 울먹거리지 말고 얘기해 주세요. 좋다고 해줘서 기뻐서 묻는 거예요."

"네… 시원해 보이고 또 편안해 보이는 게, 중요한 자리에 입어도 괜찮을 거 같아 보였어요… 팔목에 둘러 새겨진 로고 때문에 단정해 보이기도 하고요. 아! 마치 결혼식장 같은 데 갔다가 곧바로 데이트하러 가도 좋을 옷?"

"하하하, 그래요? 그 정도예요?"

"네… 그런데 왜 그러세요……."

"하하, 고마워요. 천천히 만들어봐야겠네요."

우진은 그 뒤로도 홍단아에게 어떤 부분이 마음에 드는지 계속해서 물었다. 계속된 우진의 웃음소리에 밖에 나가 있던 장 노인이 들어왔다.

"소리 내서 웃지도 않던 녀석이 무슨 일인데 그렇게 좋아하는 게야. 같이 좀 웃자."

"하하, 아니에요. 그냥 좀 기분 좋아서요."

최 이사의 제안을 어떻게 해야 하나 고민하던 중 홍단아의 말은 우진에게 큰 용기를 주었다. 그리고 우진은 그 용기에 힘입어 결정을 내렸다.

*　　　　　*　　　　　*

최민형과 자리한 최 이사는 준비한 것들을 꺼내놓았다.

"그러니까 형님 말은, 우리 호정이 형님을 고소까지 하란 말이지? 형님이 전부 책임지고? 그것도 우리 호정의 이미지 쇄신을 위해서?"

"그래."

"그럼, 형님이 얻는 건?"

"없다… 그저 동훈이 자리만 지켜줘. 그거면 된다."

"그거야 어렵지 않지. 이게 쉽게 빠져나오지 못할 텐데 괜찮겠어?"

걱정하는 말과 다르게 최민형의 얼굴에는 미소가 번져 있었다.

동훈이 올라가야 하는 호정이 흔들려선 안 됐다. 튼튼히 버티고 있어야 올라가도 보람 있지, 썩은 기둥을 올라가 봐야 금방 쓰러질 것이었다. 최 이사는 묵묵히 고개만 끄덕였다.

"털어낼 거 다 털어내니까 우리야 좋지. 형님이 호정을 살리기 위해서 큰 결정을 내렸네. 우리도 준비해야 하니까 집에 가서 쉬고 있어. 빠른 게 좋겠지? 오늘은 준비할 게 많으니까 무리겠고, 내일 저녁 뉴스 전이 적당할 거 같은데?"

"그렇게 해라. 단지 동훈이 자리만 약속해 주고."

"약속하지. 멀긴 해도 조카인데 내치기라도 할까 봐? 하하, 그럼 시간도 없는데 가봐. 필요하면 부를게."

대표실에서 나온 최 이사는 아예 건물 밖으로 나왔다. 그러고는 차에 앉아 한참을 멍하니 있었다.

한참을 그러고 있던 최 이사는 이내 고개를 끄덕이며 휴대폰을 꺼냈다. 휴대폰에는 주소지 하나가 적혀 있었다. 그 주소는 다름 아닌 우진이 보낸 메시지였다.

다짜고짜 전화한 우진은 자신의 요구 사항을 말했고, 그걸 들어주면 최 이사의 요구를 들어주겠다 말했다. 우진의 조건이 어려운 건 아니었다. 하지만, 어차피 처벌을 받기로 마음먹었음에도 쉽게 행동에 옮기기가 꺼려졌다.

메시지를 한참이나 보던 최 이사는 딱히 들어주는 것 말고는 방법이 없었기에 휴대폰을 내려놓고 차를 출발했다.

우진이 보낸 주소는 경기도 광명이었다. 최 이사는 차를 근처에 주차하고선 가게 앞에 섰다. '엄마의 손맛'이란 이름을 건 조그만 반찬 가게였다.

가게 안으로 부부로 보이는 두 사람이 보였고, 최 이사는 그 모습을 잠시 지켜보다가 이내 문을 열었다.

"어서 오세요."

가게에 찾아온 손님으로 알아서인지 부부는 최 이사를 반갑게 맞이해 주었다.

"안녕하십니까."

"네? 네. 손님께 인사를 받으니까 이상하네요. 하하, 뭐 찾으시는 거라도 있으세요?"

"아닙니다. 인사가 늦었습니다. 전 호정 모직 최진형이라고 합니다."

최 이사가 명함을 꺼내 건넸다. 그러자 안에 있던 홍단아 어머니가 급하게 나왔다. 명함을 본 부부의 얼굴에서 미소가 사라졌다.

처음엔 딸이 잘못했다고만 생각했는데, 뉴스에 나오는 소식을 들어보니 딸의 잘못이 아니었다. 딸 말을 못 믿고 여기저기 찾아다니며 손이 발이 되도록 빌고 빌었는데, 알고 보니 그저 힘없는 딸이 이용당한 것이었다.

억울함에 가게를 할 정신도 없다가 며칠 전 딸의 웃는 모습을 보고서야 다시 가게 문을 연 상태였다.

"이… 이……."

"약소하지만 이거 받으시죠. 사죄의 의미로 준비한 호정 어패럴 상품권입니다."

최 이사가 봉투를 내밀었지만, 홍단아 부모의 시선은 최 이사 얼굴에서 떨어지지 않았다. 그러다가 홍단아 어머니가 명함을 뭉개더니 울부짖었다.

"당신들 때문에 내 딸이 어떤 고초를 겪었는지 알아? TV에서 떠드니까 이제야 얼굴 내밀고 사과한다고 하면 다야? 다냐고! 흐으으."

"여보, 진정해."

홍단아 아버지가 아내의 등을 쓰다듬으며 진정시켰다. 그러고는 최 이사를 봤다.

"이사면 꽤 높으신 분이시지요? 이곳까지 오기 힘들었을 텐데 그 용기는 받아들이겠습니다. 그런데 제 딸아이는 만나보고 오신 건지요?"

"아직 못 만나 뵀습니다."

"그럼 순서가 틀린 것 같군요. 단아부터 만나서 사과하고, 그다음에는 사람들이 전부 알게 밝혀주십쇼. 사람들이 제 딸아이에게 손가락질하지 않도록……."

"홍단아 씨에게 미안하게 생각하고 있습니다. 하지만 시간 관계상 직접 사과하기는 곤란하군요."

"뭐요?"

"하지만 오늘이나 내일 언론에 잘못된 부분이 수정될 것입니다. 저희 호정은 홍단아 씨를 비롯해 부모님 두 분께 심려를 끼쳐 죄송하게 생각합니다."

홍단아 부모는 최 이사의 말을 이해하지 못했기에 여전히 분노한 얼굴이었다. 최 이사는 허리를 90도로 숙여 사과했다.

"이 상품권은 호정에서 드리는 겁니다. 사과의 의미만 담겼을 뿐 어떠한 의미도 없는 것이니 받아주십쇼."

부부가 여전히 받지 않자, 최 이사는 테이블에 봉투를 올려두고선 다시 고개를 숙였다.

"그럼 이만 가보도록 하겠습니다."

최 이사가 가게를 나와 뒤를 돌아보자 부부가 가게 밖으로 소금을 뿌리는 게 보였다. 그 모습이 언짢기는 했지만, 한 가지 조건을 끝냈다는 사실이 더 크게 다가왔다.

뒤도 돌아보지 않고 차에 올라탄 최 이사는 곧바로 집으로 향했다.

호정에서 바로 시작했으면 시간이 그리 많진 않을 것이다. 그리고 그 전에 동훈에게 일을 설명해야 했다.

＊ ＊ ＊

숍에서 업무에 대해 배우는 중인 홍단아는 모든 것이 낯설었다. 라이언 킹덤에 있을 때처럼 시키는 것도 없었고, 딱히 가르쳐 주는 것도 없었다.

그 와중에도 모두가 바쁘게 움직였다. 장 노인은 하루 종일 쉴 새 없이 통화했고, 하루 종일 컴퓨터 앞에 앉아 있기에 고객 응대를 하는 줄 알았던 미자는 숍의 헤어 디자이너였다.

전부 맡은 일이 있었는데 자신만 아무것도 없었다.

이곳에 와서 칭찬을 받은 건 옷 예쁘다고 해서 받은 이상한 칭찬뿐이었다. 그나마 그 칭찬을 해준 우진이라도 있으면 마음이 조금 편할 텐데, 우진 또한 고객을 만나러 가서 지금까지 보이지 않았다.

다들 자신만 보면 슬금슬금 피하는 것만 같아, 이러다가 잘리면 어떡하나 조바심 났다.

띠리리리—

"엄마, 나 일하는 중이야. 이따가 다시 전화할게."

―단아야, 잠깐만. 가게에 호정 사람이 왔다 갔어.

홍단아는 눈을 크게 뜨고는 주변 눈치를 본 뒤 사무실을 나왔다. 그러고는 아주 작게 말했다.

"뭐라고? 뭐라고 그러는데! 뭐 받고 입 다물고 있으라고 해?"

―엄마가 그건 잘 모르겠어. 얼굴 보니까 화딱지가 나서… 오더니 사과만 하고 갔어. 상품권하고.

"상품권? 그거 괜히 쓰지 말고 그대로 가지고 있어… 내가 금방 갈게."

―일하는 중이라면서 오길 어딜 와. 퇴근하고 얘기해. 그래도 엄마 속은 조금 편해지더라. 머리를 땅에 닿도록 숙이면서 사과하더라고. 그런데 이상한 말을 하더라? 오늘이나 내일 잘못된 거 고친다고… 단아 넌 무슨 말인지 알아?

"모르지. 일단 얘기해 보고 이따가 전화할게."

눈으로 보지 못한 홍단아는 불안했다. 부모님 가게에 무엇 때문에 호정에서 사람이 왔는지 이유를 알아야 했다.

사무실로 돌아와 장 노인에게 사정을 얘기하려 했지만 쉽게 입이 떨어지지 않았다. 그때, 사무실로 세운이 들어왔다.

"유 실장, 이거 다 됐어. 우진 씨는 언제 와?"

"이제 곧 오실 거예요."

"아… 너무 힘들다! 유 실장 안 바쁘면 나 좀 도와줘. 성훈이가 따라가서 도와줄 사람이 없다. 이따가 변호사 오기 전까지 일 다 해놔야 해서 너무 바빠."

"저도 바빠요. 내일 아침에 선생님하고 같이 출장 가야 해서 저도 끝내놔야 할 거 많아요."

"머리 만지러?"

"네, 선생님이 같이 가자고 하셨어요."

"참나, 그게 그렇게 좋아? 벌써부터 미소가 가득하네. 하하."

한쪽에 비켜서 있던 홍단아는 세운과 눈이 마주쳤다.

"홍단아 씨? 이거 이름이 너무 이상해. 아씨라고 하는 거 같아서 내가 머슴 같고. 하하."

"편하신 대로… 부르세요……."

"그래요. 홍 인턴 안 바쁘면 잠깐 나 좀 도와줄래요? 그냥 잡아주기만 하면 되는데."

"그게……."

홍단아가 머뭇거리자 사무실 사람들 시선이 쏠렸다.

"집에 가봐야 할 것 같아서요… 죄송해요."

그러자 장 노인이 가만 생각하더니 픽식 웃었다.

"최 이사가 벌써 집에 들른 모양이고만?"

"네? 어떻게 아셨어요?"

"어떻게 알긴, 우리 임 선생이 사과하라고 협박하더만."

"선생님이요……?"

"그런 게 있어. 집에 안 가도 되니까 걱정하지 말고 마 실장이나 도와주시게."

그러자 옆에 있던 세운이 혀를 차며 말했다.

"그놈 마음에 안 들어. 안 봐도 고개 빳빳이 들고 말로만 사과했을 게 뻔하지."

"머리가 땅에 닿도록 사과했다는데요……."

"뭐? 그 자식 웃긴 놈이네!"

"저도 잘… 그런데 선생님이 하셨다는 게 무슨 뜻이에 요……?"

"그런 게 있어요. 형식적으로 사과한 거니까 큰 뜻 갖지 말고 요. 아, 열받는다. 바쁘니까 빨리 올라가죠."

홍단아는 눈만 껌뻑거리며 세운을 따라갔다.

*   *   *

최동훈은 어젯밤 갑자기 찾아와 이상한 말을 한 아버지의 모 습이 떠올랐다. 그저 시키는 대로만 하라고 하셨는데, 들으면서 도 이해할 수가 없었다. 다만 일이 잘못되어 가고 있다는 것은 분명히 느꼈다.

그리고 지금 작은아버지와 법무 팀이 보여주는 자료를 보고서 야 어제 아버지의 말이 무슨 말이었는지 이해할 수 있었다.

"최 이사님께 다른 얘기 들은 거 있으십니까?"

"없습니다."

"그럼 이렇게 처리될 예정입니다. 그리고 최 실장님은 다음 주 부터 생산부로 복귀하시면 됩니다."

"생산부요?"

"네. 당분간 생산 팀에서 자리하게 될 것입니다."

"그럼 아버지는 어떻게 되는 겁니까?"

그러자 최 대표가 안타깝다는 얼굴로 말했다.

"형님이 원하신 거니까 너도 이해해라. 그래도 회사 차원에서 신경 쓰고 있으니, 너는 새로운 업무나 잘 익혀."

아버지께 듣기로는 생산부가 아니라 디자인 팀 복귀였다. 하지만 이미 정해진 일을 따져봤자 아무런 도움이 안 됐다.

애초에 회사에서 아버지에게 신경을 썼더라면 이런 일이 벌어져선 안 됐다. 하지만 왜 도움을 주지 않았냐고 따지기엔 전부 맞는 말이었다.

인터넷에서 떠드는 아드리아노 사건을 볼 땐 설마 아버지가 이렇게까지 했을 리가 없다고 생각했다. 하지만 그때의 사건을 기록한 문건들이 모두 아버지에게 향해 있었고, 녹취록까지 저장되어 있었다. 그뿐만이 아니라 모방 사건의 시작도 아버지였다.

이렇게까지 해서라도 높은 곳에 올라가야 하는지. 동훈은 쉽게 이해할 수 없었지만, 아버지가 높은 자리를 원하는 데에는 앞에 있는 최 대표의 영향이 크다는 건 느끼고 있었다.

큰할아버지의 아들이라는 이유만으로 자리를 꿰차고 아버지를 은근히 경계하며 무시하던 사람이 최 대표였다. 그리고 아버지는 그걸 분해하면서도 어찌하지 못했다.

동훈은 아버지가 지금까지 숨겨왔던 일을 밝힌 이유를 누구보다 잘 알고 있었다. 그 때문에 더욱 부담스러웠다. 아버지의 막연한 바람을 자신에게 넘겨주는 느낌이었다.

그리고 아무리 생각해도 저 사람과 함께 있는 한 도무지 앞이 보일 것 같지 않았다.

한참을 생각하던 동훈은 서류를 내려놓으며 입을 열었다.

"대표님."

"대표님은 무슨. 김 팀장 있어서 그래?"

"아니요. 아버지께 듣기로는 모직 주식으로 제 자리를 거래하셨다고 들었습니다."

"거래? 하하, 그런 얘기도 하셨어? 형님도 참. 너무 서운해하지 말고 조금만 기다려. 바로 디자인 팀으로 가면 사람들 눈도 있고 그렇잖아. 용훈이한테도 잘 얘기해 놨으니까 걱정 말고 기다려."

"그런 게 아니라 그 주식… 제가 회사 나가는 조건으로 주식 가격대로 쳐주셨으면 합니다."

가만히 듣고 있던 최 대표는 동훈을 지그시 쳐다봤다. 지금까지 별 볼 일 없었기에 견제할 가치도 없었던 녀석이었다. 그래서 그런지 0.3%가 얼마나 큰지도 가늠하지 못하는 듯 보였다.

"나가서 뭐 하려고?"

"아직 생각 없습니다……."

"하하, 너 그렇게 막 나가면 내가 나중에 형님 얼굴을 어떻게 보라고. 다시 잘 생각해 봐."

최 대표는 서운해하면서 질책하는 듯한 말투로 말했지만, 함께 있던 법무 팀장에게 보내는 시선은 바쁘게 움직였다. 동훈도 어렴풋이 느꼈지만 그저 못 본 척, 못 들은 척 고개만 숙이고 있었다.

'아버지… 죄송합니다. 아버지처럼 살고 싶진 않아요…….'

*　　　*　　　*

다음 날.

가게 앞에 다른 때보다 배는 많아 보이는 취재진이 자리했다. 가게로 돌아온 우진은 평소와 달리 작업실로 향하지 않고 곧바로 3층으로 향했다.

3층엔 장 노인과 세운이 있었다. 출장을 함께 다녀온 성훈과 미자까지 우진을 따라 한자리에 모였다.

"잘 다녀왔느냐? 이리 앉거라. 한 실장도 앉아. 오면서 얘기는 들었지?"

"네. 라디오로 들었어요."

우진은 자리에 앉으며 세운을 힐끔 봤다. 세운은 아무런 말 없이 화면만 보고 있었다.

─호정 그룹 일가로 알려진 최진형 씨가 오늘 7시경 강남 경찰서로 자진 출두했습니다. 최진형 씨를 고소한 상대가 다름 아닌 호정 그룹이라는 점에서 충격을 주고 있습니다. 과연 호정 그룹의 행보가 단순히 이목을 돌리기 위함인지, 아니면 패션업계에 주는 경종인지 모든 이목이 쏟아지고 있습니다. 자료 화면부터 보시죠.

화면에는 기자들에 둘러싸인 채 고개를 빳빳하게 들고 있는 최 이사가 보였다.

─지금 심정이 어떠십니까? 정말 아드리아노 씨의 죽음과 관계가 있습니까?

─없습니다. 조사에 성실히 임하겠습니다.

─그럼 호정과 I.J가 같이 고소를 한 이유가 뭡니까?

―저도 모릅니다. 조사에 성실히 임하겠습니다.

최 이사는 카메라 앞에서 거짓을 말하는 중이었다. 머지않아 진실이 밝혀지겠지만, 그 모습을 보는 것만으로도 화가 나는지 세운이 인상을 찌푸렸다.

"조금만 참으세요. 호정에서 일부러 시킨 거라면서요."

"그렇지. 그래도 자기 입으로 잘못했다고, 그 말을 듣고 싶었는데. 후."

"나중에 하겠죠. 지금 죄로는 형량을 못 받을 수도 있다고 그랬잖아요."

그러자 장 노인이 나지막한 목소리로 말했다.

"그것보다 사람들에게 보여주려는 게지. 최 이사가 스스로 독박을 쓰려고 하니까 호정에서는 옳거니 했을 게다. 만약에 호정에서 적대적인 모습을 보여주지 않는다면 세간에서 어떤 반응이 나올 거 같으냐. 봐주기 수사? 재벌 논란? 뭐 별로 크게 얻는 게 없겠지. 그런데 발뺌하는 저 인간을 상대로 호정이 하나씩 진실을 밝힌다면 사람들이 호정을 뭐라고 생각하겠느냐. 뭐, 안 봐도 뻔하지."

장 노인 말대로 호정 법무 팀으로 보이는 사람이 화면에 나왔다.

―호정이 최진형 씨를 고소하게 된 가장 큰 이유는 현 호정 모직 대표이사 최민형 씨의 결단이 가장 컸습니다. 20년 전의 진실을 밝힘으로써 고 아드리아노 마르키시오 씨의 억울한 죽음을 밝히겠

습니다.

─증거가 있습니까?

─재판을 보시면 아실 겁니다. 호정에서는 현재 아드리아노 씨의 아드님과 접촉 중이며, 상의 후 합당한 보상을 준비 중입니다.

─아드리아노 씨의 아들이면 IJ 소속인데, 그래서 IJ와 함께 고소를 하신 겁니까?

세운은 실소를 뱉었다. 어떻게든 아버지를 이용해 먹으려 하던 최 이사나, 그런 최 이사를 이용해 먹는 호정이나 별반 달라 보이지 않았다.

이용당하는 최 이사를 보자 자신 때문에 한국으로 왔던 아버지가 떠올랐다. 비교 대상이 절대 아니라고 생각하지만, 이상하게 최 이사를 보고 있자니 아버지 생각이 났다. 그래서인지 시원함보다 찝찝함이 더했다.

차라리 진심으로 사과를 했다면 이런 기분은 들지 않았을 것이다.

이제 몇 번의 조사와 약간의 시간만 지나면 최 이사 알은 마무리될 것이 확실했기에 더 이상 쇼를 보고 싶지 않았다.

그때, 창문도 닫혀 있건만 집 안에 소리가 들릴 정도로 밖이 웅성거렸다. 그 소리에 다들 서로를 바라보더니 창문으로 향했다.

창문을 조금 여니 소리가 더욱 커졌다. 기자들 중심에는 처음 보는 사람이 서 있었다.

"누구지? 누군지 아세요? 이 시간에 손님이 올 리도 없는데."

"나도 모르겠구나."

다들 모르는지 고개를 저었다. 그리고 그때, 기자들에게 둘러싸여 있던 사람이 어디론가 전화를 걸었고, 그와 동시에 우진의 휴대폰이 울렸다. 우진은 창밖을 보며 휴대폰을 받았다.

─실례지만, 임우진 씨 되십니까?

"네, 제가 임우진인데 누구세요?"

─전 최동훈이라고 합니다. 늦은 밤에 죄송하지만, 혹시 만나뵐 수 있을까요?

우진은 휴대폰을 귀에 댄 채 창밖을 내려다봤다. 설마 했는데 밑에 있는 사람이 건 전화였다. 누군가 찾아오기 적절한 시간은 아니었지만, 어차피 할 얘기도 있었기에 우진은 고개를 끄덕였다.

"최 이사 아들이라는데 할 얘기가 있다고 그러네요. 올라오라고 할게요."

세운은 얼굴을 찡그렸고, 나머지 사람들은 창밖을 내려다보더니 동의했다. 다른 사람이 동의해도 세운이 가장 중요했기에 우진은 세운을 봤다. 그러자 세운도 마지못해 고개를 끄덕였다. 우진은 휴대폰을 든 채 현관문을 나섰다.

"가게 옆에 작은 문으로 들어오세요. 제가 나가긴 그래서요."

─알겠습니다.

곧바로 계단 문으로 최동훈이 들어왔다.

"안녕하십니까. 조금 전 통화한 최동훈입니다."

"아, 네. 일단 올라가서 얘기해요. 기자들이 많아서요."

최동훈을 데리고 집으로 들어오자, 최동훈은 많은 사람들 때문인지 순간 당황한 얼굴이었다.

"들어오세요. 조금 전에 들어와서 아직 퇴근을 못 했어요."

"그렇군요. 그럼 실례하겠습니다."

최동훈을 소파로 안내하자 미자가 곧바로 음료수를 가져왔다. 소파에는 우진과 최동훈이 있었고, 나머진 부엌 식탁에 앉아 이 쪽을 지켜보는 중이었다.

"무슨 일 때문에 오셨어요?"

우진의 질문에 최동훈은 입술을 굳게 다물더니 식탁 쪽을 살 폈다. 그러고는 대뜸 일어나 세운의 앞에 섰다.

"세운 마르키시오 씨 맞으십니까?"

"그런데?"

최동훈의 방문이 탐탁지 않아 좋은 말이 나올 리가 없던 세 운은 순간 멈칫했다. 눈에는 최동훈의 정수리가 보였다.

"정말 죄송합니다. 제가 아버지를 대신할 순 없지만, 저라도 찾아뵙고 사과드리는 게 맞는 것 같아 실례를 무릅쓰고 찾아왔 습니다."

최동훈은 머리가 땅에 닿을 정도로 숙인 채 사과했다.

"당신 아버지가 무슨 일을 했는지는 알고 찾아왔나요?"

"네… 알고 있습니다. 이번에 알게 되었다는 게 맞겠군요."

"그럼 용서해 달라고 찾아온 거요?"

"아닙니다. 선생님께서 용서해 주셔도 이젠 돌이키기엔 너무 늦었습니다. 오늘은 진심으로 사과드리려고 온 겁니다. 20년의 세월 동안 느끼셨을 분노와 억울함을 어떻게 보상해 드려도 마 땅하지 않다는 걸 잘 압니다. 그래도 제가 죽는 순간까지 두고

두고 보상하겠습니다… 정말 죄송합니다."

세운은 얼굴을 찡그렸다. 얼핏 봐도 30대 정도였다. 그렇다면 그 일이 있을 당시 기껏해야 중학생, 고등학생이었을 텐데 자신이 하지 않은 일에 대해 사과하고 있었다. 그것도 자신의 아버지는 하지도 않았던 사과를.

세운은 계속해서 사과를 하는 통에 자신이 꽁한 사람이 되는 것 같아 불편했다.

"됐으니까 이만 가봐요. 그건 당신 아버지하고 할 얘기니까."

"네, 일단 저라도 사과드리고 싶었습니다. 진심으로 사과드립니다."

세운은 더 이상 얘기를 나누고 싶지 않은지 고개를 돌려 버렸다.

함께 있던 사람들은 동훈을 어떻게 대해야 하는지 난감했다. 자신들이 나서서 괜찮다고 할 순 없으니.

"그쪽이 그렇게 계속 사과를 하면 용서를 강요하는 것 같지 않겠소?"

"아, 그럴 의도는 아니었습니다."

"됐고, 오더라도 당신이 사과할 사람은 우리 마 실장이 아니라 홍 인턴 아니겠소?"

"네……?"

"홍단아 말이요. 홍단아가 I.J 인턴이오만."

장 노인의 말에 최동훈은 약간 놀랐다. 그러고는 진심으로 기쁜 듯 가벼운 미소를 지었지만, 어떤 자리인지를 떠올리고선 금세 미소를 지웠다.

"그렇군요. 홍단아 씨에겐 직접 사과하겠습니다."

"그렇게 하시든가. 차라도 한잔하시겠소?"

"아닙니다. 다음에 또 인사드리겠습니다. 오늘은 이만 가봐야겠습니다."

최 이사 얘기로 뉴스가 시끄러운 것을 알기에 다들 고개를 끄덕였다. 그러자 동훈은 일어서서 다시 세운에게 고개 숙여 인사하고 현관을 나섰다.

누구도 배웅하지 않았지만, 밖에서 웅성거리는 소리로 동훈이 나갔음을 알 수 있었다.

"참, 애비하고 어쩜 저리 다른지. 꼭 주워 온 놈 같고만?"

우진도 장 노인의 말에 동의하듯 고개를 끄덕거렸다. 최 이사가 뱀 같은 느낌이었다면, 같은 핏줄인 아들은 순한 양처럼 느껴졌다. 싫은 느낌은 아니었기에 우진은 창을 향해 걸어갔다. 그리고 기자들에게 둘러싸인 동훈의 모습을 물끄러미 봤다.

언제 왔는지 세운이 우진의 옆에서 혀를 찼다.

"저런 사람이 제일 어려워. 참, 그 최 이사 놈은 어떻게 되는지도 모르는 거 같은데."

"그런 거 같아요. 어제 호정 쪽 사람들 만나서 무슨 얘기 하셨어요?"

"얘기할 것도 없었어. 기분 나쁠 정도로 딱딱 준비해 왔더라. 내가 한 얘기에 맞춰서 20년 전에 최 이사가 올린 기획안이 있더라고. 증인들도 대거 확보한 상태고. 그 예전에 최 이사랑 같이 왔던 사람 있지? 그 사람도 증인으로 온다니까 뭐."

"잘됐네요."

"잘되긴. 이용당하는 느낌인데… 그래도 어쩔 수 없지. 이렇게라도 해야지. 후, 그런데 저놈 보니까 마음이 무겁네."

세운은 다시 혀를 차면서 부엌으로 가더니 맥주 캔을 땄다. 세운의 마음을 온전히는 아니더라도 어느 정도 이해하기에 우진은 고개를 끄덕이며 창밖을 봤다. 이제야 차에 올라타는 동훈이 보였다.

'그럼 서울 패션위크는 어떻게 되는 거지?'

약간 아쉽긴 했지만, 지금 저 사람도 제정신이 아닐 것이라 일 얘기를 꺼내긴 적절하지 않았다.

*　　　　*　　　　*

다음 날.

경찰서에 다녀온 세운은 상당히 지친 기색이었다.

"잘하고 오셨어요?"

"잘하고 올 것도 없었어. 대기업 파워가 무섭긴 하네. 내일 검찰에 송치된다고 하더라. 연락 주면 또 오라고 하더라고. 이렇게 쉬운 일이었나 싶어서 허무하기까지 하네."

"기자들은 없었어요? 아까 뉴스 보니까 엄청 많던데."

"많더라. 그래서 숨어서 들어갔어. 휴, 커피 한 잔만 마시고 일해야겠다. 그런데 왜 이렇게 조용해?"

우진은 멋쩍은 미소를 지었다.

"어제 왔던 최동훈 씨 또 왔어요."

"또? 왜?"

"어제 할아버지가 홍단아 씨한테 사과하라고 해서 찾아왔더라고요."

"그런데 왜 다 조용해?"

"그게 어제 기자한테 데어서 그런지 가게 근처에서 보자고 했는데, 홍단아 씨가 무섭다면서 할아버지 끌고 나갔어요. 삼촌은 작업실에 계시고요."

"참 나, 대단하네. 그런데… 걔 없어서 하는 말이 아니라, 정말 계속 데리고 있을 거야?"

이번 질문에도 우진은 멋쩍게 웃을 수밖에 없었다. 아직 뭘 잘하는지 찾질 못했다. 찾을 수나 있을지도 궁금했다.

"그냥 전반적으로 잘하는 게 없어. 그러니까 괜히 희망 고문하지 말고 제대로 말해줘. 그래야 자기 앞길 찾아가지."

세운은 전에 없이 진지한 얼굴로 얘기했다. 다들 그렇게 느낄 거란 걸 알기에 최대한 빨리 찾아야 했다.

그때 가게 문이 열렸다.

"예약 손님이 오셨나 봐요."

"또? 난 오늘 일 하나도 못 했는데. 내가 도와줘야 해?"

"좀만 도와주세요."

우진은 피식 웃으며 사무실 밖으로 나갔다. 그러자 가게에 들어온 커플이 보였다.

예약은 남성이 했지만, 오늘 옷을 맞출 사람은 여성이었다. 지금까지 예약했던 손님들보다 훨씬 어려 보였다. 그래도 자신보다는 약간은 나이가 있어 보이는 커플이었다.

"어서 오세요."

"어머, TV에서 보던 선생님이시다. 안녕하세요?"

"아, 네. 안녕하세요. 오늘 예약하신 분 성함이 이종도 씨 맞으시죠?"

"네, 이쪽이 이종도예요. 직접 보니까 엄청 신기하네요!"

"전 I.J 디자이너 임우진이고요, 이쪽은 I.J 가죽 마스터 마세운 실장님이세요."

세운 역시 유명세를 떨치고 있었기에 당연히 상대가 알아봤다.

고객이 올 시간에 맞춰 렌즈를 빼고 있던 우진은 앞에 서 있는 여자의 손을 물끄러미 봤다.

우진이 손님들을 소파로 안내하자, 세운은 익숙한 듯 음료를 물어보더니 준비해 왔다.

"이런 곳에서 옷을 맞추려면 비싸죠? 홈페이지에서 알아보니까 정장은 백만 원부터라던데… 맞아요?"

그러자 옆에 있던 남자가 무안한지 코를 긁적이면서 말했다.

"여기까지 와서 그런 걸 뭐 하러 물어봐. 다 알아보고 왔는데. 지금은 예약하고 싶어도 못 하는 곳이잖아."

"비싸니까. 확실히 해야지."

얼굴을 보자마자 가격을 물어보는 고객은 처음이었기에 우진도 멋쩍게 웃었다. 그렇다고 기분이 나쁘진 않았다. 말은 툴툴대지만, 두 사람 다 나이에 맞게 서로를 챙기는 알콩달콩한 느낌이었다.

"일단 옷에 따라 가격이 좀 달라요. 남성 정장 같은 경우는 원단에 따라 달라지는데, 기본적으로 백만 원부터 시작이라고 보시면 돼요."

"그게 제일 싼 거죠? 위아래 한 벌 가격이죠?"

"하하, 그렇다고 볼 수 있죠."

그러자 여성이 옆에 있던 남자를 힐끔 보더니 수줍게 입을 열었다.

"저 그럼 한 벌 전체 말고 오빠 재킷하고 제 재킷하고… 해서 백만 원에 안 될까요?"

우진은 상당히 곤란한 얼굴로 헛기침을 뱉었다.

왼쪽 눈으로 보이는 여자의 팔에는 토트백이 보였고, 그 토트백만 하더라도 백만 원은 훌쩍 넘을 것이 분명했다.

『너의 옷이 보여』 4권에 계속…